Sombras de luz

RAFAEL ESCUREDO

Sombras de luz

ALMUZARA

Primera edición: marzo de 2023

Editorial Almuzara • Colección Novela
Director editorial: Antonio Cuesta
Edición de Javier Ortega
Corrección y maquetación: Helena Montané

www.editorialalmuzara.com
pedidos@almuzaralibros.com - info@almuzaralibros.com

Editorial Almuzara
Parque Logístico de Córdoba. Ctra. Palma del Río, km 4
C/8, Nave L2, nº 3. 14005 - Córdoba

Imprime: Podiprint
ISBN: 978-84-11314-04-6
Depósito Legal: CO-72-2023

Hecho e impreso en España - *Made and printed in Spain*

A mis padres, que siempre me decían
«Enemigo tú de nadie, de ti quien quiera».

6 de febrero. 7.30 de la mañana

No sé muy bien qué me lleva a escribir este diario, aunque quizás lo sepa y me sienta incapaz de explicarlo por razones más de orden moral que por cualquier otro motivo. Tampoco tengo nada claro de qué va a servirme mantener este diálogo conmigo mismo, a pesar de la grave enfermedad que padezco, de no ser porque aspiro a que mis dos hijos, Sara y Daniel, a los que quiero de todo corazón, puedan perdonarme algún día. En el fondo deseo creer que ellos, no obstante ser mis críticos más duros, cuando lean estas páginas cambien de opinión y puedan, aunque solo sea en parte, reconciliarse conmigo.

¿Pero qué puedo contarles que ellos no sepan y sea de su interés? Seguramente nada, me dirían. Aunque, ¿quién sabe? Con todo, no pierdo la esperanza de que en algunos de mis comentarios y reflexiones más íntimas encuentren elementos nuevos que les lleven a comprender las circunstancias que rodearon la muerte de su madre o, al menos, puedan exculparme por tan grave acontecimiento. Concepto este, el de la culpa, que no deja de golpear mi conciencia y hace que me sienta responsable, no tanto de su muerte, como de mi comportamiento con ellos.

Tampoco excluyo que al escribir estas notas bucee en mi subconsciente y encuentre otros motivos sobre los ya apuntados que susciten, al menos, su interés por conocer la verdad sobre lo que me impulsó a hacer lo que hice, y que ellos, después de tantos años, aún siguen considerando injustificable y explica su alejamiento.

En cualquier caso, desconozco el impulso que me lleva a escribir estas líneas que espero sean tan fieles y ajustadas a la verdad, tanto como mi memoria me lo permita. Y prometo hacerlo sin ocultar nada ni utilizar subterfugio alguno que busque modificar ciertos hechos que considero cruciales y que mis hijos deben conocer. Trataré de ser honesto conmigo mismo y juro que contaré fielmente todo lo que recuerdo de los graves sucesos que marcaron mi vida y que, de algún modo, son los que me han traído hasta aquí.

7 de febrero. 21 horas

Por lo que se refiere a la intendencia del viaje que me propongo hacer no tengo nada claro si llevarme el coche hasta el pueblo con los cincuenta libros que he escogido de los casi ocho mil que integran nuestra biblioteca (y digo «nuestra» porque me resulta difícil excluir a Laura de su permanente afán por hacer de la misma un reducto donde refugiarnos para huir de las prisas y del ruido en que transcurrían nuestras vidas), así como varios álbumes de fotos, muchos de ellos en blanco y negro, que guardo como oro en paño de nuestra larga relación, sin olvidar los veinte disquetes de música clásica que adoro, ni las dos maletas con ropa de invierno y algunas otras cosas que, a buen seguro, necesitaré en el que probablemente sea mi último viaje a la que fue nuestra casa de la playa.

Claro que también podría ahorrarme el viaje y las molestias que ello conlleva y encomendar el traslado de dichos enseres al servicio de transportes, «puerta a puerta», que he visto anunciado en internet a precios realmente económicos. He de confesar que hace tan solo unos años dicha decisión no me habría ocupado más de un par de minutos, pero ahora, algo tan inocuo como llevarme o no el coche con dicho equipaje, termina convirtiéndose en un problema que me agobia absurdamente.

Son las diez de la noche y desde las seis de la tarde no ha parado de llover. Apenas tengo hambre, así que me caliento un vaso de leche en el microondas y con él en la mano me asomo a la ventana para ver cómo cae la lluvia desde un cielo encapotado y gris. Lo preocupante, según veo en la aplicación del tiempo de mi *smartphone*, es que seguirá lloviendo intensamente durante las próximas veinticuatro horas; es decir, hasta el viernes que viene.

De modo que, si al fin me decido a viajar en coche el próximo domingo, contaría con una doble ventaja: gozar de un tiempo soleado durante todo el trayecto y conducir sin camiones ni transportistas, lo que me facilitaría mucho el viaje. Según mis cálculos, de otras veces, tardaré aproximadamente siete horas en llegar, haciendo como mínimo tres paradas en el camino, pero en contrapartida contaría con la ventaja de disponer de mi viejo Opel Corsa para moverme libremente por el pueblo y alrededores sin depender de taxis u otros medios de transportes que no siempre están disponibles.

Y hasta podría regalárselo a Juan, el pescador amigo nuestro al que siempre le gustó, a juzgar por los continuos elogios que hacía del vehículo cada vez que íbamos a la playa. En cambio, si me decido por coger el AVE, me plantaría en dos horas y media en Málaga, y desde allí podría coger un taxi que me llevaría al pueblo en unos cuarenta minutos, aunque, como dije anteriormente, no contaría con las ventajas apuntadas.

Desde que esta mañana me levanté al alba no han dejado de dolerme la cabeza y, sobre todo, la espalda, a pesar de la bata gris de lana inglesa que apenas pesa y que Laura me regaló al cumplir los sesenta años. El recuerdo de aquel día aún sigue emocionándome; es más, si entorno los ojos puedo verla llegar con una amplia sonrisa en los labios y el cabello recogido sobre la nuca, mientras me hacía entrega de un paquete, diciendo: *Este regalo no es por tu cumpleaños, sino por haberte portado bien conmigo.* Luego, añadió: *Y si continúas por ese camino, puede que incluso tenga más sorpresas para ti.*

Así era ella, desenfadada, abierta al mundo y sus milagros, viendo siempre el lado positivo de las cosas; sobre todo cuando por algún motivo la adversidad o la desgracia se abrían paso en nuestras vidas. Creo que debo hacer un esfuerzo por contener las emociones que últimamente me asaltan e inundan mis ojos de lágrimas, aunque en público me reprimo y ofrezco, no sin esfuerzo, mi perfil más serio y adusto.

Y es que no quiero dar la imagen de una persona frágil y enferma que se encuentra al borde del abismo y lucha por sobreponerse, sino la de un hombre que afronta estoicamente los contratiempos de la vida como un mal menor o, en todo caso, como algo inevitable. Puede que ahí radique la fundamental diferencia entre nosotros; ella, sonriéndole siempre a la vida, mientras que yo, por más empeño que puse, nunca alcancé a ver el vaso medio lleno.

Me tomo un paracetamol acompañado de un zumo de naranja y me siento en la vieja butaca de piel negra que durante los últimos veinte años me ha venido acogiendo, no solo por su confort, sino por su inconfundible olor a cuero viejo curtido por el tiempo. Acunado entre sus pliegues y adormilado por el sopor que me produce la medicación, dudo entre ver las noticias o coger de mi mesita de noche algunos de los libros que he seleccionado para releer en el pueblo. *Coto Vedado* de Juan Goytisolo es el elegido: Lo abro y leo:

> «La mañana del diecisiete de marzo de 1938, mi madre emprendió el viaje como de costumbre. Salió de casa al romper el alba y, aunque conozco las trampas de la memoria y sus reconstrucciones ficticias, conservo el vivo recuerdo de haberme asomado a la ventana de mi cuarto mientras ella, la mujer entonces desconocida, caminaba con su abrigo, sombrero, bolso, hacia la ausencia definitiva de nosotros y de ella misma: la abolición, el vacío, la nada».

¿Casualidad? ¿Premonición?, me pregunto sobrecogido desde la primera vez que lo leí. Mi caso, si es que se puede llamar así a un drama de tan hondo calado afectivo, no fue exactamente el mismo en lo que a los detalles se refiere, aunque sí por el hecho desgarrador de la ausencia de mi madre y el déficit emocional que ello me supuso.

Nunca he podido superar el intenso dolor que me produjo no volver a verla, ni saber nunca más de ella. Lo que sí recuerdo, cómo olvidarlo, fueron las voces y gritos de mis padres aquel día de Navidad y cómo mi abuela, que en aquel tiempo vivía con nosotros, trataba de poner paz en una discusión que no era la primera entre ellos, aunque sería la última.

También recuerdo con absoluta nitidez que corrí a refugiarme en mi habitación y me tapé los oídos con las manos, para no escucharlos. Luego, me tumbé en la cama y no paré de llorar hasta quedarme dormido. Lo que siempre echaré de menos fue que al día siguiente, por la mañana temprano, cuando mi abuela vino a despertarme con su dulzura acostumbrada, supe que mi madre se había ido para no volver, ya que era ella la que solía hacerlo desde que tuve uso de razón. ¿Cómo podré olvidar sus besos y caricias y, sobre todo, el dulce aroma de su cuerpo?

Quién sabe si el egoísmo del que hice gala años más tarde y el hecho de quererme más a mí mismo que a mi propia familia no trae causa del abandono materno que sufrí en mi infancia y que aún guardo en mi corazón. ¿Son las heridas de la infancia las que apuntan el destino de las personas, o estas solo sirven de excusa para justificar lo injustificable? No tengo la respuesta a esa pregunta. Lo que sí tengo es plena conciencia de haber causado mucho daño y dolor a personas que no lo merecían. Y me atormento pensando que mi vida habría sido otra, mucho más satisfactoria, si hubiera sabido entonces que la felicidad no consiste en recibir, sino en dar y amar sin pedir nada a cambio.

Me despierto sobrecogido por un sentimiento reposado en el recuerdo que desde hace algún tiempo me acompaña como si fuera el anticipo de una desgracia. Pero, afortunadamente, esta vez no se trata de un síntoma de mi enfermedad, sino del escalofrío que alerta mi cuerpo sobre el apagado automático que todas las noches se produce en la calefacción central del inmueble en el que vivo. De ahí que no me quede otra que refugiarme en la cama: un espacio que durante los últimos meses me resulta hostil, ya que allí me espera la tortura diaria de dar vueltas a derecha e izquierda sin más beneficio que esbozar una cabezada que sirva de señuelo al sueño; sueño que, por un guiño del destino, o por la genética heredada de mi madre, me fue negado a partir de los catorce años.

Nunca olvidaré que ella se levantaba todos los días al alba y me decía que había dos clases de personas: las que hablan todo el tiempo de las cosas que van a hacer, y las que se limitan a hacerlas; y añadía que el hecho de conocer las tareas que uno tiene pendientes supone un adelanto en su realización material; un salto cuántico que ella explicaba de un modo que nunca olvidaré: *Si tienes algo que hacer, hazlo, y no se lo cuentes a nadie, ni siquiera a ti mismo. Así le ganas tiempo al tiempo.*

14 de febrero. 8 de la mañana

Hay cosas que no puedo contárselas a nadie porque me tomarían por un alucinado y, en cambio, sí puedo confiárselas a este diario. Digo esto porque, aunque parezca extraño y sorprenderte, lo cierto es que Laura, cuando menos lo espero, se me aparece de repente e incluso me habla. Lo que no consigo es contestarle a lo que ella me dice porque, cada vez que lo intento, su imagen se diluye como el humo ante mis ojos. He de confesar que al principio su presencia me producía angustia y desazón, pero con el tiempo me he ido acostumbrando y ahora incluso me reconforta no solo el verla, sino oír de nuevo su inconfundible tono de voz y su singular dulzura al hablar.

Sin embargo, en esta ocasión me habla en un tono claramente enérgico: *Aparca tus dudas de una vez,* me dice, *y vete al pueblo en coche, que es lo que de verdad quieres hacer.* Pero como no acabo de acostumbrarme a su presencia, desvío la mirada hacia las sombras que la lámpara de la mesilla proyecta sobre el techo y espero a que continúe. *¿Si ya lo sabes, por qué le das tantas vueltas? Cuando te conocí eras un hombre mucho más seguro y decidido. Así que aparca tus dudas y no dejes que la vejez ni la enfermedad ocupen los espacios que, sin tú querer, dejas libre.* ¿O no es ella quien me habla, sino la fiebre? Me pregunto.

Constato que no estoy dormido, sino que vegeto en una especie de duermevela que diluye mi conciencia y la traslada hacia territorios difusos, de difícil concreción, en los que no me reconozco, salvo por mi obsesiva tendencia a darle mil vueltas a cuestiones intrascendentes y banales; algo que mi buen amigo y médico internista, Pedro Larraz, calificaría como propias de *una ligera depresión*, si bien él suele dulcificar sus diagnósticos mediante una sólida carga de humanismo que incorpora, de forma natural, al ejercicio de su profesión. Aunque, puesto a decir la verdad, no fue precisamente eso lo que percibí la última vez que lo visité. Claro que aquel día fue de uno de los peores que yo recuerde en mis setenta y ocho años de edad.

Me recibió en su consulta del hospital y a pesar de su experiencia pude adivinar en su rostro la preocupación por las malas noticias que tenía que darme. *Bueno, querido amigo, ya me han llegado los resultados de las pruebas que hemos venido realizando en los últimos días.* Dijo mirándome a los ojos. *Y desgraciadamente, no tengo buenas noticias que darle. En realidad,* continuó, *padece una extraña enfermedad de esas con las que un médico se tropieza pocas veces y, para qué engañarnos, de difícil tratamiento.*

Ese fue el prólogo al que siguieron una serie de consideraciones médicas que no entendí en absoluto y me provocaron un profundo desajuste emocional que, el bueno de Larraz, mi médico internista de toda la vida, volvió a definir como *una ligera y lógica depresión.* En realidad fue como recibir un golpe en el estómago que me cortó la respiración y me dejó la mente en blanco, sin poder articular palabra alguna. Intenté recomponerme para no dar la impresión de ser alguien ganado por el miedo, pero lo único que conseguí fue fabricar una mueca que solo sirvió para acentuar el desconcierto de mi rostro apelmazado por el terror que sentí en aquellos interminables minutos.

Larraz, consciente del difícil momento que atravesaba —de sobra sabía él la que se me venía encima—, me ofreció un vaso de agua que bebí de un trago, antes de que pudiera articular palabra. *¿Cuánto tiempo me queda de vida, doctor?,* le pregunté sobrecogido.

Se tomó su tiempo, antes de contestar: *Nadie lo sabe con certeza. Tengo enfermos que hacen su vida con plena normalidad desde hace cinco años en que les diagnostiqué su misma dolencia, y lo más probable es que se mueran de viejos. Así que yo no me preocuparía demasiado. Hoy en día,* añadió, *los avances en medicina son meteóricos y lo que hasta ayer era un problema irresoluble, hoy puede tratarse, y si no curarse del todo, podemos convertirla en una enfermedad crónica. Le asombraría saber la cantidad de dinero que actualmente se invierte en las que solemos llamar enfermedades raras.*

No le contesté, porque de sobra sabía que aquella era una mentira piadosa a la que se veía obligado por razones de amistad, pues el doctor y yo, después de casi veinte años de relación médico/enfermo, habíamos establecido una suerte de complicidad que iba más allá de lo estrictamente profesional. Por ello, me limité a musitar en mi interior *por qué me miente,* antes de salir de su consulta y caminar por la calle sin rumbo fijo hasta que, rendido de cansancio, me senté en uno de los bancos de un parque en el que nunca había estado y comencé a metabolizar todo aquello.

15 de febrero. Al alba

Hoy domingo me he levantado al amanecer y he emprendido, no sin ciertas reservas, el largo viaje al pueblo. Al menos luce un día de sol radiante con esporádicas nubes altas y poco tráfico en la autopista. El coche no defraudó mis esperanzas y atendió sus prestaciones con la lealtad de una vieja máquina que ha sido debidamente cuidada desde que lo compré, hará cosa de diez años. En mi primera parada, a la altura de Valdepeñas, tomo mi segundo café, acompañado de media tostada con aceite de oliva, y me distraigo observando a la gente.

En la mesa de al lado, un chico de unos catorce años con síndrome de Down me sonríe dulcemente. Su madre le limpia la boca con una servilleta de papel y me mira antes de apremiar a su hijo para que se coma el dónut que sujeta indolentemente en la mano. El rostro de aquella mujer me recordó al de algunas vírgenes dolientes de la Semana Santa, con las ojeras hundidas en la cuenca de sus ojos y la tristeza de quien se sabe impotente ante las desgracias que la vida nos depara.

Me he preguntado muchas veces por qué no somos capaces de empatizar lo que debiéramos con las personas que la vida maltrata y saben llevar su dolor con una dignidad y entereza ciertamente encomiables. Puede que ello se deba al desarrollo de un nivel de autoestima que nos lleva al ensimismamiento y a creer que somos los únicos con derecho a quejarnos, como si nuestras desgracias fueran las únicas y las más importantes. No me consuela pensar que haya sido así desde el comienzo de los tiempos y tenga más que ver con el principio de supervivencia que con el humanismo tardío que reivindica la empatía con los débiles.

El tercer café cayó en la cafetería de una gasolinera, próxima al pueblo, donde reposté gasolina y evacué líquidos, después de tanta cafeína. De hecho soy un adicto al café desde muy joven y lo tomo a cualquier hora del día o de la noche. Descubrí sus grandes virtudes influenciado por mi madre, que prefería un café con leche a cualquier otra cosa, a excepción del queso en sus diversas texturas y sabores. A mí, el café, además de despejarme las brumas del cansancio, me incentiva el espíritu adormecido por la edad y el sentimiento de soledad que me embarga. Y ello a pesar de que siempre me lo han desaconsejado los médicos por la tensión arterial. ¿Pero acaso no tomo a diario la pastilla de rigor para paliar sus perniciosos efectos? A dos kilómetros del pueblo me detengo de nuevo, pero esta vez solo para estirar las piernas y felicitarme a mí mismo por haber hecho un viaje tan largo sin ningún contratiempo. Curiosamente no me ha dolido el cuerpo durante todo el trayecto, aunque noto cierta rigidez en el cuello, fruto de la tensión acumulada.

16 de febrero. 7 de la mañana

Ayer, al mediodía, llegué a la casa. Tuve que hacer un gran esfuerzo para llevar las dos maletas y tres bolsas, desde mi plaza del *parking* en el sótano número dos, hasta el apartamento de la cuarta planta. Con todo, lo más pesado no fueron las maletas, sino las tres bolsas de viaje con libros, disquetes y álbumes de fotos, además de mi inseparable Mac y el resto de accesorios que lo complementan. Ellos son los que me permiten conectarme con el mundo exterior, aunque eso no deja de ser una exageración, pues, de hecho, mi actividad se reduce a escribirle escasos mails a mis hijos, que ellos nunca contestan, y mantener de forma esporádica cierta correspondencia con algún que otro colega de mis tiempos docentes en la universidad.

También me gusta trastear en Google y sumergirme en la vida de personajes históricos, normalmente maestros de la literatura clásica, sin descartar cualquier descubrimiento científico relacionado con el universo, cuyos misterios me acompañan desde niño y aún me siguen fascinando. De otra parte, cultivo una cierta actitud zen, de equilibrio interior, que me permite vivir el día a día, siendo consciente del momento y de las circunstancias que me rodean, mientras busco liberar el estrés que me produce la enfermedad, incentivando los aspectos positivos de mi carácter y reduciendo los miedos y preocupaciones que me asaltan a diario.

Aun así, me pregunto si seré capaz de afrontar con la dignidad y serenidad debidas lo que tenga que venir o, como dirían los clásicos, lo que el destino me tenga reservado, aunque si hay algo que busco con ahínco es no irme de este mundo sin hacer las paces con mis hijos.

Mi apartamento de ochenta metros cuadrados con dos habitaciones, dos baños, una cocina y una amplia terraza frente al mar me recibe con el consabido olor a cerrado y un alto índice de humedad. Conecto la luz y el agua corriente, descorro las cortinas y levanto las persianas para que entre el aire, mientras observo el fuerte viento de levante batir la orilla, produciendo un ruido fuerte y bronco, y cómo a lo lejos se funde la delgada línea gris del océano con un cielo desdibujado y mortecino.

El mar me subyuga y emociona desde que era niño. Mis padres me llevaban todos los veranos a la playa y disfrutaba haciendo castillos en la arena y jugando con mis amigos hasta el atardecer. Mucho más tarde tuve la ocasión de leer *OCNOS* de Luis Cernuda y cómo en su capítulo «El mar» describe su viaje en tren hacia la playa que tanto me recuerda al que nosotros hacíamos a principios de agosto, cuando aún éramos una familia bien avenida:

> «Al atardecer, en verano, iba el tren hacia la costa atlántica del sur. El departamento estaba ya en penumbra, y por la ventanilla corría un paisaje de chumberas y olivos, bajo un cielo de verdoso

azul, que como metal ardiente al enfriarse, solo una roja lúnula traslucía allá en el horizonte».

No hace frío, pero la humedad lo impregna todo y se hace sentir con fuerza. La noto en el rostro, todavía tenso y afilado por el viaje y, sobre todo, en las piernas. Transcurridos algunos minutos, cierro las hojas correderas de cristal y mantengo las persianas levantadas. Conecto el aire acondicionado y, mientras me acostumbro a su continuo ronroneo, me dedico a colocar en los cajones del armario la ropa de invierno que he traído, así como los álbumes de fotos, disquetes y libros que voy buenamente colocando en los espacios libres de mi atiborrada librería. Al cabo de dos horas de intensa actividad y con la casa algo más caldeada, aunque las paredes aún rezuman humedad, doy por finalizada la intendencia doméstica.

Enciendo al mínimo el pequeño calentador eléctrico situado bajo la mesa camilla donde ahora me encuentro, y recibo el calor silencioso de sus hondas que me trasladan a tiempos de mi infancia en los que por prescripción médica tenía que quedarme en casa, probablemente aquejado por algún resfriado que llegaba acompañado de algunas décimas de fiebre, mientras leía las obras completas de Julio Verne que mi abuelo me regaló el día de mi cumpleaños. Sentado cómodamente en la butaca y arropado por mi gruesa bata de lana escocesa, quedo abducido por un dulce sopor que viene acompañado por el bronco ruido del mar, y me mantengo como aletargado por el cansancio y el fuerte vendaval que se ha levantado en las últimas horas de la tarde.

María, la mujer de Juan, a la que llamé por teléfono ayer noche para advertirle de que llegaría esta tarde, me ha dejado sobre la puerta de la nevera un pósit dándome la bienvenida, y diciéndome que se ha permitido comprar algunas cosas como pan, leche, mantequilla, botellas de agua y algunos envases de jamón de York y de queso. Me desea buenas noches y se despide amablemente hasta mañana, cuando vendrá a casa para saludarme.

Me tranquiliza pensar que aún sigue teniendo la llave del apartamento y que en cualquier momento puedo llamarla y contar con ella. De repente, salgo de mi letargo sorprendido por un ruido que no consigo ubicar. Cuando advierto que es mi teléfono móvil, me apresuro a cogerlo, pero llego tarde. Compruebo que es Juan, el marido de María, pero decido no atender su llamada hasta mañana. En estos momentos me siento débil y sin ganas de hacer nada, no solo por el esfuerzo del viaje, sino por la tenue y persistente alarma de mi sistema nervioso que no deja de advertirme que algo en mi interior no funciona como debe.

Eso me lleva a preguntarme, una vez más, por la razón que me ha traído hasta aquí. ¿Qué busco en realidad? ¿Acaso no estaría mucho mejor en mi cómoda casa de Madrid y cerca de los médicos? No encuentro respuestas a ninguna de esas preguntas, quizás porque no me las haya planteado seriamente, o porque prefiero pasar de puntillas sobre el asunto. Durante toda mi vida me he movido más por impulsos que por la razón, lo cual me ha llevado en ocasiones a luchar por cosas que puntual e intuitivamente me interesaban, pero que no se compadecían en absoluto con lo que era mi obligación o con lo que debía hacer.

En línea con lo anterior y aunque abrigo muchas dudas sobre los motivos que me han traído hasta aquí, hay varios factores que podrían explicarlo, como el irreprimible impulso que me lleva a reencontrarme conmigo mismo, o la necesidad que siento de metabolizar la grave enfermedad que padezco; a ello habría que añadir el profundo cansancio que siento en mi interior, la soledad en la que vivo, o el creciente influjo que siempre ejerce en mí la llamada del mar, mi mar Mediterráneo, el que forjó nuestra cultura y que emerge ahora como una plaga de exterminio en las pateras de la muerte, acompañado por la silente voz de un mundo que mira sin pudor para otro lado.

Sí, el mar. No hay nada que me excite más, ni me conmueva tanto como ver y sentir la fuerza de las olas, o la calma que sucede a su violencia. Aunque, volviendo a la pregunta de por qué he vuelto, puede que lo que busque sea hacer un ajuste de cuentas conmigo mismo, mirarme al espejo y reconocerme como el ser humano que soy, y no como la persona descreída y egoísta que mis hijos ven.

Por eso estoy aquí. Por eso he venido al pueblo, convencido de que el sentimiento de culpa que anida en mi interior, el del viejo judaísmo ancestral, vuelve ahora para cobrarse la deuda contraída por una vida tan convulsa como la mía; una vida que no supo anteponer lo importante a lo banal.

20 de febrero. 6.30 de la mañana

Hoy, como de costumbre, me levanto temprano y lo primero que hago para iniciar con buen pie el día es introducir en mi ordenador las grandes *Obras para clarinete* de W.A. Mozart, cuya música me transporta a una nueva dimensión en la que mi cuerpo levita sobre sí mismo hasta conseguir que afloren esas emociones íntimas que aún permanecen represadas en mi atormentado espíritu.

Algo más animado, salgo a la calle dispuesto a desayunar en el bar de Jenny, nuestra amiga escocesa, alta, gruesa y de grandes ojos azules, que Laura y yo conocimos hace más de veinte años y que, por lo que veo, aún sigue desarrollando una frenética actividad, preparando cafés, zumos de naranja, tostadas, huevos fritos y sándwiches para una colonia de jubilados de su misma nacionalidad que viven próximos al local que ella regenta.

Nada más verme me recibe con una amplia sonrisa en su rostro terso y juvenil. Allí se pueden encontrar periódicos de casi todos los países europeos, normalmente del día anterior, y libros de bolsillo en francés, inglés y español. Me recibe con su frase favorita: *I hope you have a nice*. Y añade, mirándome a los ojos: *¿Qué deseas tomar, lo de siempre?*

Laura y yo la conocimos cuando llegamos por primera vez al pueblo y aunque siempre nos recibía y lo sigue haciendo con amabilidad y buenas maneras, en realidad es un truco que utiliza para no intimar con los clientes; algo que no entra en su código de conducta. De ahí que su invariable protocolo de acercamiento sea bastante más distante que próximo, aunque nunca se sale del guion de alegrarle el día a su fiel clientela. ¿Una forma de mantener su intimidad?

Han pasado tres días desde que llegué y, en contra de lo que pensaba, aún no me ha vuelto a llamar Juan. A la que sí he visto en varias ocasiones es a María, su mujer, con la que he quedado que vendrá los martes y jueves para realizar algunas tareas domésticas, y prepararme la comida. Necesito tiempo para apaciguar la inquietud que me viene atormentando en los últimos días y adaptarme a las nuevas circunstancias que me toca vivir. Son muchos los desajustes internos que sufre mi cabeza y son también muchas las dudas que alberga mi corazón desde la trágica muerte de Laura. Si no lo consigo, me veré abocado a un final incierto; un final en el que, de momento, no quiero ni pensar.

Ayer me armé de valor e hice algo que no había hecho desde hacía casi un año. Escribirles un correo a mis hijos aunque, puesto a ser sincero, abrigo pocas esperanzas de que alguno de ellos me conteste. A Sara, del siguiente tenor:

> *Querida hija: hace diez días me vine al pueblo, puede que a la búsqueda de algo que, si digo la verdad, no te sabría concretar. Tampoco sé si volveré algún día a Madrid o pasaré aquí lo que me quede de vida. ¡Quién sabe si los baños de sol y los paseos por la orilla del mar obren el milagro y me permitan compatibilizar las emociones de estas últimas semanas con la dignidad que exige y reclama la muerte de mamá! ¿Me perdonarás algún día? Me encantaría recibir unas palabras tuyas. Tu padre que te quiere.*

Y a Daniel, de forma más contenida:

> *Querido hijo. Te escribo estas líneas para comunicarte que he venido al pueblo y no sé si me quedaré aquí mucho tiempo o volveré pronto a Madrid. Trato de reencontrarme con la verdad de lo ocurrido y no tengo más ambición que reconciliarme con Sara y contigo. Espero y deseo que estés bien. Un fuerte abrazo de tu padre.*

Cierro el ordenador y salgo a dar un paseo. Tengo las piernas entumecidas por falta de ejercicio, pero a medida que camino voy recuperando el tono muscular y siento cómo el flujo sanguíneo recorre mi cuerpo con mayor fluidez. Hace frío, aunque no sé si es por el viento de levante que sigue barriendo la costa, o por el ciclón que azota el país de oeste a este, proveniente del Atlántico norte.

27 de febrero. 6 de la mañana

Me despierto apremiado por un ruido atronador; una especie de estruendo fuerte y seco que me recuerda los truenos de una tormenta. Subo la persiana y me asomo a la negritud de una noche sin luna. A lo lejos se divisan las luces de un buque cargado de contenedores que probablemente se dirija al puerto de Algeciras, mientras observo cómo el fuerte oleaje de fondo bate sus gruesas mamparas meciéndolo sobre la superficie del mar. Vuelvo a la cama sin identificar la causa de aquel tremendo ruido, y pongo la radio, que en ese momento emite *Pelleas y Mélisande* de Claude Debussy. Me quedo dormido con la música de fondo y al despertarme veo que son las ocho y que la radio sigue puesta, aunque ahora es la voz de una mujer quien instruye a sus oyentes sobre la vida y la obra de Johannes Brahms. Algo me lleva a descorrer la persiana y a asomarme a la terraza. Oigo un fuerte ruido que achaco al bullicio de un grupo de jóvenes que vuelven bebidos, tras una noche de fiesta, y algún que otro grito en la piscina del bloque de apartamentos que flanquean al mío.

Me ducho y el agua caliente lubrica mi cuerpo, dándole cierta consistencia, aunque cuando me veo reflejado en el espejo, antes de afeitarme, y observo los profundos surcos que bordean la cuenca de mis ojos grises y acuosos, siento el paso de los años y me reconforto al pensar que mi cuerpo, aún fibroso y delgado, que no alcanza los setenta kilos de peso, me confiere cierta esbeltez que se diluye a medida que entro en detalles.

Llamo a Juan sabiendo que, según costumbre, se mostrará inicialmente altivo y frío para seguidamente preguntarme sin pudor por los motivos que me han traído hasta aquí, y recriminarme, con su habitual acritud, que no le hubiera llamado antes para advertirle de mi llegada. Por último, me preguntará por Laura y adivino que cuando le diga que mi mujer ha muerto, algo que ya sabrá por María, su interrogatorio se incrementará de forma concreta, debido a la especial relación que les unía desde el día que vinimos por primera vez al pueblo.

28 de febrero. Doce de la mañana

A Laura le gustaba el mar y sobre todo sus secretos, los vientos y sus mareas, sus corrientes, el origen de las tormentas y la navegación de altura, así como todo lo relacionado con la historia de quienes, además de vivir en sus orillas, navegaron sus aguas, colonizaron sus tierras, y expandieron por el mundo el comercio y la cultura. De ahí que no fuera infrecuente ver a Juan escuchando con suma atención lo que ella le contaba sobre los fenicios, cartagineses, griegos o romanos que habitaron, comerciaron y labraron sus tierras a orillas del Mediterráneo. La curiosidad de Laura por dichas culturas abarcaba temas tan complejos y variados como sus lenguas, el folclore de sus costumbres ancestrales, sus formas de vestir y alimentarse, o cualquier otra cuestión sobre la manera en que se comportaban o vivían.

A Juan, pescador desde los seis años, que había aprendido a leer por sí solo y el oficio de pescar por su padre, que le enseñó cuanto sabía sobre el mar y sus peligros, le dejó como legado un consejo que nunca olvidaría: *Este oficio te dará de comer a ti y a tu familia, pero no esperes nada más.* Sin embargo, a Juan no le bastaba con hacer suyas las milenarias artes de pesca que su padre le enseñó, ni se conformaba con asimilar las viejas costumbres de aquel mundo duro y cerrado que hacía del mar su fuente de vida. Necesitaba horizontes más amplios, aunque solo fuera porque su carácter le exigía abrir nuevos espacios a sus reprimidas emociones.

Por eso, cuando Juan conoció a Laura no había nada que le gustara más que escucharla contar historias sobre aquellos pueblos, desconocidos para él, pero que venían a enriquecer su experiencia sobre todo lo relacionado con el mar. Quizá fuese esa la razón por la que nunca abrigó complejo alguno para relacionarse con ella, pues a su leal saber y entender se trataba de un flujo continuo de información sobre lo que cada uno hacía o sabía.

¡Ya era hora de que me devolviera la llamada! Me increpa con su grave tono de voz cuando le llamo por teléfono. Siempre me pareció chocante que me siguiera hablando de usted, después de tantos años de relación, y el motivo por el que mantenía su firme determinación. Llegué a pensar que lo hacía para establecer distancias, ya que a Laura siempre la tuteó. Al final, llegué a la conclusión de que lo hacía para molestarme, pues sabía lo mal que yo llevaba su singular discriminación.

Nosotros le conocimos al poco de comprar el apartamento, ya que Laura se moría de ganas por hacerse con una barca a motor en la que salir a pescar, navegar por los alrededores y observar las puestas de sol, una de sus pasiones favoritas; aunque lo que realmente buscaba era apartarse de la costa, de los turistas y veraneantes de sol y playa que tanto la incomodaban, y bañarse desnuda en las limpias y azules aguas del mar.

Aquel día amaneció con una fuerte luminosidad anclada en un cielo preñado de nubes altas que por momentos oscurecían los rayos de sol, pero que al instante volvían a mostrarse en toda su plenitud, cuando las caprichosas nubes pasaban de largo. Recuerdo que Juan cosía sus redes sentado a la puerta del pequeño habitáculo, frente al viejo puerto de pescadores, que le servía de almacén para guardar sus aparejos, y que ni siquiera nos miró cuando nos paramos ante él para interpelarle. Siguió a lo suyo, pensando que quienes le miraban serían dos turistas, probablemente extranjeros, a la búsqueda del típico «pescador andaluz».

Aparentaba treinta años y lo que inicialmente llamó mi atención fue su porte, entre altivo y solemne, como si nada proveniente del mundo exterior le intimidara. Su cabello negro, peinado hacia atrás, y sus ojos oscuros le prestaban a su rostro, curtido por el sol, el señorío de quien se encuentra a gusto con la vida y seguro de sí mismo. Lo que entonces no imaginé, y tampoco alcanzo a saber hoy, es cómo una simple pregunta, *¿Sabe usted de alguien que nos pueda vender una barca?* terminó por convertirse en una especial relación que, con sus altibajos, ha durado hasta hoy.

Por cortesía, pues han pasado varios días desde mi llegada, le invito a tomar algo a mediodía, pero me dice que no puede, y que si no tengo inconveniente me llamará al día siguiente para quedar. Así era y sigue siendo Juan, un individuo tan hermético como cortante. Le contesto que de acuerdo, que al día siguiente hablaríamos.

Decido salir a comer algo, pero antes me abrigo con un viejo jersey de lana que recupero del armario, así como un pantalón de pana marrón y unos zapatos de gruesa suela de goma. Por si acaso cojo mi gorra de paño negro y un chubasquero impermeable de los chinos, antes de aventurarme a caminar por el piso mojado del paseo marítimo. El viento de levante mantiene su pertinaz rutina de batir la orilla con fuerza, mientras el cielo cubierto de nubes bajas dibuja franjas de luz en el horizonte lejano.

Casa Paco sigue manteniendo su típico aspecto de taberna de barrio, ajena a la modernidad de un turismo que busca locales diáfanos con vistas al mar y música dulzona de Julio Iglesias. Cuando entro no veo a nadie que atienda el local, pero me tranquiliza ver que un grupo de parroquianos beben el fuerte vino del país acodados en la barra, mientras otros almuerzan el menú de ocho euros que anuncia la pizarra que hay detrás del mostrador. *¡Hombre! ¡Usted por aquí!* Exclama Paco a mis espaldas. Me vuelvo y nos damos un abrazo. Luego, me mira a los ojos y añade: *Ya veo que sigue usted tan joven como siempre. ¿Y su mujer cómo está?*

Cuando le digo que Laura murió hace seis meses, su rostro se contrae en un rictus de dolor no fingido que consigue emocionarme. Se limita a traerme un vaso de vino y a aconsejarme la sopa del día y salmonetes fritos. Cuando voy a pagarle, me hace un gesto con la cabeza y apostilla: *Hoy paga la casa.* Me despido y camino despacio, de vuelta al apartamento. Al pasar por delante de la única librería que hay en el pueblo, me detengo un instante ante el escaparate para ver si hay algo que me pueda interesar y solo veo novelas que fueron *betsellers* años atrás, y algún que otro libro de autoayuda como *Tú puedes elegir tu propio destino*, y cosas por el estilo.

Al entrar en el apartamento percibo una temperatura templada, sin la humedad que rezumaban las paredes días atrás. Me siento en mi viejo sillón frente a la mesa camilla y enciendo el calentador eléctrico. La sensación de bienestar se mezcla con la belleza salvaje que ofrece el mar cuando hay tormenta. Y casi sin darme cuenta me dejo llevar hasta sumergirme en el insondable mundo del sueño.

De repente se me aparece mi abuela Carmen, bastante más delgada que la última vez que la vi. Viste traje gris de una pieza y una rebeca azul oscuro. Me sonríe con la dulzura de siempre mientras posa su mano sobre mi frente para saber si tengo fiebre, algo que, según recuerdo, solía hacer mi madre. Se sienta a los pies de la cama y me mira antes de hablar. *¿Me recuerdas? Claro que sí, abuela, cómo voy a olvidarte.* Le contesto. *He venido a verte*, continúa, *porque sé que aún sufres por el abandono de tu madre y porque las cosas no te han ido bien en la vida. Llevas razón, y por ello no voy a negarte que me siento el único responsable de todo lo que ha pasado. Lo soy, sin paliativos, y me arrepiento de todo corazón por el daño que le he podido causar a las personas que amaba, pero lo que más me duele y sigo sin entender, después de tanto tiempo, es que mi madre me abandonara cuando yo era niño y más la necesitaba. ¿Qué culpa podía tener yo sobre sus continuos desencuentros y peleas con mi padre? En fin, qué puedo decirte que tú no sepas. Pero lo que no le perdonaré nunca es que no se pusiera en contacto conmigo. ¿Por qué no lo hizo, abuela? Dime. ¿Por qué?*

Antes de contestarme coge mi mano y dice: *Si miraras en tu interior, encontrarías fácilmente la respuesta. ¿O acaso tus hijos no se hacen la misma pregunta ni te hacen los mismos reproches que tú le haces a tu madre? Pero mi abandono nunca fue permanente. Yo los veía con frecuencia. Además, les he pedido mil veces perdón, aunque ellos nunca me han perdonado.* Le respondo dolido. A lo que ella me contesta sin perder su dulce tono de voz: *El abandono siempre causa dolor y nunca admite reglas fijas a la hora de evaluar su alcance. Reflexiona sobre ello y entenderás mejor lo que digo.*

Tampoco el umbral del dolor es igual en todos los que lo sufren, pues en eso no cuentan ni la edad ni las circunstancias que lo causan.

Me despierto sobresaltado, con la boca reseca y no sé si es fruto de un incipiente resfriado o de la tensión que arrastro desde que llegué al pueblo. Enciendo mi Mac y retomo el diario que, a duras penas, va tomando cuerpo a partir de las impresiones que me suscitan los recuerdos; si bien es pronto, me digo, para abordar el complejo y proceloso mundo de mi relación con Laura y de los tristes acontecimientos que dieron al traste con nuestra convivencia.

Desde donde me encuentro veo la pequeña mesa-bar con botellas de licor a medio llenar cuyos restos son testigos mudos de otros tiempos en los que Laura y yo brindábamos con una copa en la mano, mirando el mar en aquellos interminables meses de verano, mientras hablábamos de literatura, política o de cualquier otra cosa.

3 de marzo. 11 de la mañana

Llevo dos días sin salir por un inoportuno resfriado que combato a base de leche caliente y paracetamol. A su vez la tormenta ha dejado sitio a una fina lluvia que cae mansamente sobre el pueblo acompañada de una temperatura de dieciocho grados, según marca el tiempo en mi teléfono móvil. Tengo el cuerpo destemplado, por lo que decido quedarme en casa y curarme. Trato de rearmarme mentalmente y para ello me dispongo a ver fotografías del año mil novecientos sesenta y dos, cuando Laura y yo nos conocimos en el aula de primer curso de la Facultad de Filosofía y Letras de la Universidad de Madrid.

La primera de las fotos que tengo registrada con ella es del día siete de enero de ese año. Estamos un grupo de alumnos sentados alrededor de una mesa en la que hay platos con restos de comida, botellas de vino y cervezas que apuntan a un almuerzo en el que probablemente festejáramos algún acontecimiento: ¿el cumpleaños de algún compañero? Laura mira a la cámara sonriendo tenuemente mientras que yo, a su lado, me mantengo serio e incapaz de ofrecer algo más que una mirada ausente… ¿de aburrimiento?

Curiosamente, en la contraportada de esa foto alguien pegó, ¿quién sino Laura pudo hacerlo?, uno de los poemas que escribí años después. ¿Por qué lo hizo? Intuyó que nuestra relación pasaba por una nueva y soterrada crisis. La pregunta que me hago es por qué escribí ese poema. Seguramente lo hice pensando en ella.

Lleva por título: *Primavera.*

Hace frío y es primavera.
Te recuerdo...
Caminabas lejana
y distante de la gente.
No era orgullo, no.
Simplemente eras tímida.
Y me enamoré de ti.
¿Recuerdas?
¿Recuerdas esas otras
Primaveras, sin frío?
Yo ya corría ganándole bocanadas al viento.
Y aunque tu extrañeza
permanece, todavía,
crees que has ganado,
pero te falta instinto.
Y es que aún no sabes
que una primavera con frío
es miedo acumulado.
Ausencia.
Solo ausencia.

Cierro los ojos y trato de recordar, mientras mi memoria vuela hacia territorios yermos y solitarios en los que mis sueños de juventud no se cumplieron. Curiosamente hoy, cansado y enfermo, quisiera profundizar en las razones que me lo impidieron. Empezaré por decir que aquellos fueron tiempos en que la gente de mi generación creía que podía cambiar el mundo; un mundo sin libertades y socialmente injusto que seguía estando ahí para recordarnos que, si queríamos, podíamos sustituirlo por otro más libre y solidario.

¿O acaso no éramos jóvenes, sanos e inteligentes? *¡Podemos con todo!* Nos decíamos a nosotros mismos, sin saber que el espejismo en que vivíamos no era más que sombras de luz que iluminaban falsamente nuestras vidas; vidas que resultaron ser mucho más frágiles de lo que pensábamos, aunque llegaban acompañadas de lecturas transgresoras, rápidas y mal asimiladas, al tiempo que de éxitos tan puntuales como efímeros.

A veces me pregunto por qué Laura no me dijo nada cuando el cordón umbilical que hasta entonces nos había unido comenzó a mostrar claros síntomas de agotamiento. Recuerdo que, al principio, nuestras desavenencias se mostraban como simples discusiones a las que no dábamos mayor importancia, pero que con el tiempo se fueron agravando hasta desembocar en nuestra primera crisis. Aún me sorprende el hecho de que ella nunca me hablara del asunto o intentara por todos los medios a su alcance buscar una solución al respecto. Aunque Laura era tan reservada que prefería llevar en silencio cualquier conflicto entre nosotros que mantener una discusión abierta conmigo.

Tampoco era una persona que no advirtiera el progresivo deterioro de nuestra relación, pero ella era una mujer paciente y convencida de que los conflictos personales solo se resuelven si una es capaz de afrontarlos sin urgencias ni agobios, máxime cuando se trata, como era el caso, de una relación entre adultos que se quieren. Y ella, puedo decirlo sin temor a equivocarme, me amaba de todo corazón, igual que yo a ella, aunque de modo muy distinto.

No sé muy bien por qué a estas alturas de mi vida aún me sigo preguntando si los hombres aman de manera distinta a las mujeres. La pregunta, en sí misma, es tan absurda, que si Laura me oyera, diría en su tono habitualmente tranquilo: *Confundes las cosas, querido. Todo es mucho más sencillo de lo que parece. Bastaría con que escucharas la voz de la razón para saber que cualquier pareja que se ame sufre si su relación entra en crisis, y deja de hacerlo cuando el amor desaparece.*

Preparo una sopa de sobre, pollo con verduras, y me la tomo casi hirviendo. Luego, otro calmante con un poco de agua, y me refugio en la cama. Trato de leer los titulares de las noticias más importantes en mi móvil, pero al instante me quedo dormido. Cuando me despierto, son casi las siete de la tarde. Me noto despejado y no me duele la cabeza. Tampoco me ha vuelto la tos. Me ducho con agua caliente y siento que mi cuerpo se va recuperando.

Creo que alguien llama a la puerta. Cuando suena el timbre por segunda vez, me apresuro a abrirla, arropado por mi bata de lana. Es Marta, una de las encargadas de la seguridad en la urbanización. *La policía quería hablar con usted.* Me dice consternada. Pero, al advertir mi inquietud, trata de tranquilizarme, añadiendo: *Bueno, ya han interrogado a casi todos los vecinos y solo falta usted. Es por lo de la niña. Perdóneme, pero no sé de qué me habla.* Le contesto, alarmado. *¡Ah! ¿No se ha enterado aún? Permítame entonces que le explique. Hace tres días, una chica de dieciocho años llegó sobre las dos de la madrugada bebida y atiborrada de pastillas a su casa del bloque C, el que está frente al suyo, y cuando su madre le recriminó la hora de llegar y el estado en que se encontraba, se produjo una violenta discusión entre ambas que, al parecer, terminó con la joven tirándose desde el balcón al jardín, que como sabrá está a unos cinco metros del suelo. De inmediato avisaron a una ambulancia y se la llevaron al hospital provincial. Los médicos dicen que no saben si saldrá con vida por los muchos traumatismos sufridos. Se ha abierto una investigación y la policía, que ya ha interrogado a los padres, quiere saber si algún vecino vio u oyó algo que les pueda ayudar. Le hemos estado llamando, pero al no coger usted el teléfono, decidí subir a ver si estaba.*

No le contesté de inmediato, abrumado por la noticia. Cuando reaccioné, añadí: *Es que estoy resfriado, me metí en la cama y… No se preocupe usted. Le he dado su teléfono al inspector y me ha dicho que si se encontraba indispuesto, o no estaba en casa, ya le llamará… Bueno, disculpe y que se mejore.*

Me despido de Marta y vuelvo a la cama. Ahora entiendo la razón de aquel extraño y fuerte ruido que oí la madrugada de hace unos días.

9 de marzo. 20 horas

Muchas cosas han pasado desde la última entrada que realicé en este diario que me empeño en escribir, no obstante el enorme esfuerzo que me produce recuperar mis recuerdos y volcarlos en mi viejo ordenador. Si no fuera porque trato de reencontrarme conmigo mismo y entender las razones del modo en que me comporté con Laura, no le dedicaría ni un solo minuto de mi tiempo a escribir estas notas. Tampoco sé muy bien en qué consiste lo de reencontrarme, ya que quiero pensar que siempre he sido el mismo, y puede que en eso consista la mentira en la que vivo: creer que no he cambiado, y que mi vida ha sido siempre la prolongación de un mismo hálito vital. Pero, volviendo al asunto, he salido del resfriado una semana después de tomar un montón de potingues que me han dejado la boca reseca y el estómago estragado. Ahora me encuentro en relativa buena forma, pero no por ello dejo de tomar a diario las medicinas que me recetó mi médico de cabecera, Pedro Larraz, aunque no abrigo muchas esperanzas sobre sus benéficos efectos.

Juan me espera en el bar de Paco con cara de pocos amigos y como siempre se muestra altivo y distante. Sé que no le gustó enterarse de la muerte de Laura por su mujer y, conociéndole, me consta que a él le habría gustado ser el primero en saberlo. Pero aparte de que no tengo por qué darle explicaciones sobre mi vida privada, tampoco estoy dispuesto a aguantarle sus desplantes, y menos a consentir sus malos modos. Por eso le entré duro y cortante: *Te veo con cara de pocos amigos, así que, si lo prefieres, podemos dejar el almuerzo para otro día que estés de mejor humor.*

Me retó con la mirada, midiendo el alcance de mis palabras. Pero al advertir que le hablaba muy en serio, cambió el bronco registro de su rostro por otro más próximo y amable. *No es que esté de mal humor por verle a usted, es que hemos sentido mucho la muerte de Laura y no podemos evitar el dolor que su muerte nos ha producido. Ya sabe la admiración y el respeto que le teníamos.* Utiliza el plural, introduciendo a María en sus condolencias, para desviar su interés personal en el asunto. Luego, prosigue. *Ella siempre nos honró con su confianza y amistad, y eso nunca lo olvidaremos*

Una fina lámina de agua cruzó el cristal de sus ojos y oscureció su mirada, pero se contuvo, y añadió: *¿Sería mucho preguntarle cómo murió y si sufrió antes de irse?*

Le conté brevemente su enfermedad, aunque sin entrar en detalles, pues no me pareció oportuno. Para qué negarlo, su desagradable actitud y continua devoción por Laura siempre me habían molestado. Sin embargo, no me habría importado contarle algunos detalles de su enfermedad de no ser porque su altivez de carácter le impedía reconocer que no tenía derecho a ello, al margen de que yo tampoco estaba dispuesto a compartir mi privacidad con él.

De otro lado, yo sabía de sobra que mi introspección sobre su muerte no me ayudaba a superar los muchos miedos que aún gravitaban sobre mi conciencia, en la medida que ello me obligaba a remover el pasado. Aunque mis dudas y mi silencios lo que buscaban era demorar la verdad de lo ocurrido y ganar el tiempo que necesitaba antes de profundizar en mi memoria. En fin, la conversación no daba para más y Juan y yo quedamos en vernos otro día para tomar un vino o almorzar.

Volví a casa por el paseo marítimo, recreándome en la oscura fuerza del mar que hoy se ofrecía bajo un cielo encapotado que anunciaba lluvia. No sé si algún día encontraré la razón por la que siempre me ha conmovido la tenacidad con que se proyectan las olas al romper sobre la orilla, o los secretos ocultos que encierra en su interior; secretos que hablan de soledades y naufragios y, por tanto, de dolor y muerte. No sabría explicarlo, pero tengo para mí que su fuerza encubre la razón que vulnera la ley de la gravedad, y acaba fundiéndose con ciertos elementos telúricos que transcienden lo que vemos y sentimos.

Al llegar a casa preparo café y mientras el agua alcanza su punto de ebullición me reclino sobre la encimera de la cocina y me veo a mí mismo con cinco años en la casa grande de mi abuela, observando cómo mi madre y la suya trabajaban con sus manos la masa de las magdalenas con sabor a limón que, al cocerse en el horno, proyectaban su delicado aroma sobre aquel espacio íntimo donde ellas pasaban largas horas del día y de la noche, hablando sobre mil cosas, cocinando, planchando, mientras yo jugaba en el patio. También recuerdo sus risas que, a cada instante, interrumpían con espesos silencios que mi abuela conjuraba con una de sus frases preferidas: *Parece que ha pasado un ángel.* Luego, reanudaban la conversación, mientras yo, sentado en el suelo, me sumaba a sus risas, sin saber por qué.

Jamás conocí la razón por la que mi madre se marchó de casa, pues mi abuela nunca me lo dijo, aunque se me apareció hace poco para recordarme que la historia se repite. Lo que sí me contó, poco antes de morir, es que era una mujer bellísima, alta, delgada, morena, de finas facciones y ojos castaños. También me comentó que era poco habladora salvo cuando estaba con ella, con la que mantenía una relación muy especial, aunque con el resto de la gente, según le oí decir a mi padre, se mostraba de forma esquiva y poco comunicativa.

Puede que ello se debiera a su timidez, aunque mi abuela siempre decía que tenía buen carácter. ¿Era acaso bipolar? Yo solo recuerdo sus besos y el olor a jazmín que desprendía su cuerpo. ¿Pero, por qué me dejó? ¿Qué lleva a una madre a abandonar a su hijo de cinco años? Puedo entender que se separara de mi padre, pues este no era un hombre fácil de llevar, pero que desapareciera de mi vida sin dejar rastro alguno es algo que me resulta difícil de entender, incluso para un hombre que casi nunca se comportó como debiera. Que nunca volviera a interesarse por mí, ni me escribiera una carta es algo que sobrepasa el instinto que una madre debe mantener con sus hijos. Me he planteado varios escenarios posibles que explicaran su actitud: que muriera al poco de haberse marchado. ¿Un ataque al corazón? ¿Un accidente de circulación? ¿O se marchó a un país lejano donde se casó con alguien que le prohibió relacionarse con su familia anterior? Y así podría seguir encontrando decenas de excusas que sirvieran para explicar su abandono, pero ningún escenario de los muchos posibles me parece creíble, sino fruto de mi imaginación.

A pesar de ello he aprendido a vivir con su ausencia, o mejor dicho, me he acostumbrado a ella, si bien a veces me asalta la inquietud de abandonar este mundo sin descifrar el enigma que la llevó a marcharse abandonándome a mi suerte Aunque tampoco descarto la explicación más sencilla: que lo hiciera porque yo, de algún modo, representaba una carga para su proyecto de futuro. También me planteo hasta qué punto su comportamiento me llevó a ser el padre irresponsable en que me convertí, aunque me consuelo pensando que yo, al menos, busqué el perdón de mis hijos, y de paso mi propia expiación. Aunque a saber lo que ella habría pensado de mí, si hubiera conocido la trayectoria del hombre egoísta en que me convertí.

12 de marzo. 2 de la madrugada

La inquietud no me deja dormir. Es como si una fuerza interior me lo impidiera. Con todo, hago un esfuerzo y decido levantarme. Me sitúo frente al ordenador con la intención de escribir unas líneas o repasar lo escrito y, al encenderlo, siento la extraña sensación de siempre, encontrarme ante una página en blanco, cuyo cursor me incita a poner una palabra tras otra y escribir algún comentario sobre mis impresiones del día o cualquier reflexión, por muy banal que sea.

De otra parte, desconozco la razón del agobio que siento en mi interior y me impide conciliar el sueño. Es como si un censor me avisara de que hay algo que erosiona mi cuerpo y altera los terminales nerviosos que me permiten sobrellevar el dolor. Concretamente hay veces en que este incluso llega a cortarme la respiración; de hecho, han llegado a convertirse en elementos cruciales de mi enfermedad; dolores que combato a duras penas con las pastillas que me recetó Larraz, aunque en descargo de mi enfermedad diré que desde niño he sufrido de insomnio, como algo consustancial a mi vida.

Ceno una manzana y me preparo una tila para ver si me tranquilizo y puedo descansar. Desde la mesa camilla donde escribo observo el bronco rugido de las olas descargando en la orilla. Parece que el viento ha rolado a poniente, y puede que mañana amanezca un día con un mar aquietado, bajo un cielo azul limpio de nubes. Ya veremos. Durante gran parte de mi vida, es decir, desde los veinte hasta los cincuenta años, solo me preocupaba el presente;

sin embargo, ahora tengo otra percepción del tiempo, lo que me obliga a resetear los recuerdos y procurar entenderme a mí mismo. Cuando era joven, mis vivencias diarias constituían mi única realidad, los cimientos que sustentaban mis deseos y ambiciones; o dicho de otro modo, el núcleo duro que almacenaba mi energía, lo cual me ayudaba, además de a evaluar mi estado de ánimo, a dedicarme al trabajo, que era lo que más me importaba. De hecho, era lo único que me servía de acicate y estímulo para relacionarme con el mundo en que vivía.

El presente era la caldera donde se fraguaban mis sueños y el lugar donde nada escapaba a la fuerza gravitatoria de mi ambición. Además, era un joven saludable con fuerzas suficientes para afrontar los retos que la vida me presentara. Mi autoestima, tan predecible como evidente, no dejaba de ser un espejismo, la burbuja donde crecí y me hice hombre, creyéndome, si no superior a los demás, al menos por encima de la media de mis conocidos y amigos. Aún recuerdo una especie de mantra que continuamente divulgábamos el grupo de jóvenes tan engreídos como yo, de que si estudiábamos y manteníamos intacta nuestra curiosidad intelectual, podríamos cambiar la España en que vivíamos; un país autoritario y rancio cuyos dirigentes se aferraban con uñas y dientes al poder que ya no les pertenecía, al haberle sido arrebatado por unos jóvenes cachorros criados a sus pechos.

Noto frío en las piernas, por la humedad que aún impregna cada rincón de la casa. Voy a la cocina a prepararme un café y me viene a la memoria el brutal ruido que me despertó la pasada madrugada en la que una joven de dieciocho años se tiró al vacío con la decidida pretensión de acabar con su vida. No dejo de preguntarme por la razón que la llevó a suicidarse. Y puede que nadie lo sepa, ni siquiera ella misma. ¿Drogas? ¡A saber! Aunque por lo que he leído, un gran porcentaje de suicidios se deben a la depresión; esa terrible y silenciosa enfermedad que inunda la conciencia del ser humano y anula el instinto de conservación. *¿Pero qué la produce?* Me pregunto. *¿La genética, o las frustraciones que vamos acumulando a lo largo de la vida?*

Sé que me desvío sobre lo que intentaba decir hace un rato sobre lo de recuperar la memoria. Y empezaré por afirmar que, a estas alturas de mi vida, no me preocupa gran cosa el presente. ¿Pues qué puedo esperar de él? ¿El dolor, la muerte? Cuando escucho las noticias en la radio me sobrecoge el sufrimiento que aflige a los más débiles, a los marginados, a los que no tienen voz, salvo la que les presta alguna ONG, de esas que se las ven y se las desean para mitigar, aunque solo sea en parte, el horror del mundo.

No me preocupa repetirme. Lo diré una y mil veces: lo que más me abruma son las pateras, esas tumbas flotantes donde hombres, mujeres, y madres con sus hijos en brazos, se juegan la vida porque no les queda otra, salvo esperar que alguien los recoja y puedan encontrar un mundo mejor. Con todo, lo que aquí y ahora me preocupa, no es el presente ni el futuro, sino el pasado. El lugar donde reposan los recuerdos por más que la bruma que habita en mi interior se encargue, en ocasiones, de ocultarlos.

12 de marzo. 7 de la mañana

Levanto la persiana de la terraza frente a mi cama y observo el mar extrañamente en calma. El viento roló la pasada madrugada y ahora es el poniente quien acuna sus mansas y aquietadas olas, mientras el sol reverbera en el horizonte, provocando un sinfín de luces que oscilan entre un azul intenso y un verde claro; este último, anclado a lo lejos, en los confines del mar.

Mientras me ducho y afeito, oigo el *allegro moderato* de la *Octava sinfonía* de Bruckner, en la versión de Karajan con la filarmónica de Viena. Sus melodiosos y ascendentes acordes elevan mi maltrecha autoestima dañada por el pesimismo que me embarga. Desayuno en la librería de Jenny y vuelvo dando un paseo por los alrededores del puerto hasta casa. Nunca he sido amigo del sol y hoy más que nunca lamento haber olvidado mis gafas oscuras y mi viejo sombrero de paja, ya que me expongo a una exultante luminosidad que viene a compensarnos del pertinaz levante que nos ha acompañado en los últimos días. Las barcas varadas en el puerto, tras una noche de intensa calma y abundante captura de sardinas, han aliviado el bolsillo de los sufridos marineros que, para celebrarlo, se han refugiado en las tabernas próximas.

Caliento café y con la taza en la mano me recreo mirando las estanterías repletas de libros que fuimos trayendo, poco a poco, desde Madrid, para aliviar las baldas repletas de volúmenes que jalonaban los pasillos, salas y habitaciones de nuestra holgada casa en las afueras de la ciudad. Ambos aprovechábamos nuestro periodo vacacional para abordar las lecturas que teníamos pendientes en nuestro acogedor apartamento con vistas al mar. Ella era una voraz lectora de novelas, aunque no por ello dejaba de interesarse por todo tipo de ensayos sobre historia o filosofía; en particular, lo que Laura llamaba «sus clásicos griegos». Y yo le iba a la zaga, aunque mis lecturas eran más premiosas que las suyas; no sé si porque mi vista no daba para más, o por el esfuerzo que me suponía abordar cualquier lectura cuando escribía uno de los muchos libros que, por encargo de la editorial, me veía obligado a entregar.

Ahora me pregunto mientras escribo estas líneas, si valió la pena haber leído, de forma tan atropellada y compulsiva, aquella ingente multitud de libros, algunos de muy poco o nulo interés, aunque estoy convencido de que si se lo hubiera preguntado a Laura me habría contestado que cualquier libro, además de ayudarle a vivir, le servían para ser mejor persona y, sobre todo, a mirar el mundo de forma más compasiva. Tampoco tengo nada claro si el conocimiento adquirido en aquellos libros me permitió crecer o acabé convirtiéndome en un sujeto incapaz de metabolizar lo que leía.

15 de marzo. 11 de la mañana

Esta mañana me he quedado leyendo perezosamente en la cama y desde el interior de la habitación observo cómo el sol se filtra entre las rendijas de la persiana, dibujando arabescos en el suelo. Mientras preparo café tomo uno de los libros que he traído de Madrid: *Las rimas de Bécquer*, y me detengo en la LXII (56) que leo en voz alta:

Primero es un albor trémulo y vago,
rayo de inquieta luz que corta el mar;
luego chispea, crece y se dilata
en ardiente explosión de claridad.
Su brillante resplandor es alegría;
su pesarosa sombra es el pesar
¿Cuándo en la oscura noche,
de mi alma,
cuándo amanecerá?

Siempre me ha sobrecogido ese segundo verso de sus rimas; sobre todo, la inmensa soledad del poeta, su inútil y desesperada búsqueda: *¿Cuándo amanecerá?* Se pregunta el bardo, ante la oscura noche repleta de sombras que le impiden alumbrar un nuevo día. Un día, a ser posible, pleno de luz, sin lastre ni pesares, ingrávido y ligero, donde no haya espacio para el dolor.

En su primer poema, el autor nos invita a creer moderadamente en nuestro propio futuro, cuando dice:

Primero es un albor trémulo y vago,
raya de inquieta luz que corta el mar.

¿No es este el esperanzador prólogo que nos señala el camino y nos invita a escapar de la negritud del alma, de su alma, de la nuestra, la de todos, la que habita en la oscuridad? Y me pregunto si amanecerá el día en que un rayo de luz me señale el camino de la redención. De hecho, no hay nada en el mundo que desee tanto. Incluso daría lo poco que me queda de vida por escapar de esa pesadilla que me atormenta, y me permita creer de nuevo que ello es posible y no impida que me entregue a un destino donde no hay sitio para la esperanza. Solo pido una tregua que me ayude a sobrellevar el sentimiento de culpa que me impide respirar.

Puede que esa sea la razón de que Laura se me aparezca y me hable, tratando de disipar las muchas dudas que a diario me asaltan. Ella cree que con su ayuda podría alcanzar la seguridad de otros tiempos en los que aún era joven y no tenía que disimular el miedo que sentía ante la adversidad, aunque en público jamás diera esa imagen. Muy al contrario, usurpé de tal modo el lugar del joven fuerte y seguro de sí mismo, que hasta mis más enconados adversarios se mostraban remisos a entablar debates conmigo, por la imagen firme y seductora que transmitían mis palabras.

17 de marzo. 2 de la madrugada

No hago más que dar vueltas en la cama buscando, sin conseguirlo, activar mi memoria. Me levanto y, al acomodarme en la mesa camilla, siento un pequeño estremecimiento, como un calambre en la espalda ¿o es un escalofrío? Mi sistema inmunológico me avisa de que algo no funciona bien en mi interior. ¿O son simples conjeturas mías? Las palabras de Larraz sobre los efectos del fármaco que ingiero al anochecer de cada día me llevan a pensar que la ligera indisposición que siento no es fruto del azar: *A veces tendrás escalofríos acompañados de cierto malestar.* Me dijo, antes de venir al pueblo. Con todo, me levanto para ponerme la bata de lana sobre el pijama y enciendo el calentador. La combinación del calor y el café obran el milagro. De nuevo, reconozco mi cuerpo, y ello me reconforta.

A Laura no le gustaban las fiestas, ni el bullicio, tampoco las conversaciones atropelladas; prefería el teatro al cine, la ópera a los conciertos y las charlas en un marco restringido de amigos y amigas en las que tuviera la posibilidad de intercambiar ideas sobre cualquier tema, fuera este político, literario o social. Así era ella, al menos, cuando nos conocimos. La recuerdo amable con todos, aunque siempre mantuvo cierto distanciamiento conmigo, como si advirtiera en mi forma de mirarla un interés que sobrepasara los límites que ella se había impuesto en el terreno amoroso.

Releo esto último y creo que no me he expresado con claridad. No es que ella pasara de mí, o que fuera incapaz de relacionarse sentimentalmente conmigo. Ambos nos queríamos, y mucho. Solo que ella temía verse abducida por una relación que limitara su libertad. ¿Sentía celos de mí por alguna razón? ¿Creía, acaso, que yo podía condicionar su libertad para desarrollarse en un mundo de hombres? No lo sé. Lo que sí sé es que su distante actitud conmigo impedía que la complicidad que yo buscaba aflorase de forma natural entre nosotros, ya que el simple hecho de mirarla, sonreírle furtivamente o cogerla de la mano, aunque solo fuera un instante, se convertía en algo singularmente extraño para ella, que incluso podría llegar a disminuir la especial relación sentimental que existía entre nosotros. Para qué negarlo, echaba de menos su calidez emocional, e incluso llegué a sentirlo como una herida abierta difícil de suturar.

Recuerdo que un caluroso domingo, creo que del mes de mayo, nos fuimos a practicar senderismo —a ella le gustaban todos los deportes y especialmente esa práctica deportiva—, por los alrededores del Guadarrama, y tras una intensa jornada, terminamos almorzando al aire libre, en una venta de carretera, ya de vuelta a Madrid. A Laura se le había pegado el sol durante el camino, no obstante llevar puesta una gorra-visera de la que difícilmente se separaba en nuestras excursiones campestres y que, al quitársela, propició la caída de su ondulado cabello castaño sobre los hombros, provocando en mí un simple y sincero comentario: *Estás radiante y me siento un hombre afortunado*. Ella me miró desde sus grandes ojos castaños y me contestó con un exabrupto: *Deja los piropos para tus alumnas*. Luego, cogió su copa de vino y me ofreció un brindis que nunca supe si hizo para compensarme por su áspera respuesta, o porque sencillamente lo sintió. El caso es que mientras esbozaba una de sus escasas sonrisas, dijo: *Por los buenos momentos que pasamos juntos*. Una de cal y otra de arena. Así era ella.

18 de marzo. 15 horas

Esta mañana he oído en la radio que después del mal tiempo y los fuertes vientos que han azotado la costa en las últimas semanas, llega un anticiclón que traerá subida de las temperaturas y un ligero viento de levante. No sé si alegrarme o lamentarlo, pues percibo que la excesiva luminosidad dispersa mis ideas y no me permite concentrarme en lo que quiero. Tengo la impresión de que mi memoria se desvanece ante el espectáculo de una primavera anticipada, cuando esta se ofrece en todo su esplendor, reclamando para sí el protagonismo de la vida.

Después de un frugal desayuno, té verde y una manzana, siento la necesidad de releer a Seneca. Sus *Epístolas Morales a Lucilio* me ayudan y conmueven al mismo tiempo. Me he detenido en el párrafo que en su día subrayé de su Libro VIII, Epístola 70, que reza así:

> *¿Voy a esperar la crueldad de la enfermedad o de los humanos, cuando puedo abrirme paso a través de los tormentos y conjurar la adversidad? Ese es un motivo importante para no quejarnos de la vida: que a nadie retiene. Buena es la condición de las cosas humanas, dado que nadie es desgraciado sino por su culpa. ¿Te agrada? Sigue viviendo. ¿No te agrada? Puedes regresar a tu lugar de origen.*

Nunca he encontrado mayor coherencia entre el pensamiento recogido escuetamente en una frase y su sereno y reflexivo suicidio al caer en desgracia ante Nerón. Su radicalidad conceptual, su ausencia de retórica, esa altiva desnudez al ofrecerte vivir o morir, me estremece y sobrecoge al mismo tiempo. A no ser por el torrente de espiritualidad que envuelven sus *Epístolas,* cabría preguntarse si su oferta de elegir entre la vida o la muerte ante las contrariedades de la vida no contradice la moralidad que sus textos pregonan.

Al poco, siento que sus palabras me han calado más hondo de lo que pensaba y enervan los resortes más sensibles de mi ser. Eso me lleva hacia territorios oscuros, solitarios y olvidados, que conjuro asomándome a la terraza y permitiendo que la luz cauterice las heridas que recorren los intersticios de mi alma atormentada, mientras un sol rutilante titila lujurioso sobre las olas que se rinden mansamente en la orilla. Respiro hondo y salgo camino del paseo marítimo. Aunque es tarde para almorzar, van a dar las cuatro, encuentro un bar abierto donde tomo algo y, luego, saltándome los protocolos no escritos sobre mis costumbres y los que impone mi enfermedad, le pido al camarero una ginebra sin hielo y una rodaja de limón. Me consta que el bueno de Larraz, de conocer mi estado de ánimo, me lo habría prescrito.

20 de marzo. Una de la madrugada

Esta tarde he cenado una sopa de champiñones y de postre un yogur azucarado, mientras escucho *La noche transfigurada* de Arnold Schönberg. Siento la cabeza despejada y no tengo sueño. Por ello, me dispongo a escribir unas líneas de cuando Laura y yo nos conocimos en la Facultad de Filosofía y Letras de la Complutense de Madrid. Corría el año 1964, y si la memoria no me falla, fue a principios de curso cuando la vi por primera vez. Ella venía hablando con otra chica por los pasillos de la facultad y, de inmediato, llamó mi atención. Su pelo corto, su falda escocesa y una chaqueta de ante sobre un ligero jersey de cuello vuelto, creo que celeste, moldeaban su estilizada figura confiriéndole un aire moderno y juvenil. Sus ojos castaños se alzaban sobre sus pómulos, y parecían mirarte exclusivamente a ti, aunque no fuera cierto, o lo hiciera de pasada.

En aquella ocasión no hablamos y, según me comentó más tarde, ni siquiera reparó en mí. Fue en el bar de la facultad y en fechas próximas a las vacaciones de Navidad, cuando por primera vez encontré el valor para hablarle. Claro que desde el día en que la vi por aquel largo y oscuro pasillo con su amiga, no dejé de seguirla con la mirada, buscando siempre los ángulos más propicios del aula para sentarme y observarla a gusto, aunque sin atreverme a dar el paso de acortar distancias, pues a ella le gustaba relacionarse con alumnos de cursos superiores, lo que representaba un serio hándicap para mí. Quién me iba a decir entonces que, con el tiempo, las tornas cambiarían y ella pasaría a ser la tímida y yo un joven desinhibido sin ningún tipo de miedo escénico. Pero eso sería más tarde y merecería una reflexión aparte. Fue el mediodía de un viernes del mes de diciembre, cuando por vez primera me encontré con un reducido grupo de alumnos de nuestro curso, entre los se encontraba Laura, que charlaban animadamente en el bar de la facultad.

Por lo que escuché hacían planes para el fin de semana y fue entonces cuando, sin pensármelo dos veces, la abordé. Para ello tuve que sortear entre otros, ¡cómo no!, al tipo de varios cursos superiores al mío que no dejaba a Laura ni a sol ni a sombra y, tras colocarme frente a ella, le pregunté: *¿Cómo te llamas?* Recuerdo que me miró sonriendo, y me contestó: *No sabía yo que tu especialidad consistiera en preguntarle a las chicas cosas que ya sabes.* Su comentario me dejó de una pieza y a ella tan contenta como unas pascuas. Se lo noté por la amplitud de su sonrisa. La torpeza de mi pregunta se hizo patente, además de por su vacuidad, por la inocencia de ocultar que me había convertido en su sombra, como si ella no lo supiera y mi comportamiento no lo evidenciara. A partir de ese día empezamos una amistad que acabó, tras dos largos años, convirtiéndose en una historia de amor.

25 de marzo. 8 de la mañana

Levantarme temprano forma parte de mi código de conducta desde que era muy joven. Pero últimamente ando perdido con lo del horario. Es como si la futilidad del tiempo ocupara menos espacio en mi vida, sin por ello alterar mis costumbres ni la importancia que le doy a cuanto hago. *¿Qué más da?* Me digo a mí mismo. *¿Por qué he de preocuparme sobre lo que he de hacer hoy o mañana si mi vida carece de horizontes?*

Recuerdo un largo viaje que Laura y yo hicimos por el Atlas marroquí, ya casados, en compañía de un grupo de amigos, y de cómo hablando un día con el guía que nos acompañaba supimos que las tribus nómadas del lugar vivían al margen de cualquier horario convencional y ajenos por completo a cualquier asunto que no fuera del interés diario que sintieran en cada momento. De modo que levantarse o acostarse, comer, defecar o hacer el amor no encontraban más sujeción horaria que el capricho de su apetito. Pues, bien, tengo la impresión de que algo parecido me está pasando a mí. En realidad nada me sujeta a este mundo, ni me obliga, salvo el deseo de recuperar, si no el amor, al menos la comprensión y el afecto de mis hijos.

Busco entre los disquetes que me traje al pueblo y elijo el *Concierto de Brandeburgo n.º 3*, en sol mayor, reservado exclusivamente a la cuerda.

Mientras lo escucho cierro los ojos y, por un instante, los caprichos del subconsciente me trasladan a la infancia. Es como viajar en el tiempo, aunque sin las ataduras de la disciplina que mi padre me imponía en los estudios, o su radical rechazo a todo lo que él juzgara como una pérdida de tiempo en mi formación. Como si todo aquello fuera patrimonio exclusivo de su autoridad y no algo que me correspondiera a mí.

Nunca olvidaré los treinta minutos de recreo que nos concedían en el colegio y que la mayoría de los alumnos aprovechaba para jugar al futbol, mientras yo leía ensimismado *Ivanhoe* de Walter Scott, recostado sobre la pared del patio que se abría al jardín del centro. La separación entre géneros, que ya entonces me suscitaba un profundo rechazo por la desigualdad que ello implicaba, se veía solapada por otra razón de mucho mayor peso: la fascinación que me producía Cristina, una chica de ojos azules y tirabuzones dorados que, al cruzarse conmigo a la salida del colegio, algo que yo provocaba haciéndome el encontradizo, me regalaba una sonrisa que hacía levitar mi cuerpo hacia excelsos territorios que nunca antes había conocido.

Ahora que lo pienso, los recuerdos de mi infancia revolotean en mi memoria, buscando una interpretación que nunca llega, algo que explique el fracaso de mi vida; un fracaso que debió fraguarse al calor de la infancia, de la pubertad o de mi mayoría de edad. ¿Quién lo sabe? Yo desde luego no. Lo que sí sé es que un conjunto de circunstancias se dieron cita en aquel periodo de mi vida y, por alguna razón, su conjunción, terminaron labrando el camino de mi desgracia. Hablo de sucesos que se produjeron a lo largo del tiempo, aunque todo me hace pensar que las piezas de aquel rompecabezas fueron encajando al ritmo imprevisible de mi vida, propiciado por mi especial manera de ser, y sobre todo, de comportarme.

¿Pero cómo era yo en aquel tiempo? ¿A qué edad empecé a ser el que soy? He leído mucho en libros y ensayos que se han escrito sobre el tema, y, curiosamente, nadie se pone de acuerdo sobre la edad en que uno comienza a definir su personalidad. Todos son conjeturas o afirmaciones gratuitas sin más fundamento que la arbitrariedad del autor. Quizás, por eso, escribo cosas que se me pasan por la cabeza como una forma de aproximarme al hombre en que me convertí.

Y aunque soy consciente de la falta de rigor al examinar mi pasado, no encuentro otro sistema más útil para abordar los acontecimientos que conformaron mi existencia que dar saltos en el tiempo, hacia atrás o hacia delante, sin otro propósito que el de ponerme a prueba y comprobar hasta qué punto lo que escribo es coherente con lo que ha sido mi vida y se ajusta a la verdad. Para ello debo hacer un ejercicio de introspección interior y analizar ciertos elementos que, sin ser aparentemente relevantes, marcaron curiosamente un antes y un después en mi personalidad.

Recuerdo que cuando a los trece años mi padre me regaló una bicicleta, algo que le venía pidiendo desde hacía algún tiempo, comenzó curiosamente una nueva etapa en mi vida. A partir de aquel día dejé de integrarme en el grupo de los colegas que hacían piña para hacer excursiones a pie por los alrededores de la urbanización en que vivíamos, y empecé a buscar excusas para ir por libre y no tener que ir con ellos. La verdad es que prefería montármelo por mi cuenta; sobre todo los jueves por la tarde, cuando librábamos en el colegio y yo aprovechaba para, con mi bicicleta recién estrenada, adentrarme por carreteras de tierra sin asfaltar, fronterizas con las zonas urbanizadas cercanas a mi casa, donde grandes bloques de pisos a medio construir prestaban al paisaje un perfil degradado e inhóspito, próximo a la desolación personal que yo sentía.

Tampoco me aislaba del todo, pues ya entonces tenía claro que debía relacionarme con la gente de mi generación, aunque sentía la necesidad de encontrarme a mí mismo y disfrutar de un espacio que fuera exclusivamente mío; un espacio en el que desarrollar mi individualidad sin las cortapisas ni exigencias que solía imponer el grupo. Hasta tal punto disimulé mi tendencia al aislamiento que incluso en el colegio, un centro laico y progresista, los compañeros de clase llegaron a considerarme un tipo simpático y amable que no desentonaba del resto cuando ponían en marcha algunas iniciativas festivas.

Esa ambivalencia en que vivía me permitía conciliar ambos perfiles de mi carácter, aunque mi tendencia natural hacía que me deslizara, con más frecuencia de la debida, hacia territorios íntimos e intransferibles en los que yo me encerraba para no dar cuenta a nadie de lo que sentía o pensaba. Incluso ahora soy muy consciente de que los ínferos del alma, de los que habla María Zambrano, esos sentimientos profundos que habitan en nuestro interior, son los que en mayor medida exigen momentos de soledad para sobrevivir en un mundo de ruidos, gritos y falsas certezas.

Nadie como Baltasar Gracián podría definir la soledad como en uno de sus poemas que, a veces, recito como un exorcismo, para saber quién soy:

Soledad, no hay compañía
mayor donde al alma yace
consigo, y en ella nace
una verdad cada día:
en esta breve armonía,
miro cuan breve reposa
en un peligro la rosa,
en un desmayo el jazmín
y que sola el alma al fin
permanece siempre hermosa.

27 de marzo. 9 de la mañana

Parece que el buen tiempo ha venido para quedarse, al menos durante unos días. Ya veremos. Sin embargo, un ligero viento de levante se hace sentir a ratos con rachas que refrescan el ambiente caldeado por un sol alto y sin nubes. La mañana invita a pasear, aunque decido abrigarme porque mi teléfono móvil señala que las temperaturas oscilarán entre los catorce grados a primera hora de la mañana y veinte al mediodía. La cuestión es que no puedo confiar en mi cuerpo, ya que en ocasiones se comporta de forma errática, pasando del calor al frío, y del frío al calor, sin que ello se corresponda con la temperatura ambiente.

Seguramente esto esté relacionado con mi enfermedad y puede que solo Larraz tenga la respuesta, pero no quiero importunarle con preguntas que le obliguen a mentir. Siempre he sabido que, salvo excepciones, los médicos no suelen intimar con los enfermos. De hecho, lo que hacen es establecer una barrera que delimite el ámbito de cada una de las partes: la del médico y la del paciente. Puede que esa sea su singular forma de centrarse con objetividad en la enfermedad y no en el enfermo. Aparte de que ¿quién puede enfrentarse al dolor del mundo, a las miserias de la corrupción del cuerpo, desde el sufrimiento compartido con el doliente?

Sin embargo, Pedro Larraz es algo más que un afamado internista. Es de esos hombres sencillos y templados de carácter que consiguen que el enfermo no mantenga una relación dependiente o subordinada con él, sino que, casi sin darte cuenta, acaba convirtiéndote en su cómplice; de ese modo la enfermedad deja de ser algo exclusivo del paciente y se convierte en una lucha que, aun siendo tuya, forma parte de los dos.

Hago la primera parada en la tienda de Jenny donde mientras desayuno un café con leche y un cruasán, ojeo *La Vanguardia* y me informo muy por encima de lo que pasa en España y en el mundo. Debería preguntarme por qué no me interesa demasiado la política, algo que, en su día, formó parte de mis preocupaciones más acuciantes. Puede que mi enfermedad haya cambiado el rumbo de mis prioridades, aunque quizás sea un recurso demasiado fácil para endosárselo a la dolencia que padezco. Creo que es más bien la apatía en que vivo, mi agnosticismo vital, mi reencuentro con la soledad, una soledad íntima, casi entrañable, o el interés que siento por reencontrarme con la verdad, lo que explica que muchas de las cosas que antes me interesaban hayan dejado de hacerlo.

Lo que no he perdido es mi pasión por la lectura, el cine, y la música clásica; sobre todo, Mozart y Bruckner; sin olvidar a Debussy y Beethoven. Esas tres pasiones me ayudaron a vivir durante mi juventud y madurez y lo siguen haciendo, aunque ahora prefiero releer a los autores que en su día me emocionaron y forman parte del canon que define el núcleo duro de mi sensibilidad. Laura, por su parte, además de estar al día sobre todo lo relacionado con el movimiento feminista, nunca dejó de leer ensayos sobre cuestiones sociales y siempre estaba en primera línea de las luchas a favor de la igualdad, contra la violencia de género o la violación de los derechos humanos; sobre todo de los niños, en cualquier parte del mundo, y singularmente en África.

No puedo remediar que mis ojos se humedezcan al recordarla. Son muchos los momentos que se agolpan en mi memoria de aquel tiempo en que nos conocimos y que, de forma atropellada, aunque veraz, voy recogiendo en este diario; recuerdos que afloran en mi conciencia a retazos y que, a toda costa, me propongo recuperar. Claro que me gustaría ordenarlos para no incurrir en contradicciones que supongan fracturas en el recorrido vital y emocional que ambos compartimos. Al menos voy a intentarlo. Pero no hoy. Empezaré mañana.

Hoy me encuentro bien. Ligero de cuerpo y alma. No me duele nada y tengo unos deseos enormes de pasear y disfrutar de una mañana que se presenta radiante y luminosa. Nadie puede imaginarse la íntima alegría que siente un enfermo terminal al poder disfrutar de un nuevo día, sin que le duela nada.

1 de abril. 5 de la madrugada

Ha regresado el poniente y el mar permanece quieto, apelmazado, ofreciendo su versión más tranquila y apacible. Desde la mesa donde escribo veo salir del puerto algunos barcos de pesca con las luces de situación encendidas, en busca del caladero donde anoche echaron sus redes, para ganarse el jornal. Algo que no siempre ocurre, al decir de Juan. Con la taza humeante de té verde en mi mano me siento en la pequeña butaca frente al ordenador, le doy un sorbo y me recreo en su sabor, al que me he acostumbrado últimamente. La culpa la tuvo Laura, a quien no le gustaba el café y me introdujo en la que sería, a partir de entonces, una de mis bebidas preferidas. Su perfumado líquido fluye por mi garganta como un bálsamo reparador, y despeja de telarañas mi cabeza, aún perezosa, para afrontar los recuerdos. Los cuartetos de cuerda de Mozart me ayudan a ello, pues también eran los preferidos de Laura.

Ella y yo nos enamoramos al poco de conocernos, pero desde entonces, y hasta el día de hoy, no he dejado de preguntarme por el significado del amor. ¿Qué es el amor? ¿En qué consiste enamorarse? He leído en el suplemento de un periódico local los resultados de una encuesta realizada entre hombres y mujeres jóvenes de la comarca, y se han encontrado con una serie de prioridades y respuestas que, por orden de importancia, paso seguidamente a reproducir.

1.- Mi pareja me gustó nada más verla.

2.- Fue el típico flechazo debido a la química que destilaban nuestros cuerpos.

3.- Pensaba en ella todo el tiempo.

4.- Solo quería estar con mi novia, hablar, pasear, sentirla cerca.

5.- Por último, prácticamente todos coinciden al colocar el deseo o la atracción sexual como el ingrediente fundamental a los ya señalados.

No seré yo quien le conceda a dicha encuesta valor científico alguno. Pero pienso que sus comentarios y conclusiones podrían darse por buenos, ya que en la misma se contemplan los ingredientes básicos de lo que se ha escrito sobre el tema, y se seguirá escribiendo.

Lo que no acabo de entender es por qué la mayoría de los encuestados no colocan al sexo primer en lugar, por más que subrayen su importancia. Quizás se deba al pudor o a la influencia que sigue ejerciendo en nuestro subconsciente colectivo la religión. En fin, no lo tengo nada claro, aunque cuando la gente joven habla de «la química» que experimentaron al verse, no fue precisamente eso lo que sentimos Laura y yo cuando nos conocimos.

Lo nuestro fue diferente, ni mejor, ni peor. A nosotros nos unía, por encima de todo, la necesidad de implicarnos en un proyecto de vida en común; un proyecto en el que sentirnos protagonistas frente al descreimiento y pasotismo que observábamos en nuestro entorno. De ahí que, más allá de la mutua atracción que sentíamos el uno por el otro, la política, la cultura, nuestra insaciable voracidad por la lectura, la música, el teatro o el cine eran ingredientes fundamentales que alimentaban nuestra relación y nos hicieron crecer como personas.

Lo mismo leíamos *El Capital* de Carlos Marx que las obras completas de Ortega y Gasset. Las novelas de Juan Benet, *Volverás a Región*, o *Tiempo de silencio* de Luis Martín Santos. Íbamos a los cine-clubs para ver las películas de Bergman, *El séptimo sello*, o las de Carlos Saura, como *Peppermint frappé*. Asistíamos con frecuencia al Auditorio para oír a Mozart, *su Requiem*, o a escuchar a Miguel Ríos con su *Himno a la alegría*. Laura era más de los Beatles, *Yesterday*, y yo de los Rolling, *Sympathy for the Devil*. Pero más allá de nuestras diferencias, manteníamos el gusto común por el arte, y los museos formaban parte obligada de nuestro itinerario dominical. Al principio el Prado, y algo más tarde el Reina Sofía y el Thyssen eran, por derecho propio, motivo de nuestra veneración.

La pintura de Goya y Velázquez, el teatro Clásico de Adolfo Marsillach, o el experimental de Fernando Arrabal y de Francisco

Nieva, cerraban nuestro círculo estético sin olvidar a otros muchos, como Murdoch o Picasso. Con todo, la literatura era nuestra savia, el magma que inundaba nuestro espíritu y lo enaltecía. De hecho era el eje central de nuestras vidas. Ella prefería *Guerra y Paz* de Tolstoi, y yo *Bajo el volcán* de Malcolm Lowry.

Aquella época nos marcó para siempre, pues nos hizo descubrir un mundo en el que sumergirnos y en el que renacer, al sentirnos parte de una España nueva y moderna, de un país que empezaba a homologarse con los más avanzados de Europa; una Europa, aún reducida a nueve países, y del que nosotros muy pronto formaríamos parte. Atrás quedaban cuatro décadas ominosas, y la costra hispánica de la Madre Patria, con su simbología anclada en los peores tiempos de nuestra historia; en contraposición a los nuestros que eran de paz y esperanza, la de una generación de hombres y mujeres, jóvenes y libres, que había decidido mirar hacia el futuro, mientras dejábamos atrás el pasado.

3 de abril. 7 de la mañana

Ella eligió Filología moderna. Su amor por las palabras y por las diferentes lenguas escritas y habladas formaba parte de su vocación desde muy joven. Yo me decidí por la Filosofía clásica, aunque he de confesar que esta fue una decisión tardía, pues me tomé un tiempo antes de optar por la que sería mi auténtica vocación. Los dos éramos buenos estudiantes, si bien Laura necesitaba menos tiempo que yo para memorizar un texto por muy complejo que fuera, e incluso de exponerlo brillantemente en toda su amplitud, mientras que yo tenía que deglutirlo hasta conseguir que lo difícil pareciera fácil; lo cual, además de agradar a mis colegas de facultad, me ayudó mucho, cuando siendo ya profesor titular, mis alumnos se adaptaron de tal modo a mis métodos de análisis, que acabaron aplicándolos al resto de las asignaturas. De modo que las exigencias que yo me había impuesto para interpretar correctamente hasta la última palabra de un texto clásico, respondían a mi especial manera de ser y llegaron a convertirse en «el santo y seña» de una forma de estudiar y escribir los libros que, con el tiempo, acabé publicando.

A Laura le divertía ver cómo me atormentaba con mi escrupulosidad para descifrar ciertas cuestiones lingüísticas, pues afirmaba que mi meticuloso método de análisis le restaba frescura a los textos que los maestros griegos y romanos se habían propuesto al escribir sus obras. *Vas a acabar poniendo en boca de Platón lo que nunca dijo*, me decía en tono burlón, no exento de ironía. A lo que yo contestaba, diciendo: *Más te vale centrarte en lo tuyo, no sea que alguien más avispado que tú se anticipe a explicarnos lo que tu brillante cabecita aún no ha captado*. Todas nuestras controversias terminaban entre risas ante una jarra de cerveza que compartíamos con los compañeros del curso, en el bar de la facultad.

Tiempos para el estudio, para el amor, para la vida, que nadie de nuestra generación olvidaría y que Laura y yo coincidiríamos más tarde en definir como los más excitantes y hermosos años que vivimos. Además, teníamos tiempo por delante, al menos eso creíamos, para realizar nuestros sueños. Solo le teníamos miedo a defraudar nuestras esperanzas, o a no cumplir los plazos que nos habíamos marcado para conseguirlos; plazos que pasaban por estudiar, darnos a conocer en el ámbito universitario y comprometernos junto a otros colectivos que actuaban en la clandestinidad, para realizar los ineludibles cambios que necesitaba España. Nuestra generación no estaba dispuesta a seguir viviendo en el pasado y luchábamos para homologarnos al resto de países democráticos de nuestro entorno. Además nos sentíamos lo suficientemente preparados y fuertes como para culminar con éxito nuestro propósito.

4 de abril. 3 de la tarde

Esta mañana la he dedicado a mirar fotos de la época de la facultad. Hay una en la que estamos en París, con la torre Eiffel al fondo. Recuerdo aquel viaje a medio camino de nuestra carrera y los dos cursos de especialización que teníamos por delante marcarían nuestras preferencias de cara al futuro. De algún modo, ya nos sentíamos veteranos, pues conocíamos a nuestros profesores con los que manteníamos cierta relación de confianza, y porque sabíamos que esos dos años que nos faltaban, aunque serían duros y exigentes, formaban parte de un tiempo de madurez en el que sumergirnos para afrontar con éxito nuestros respectivos doctorados.

En la foto observo que Laura no mira a la cámara; algo que no llama mi atención ya que era una constante que se repetía en la mayoría de las fotos. Es como si desoyera deliberadamente la llamada del compañero que hacía las fotos. De modo que, en casi todas, su rostro adquiría un aire distante e impersonal, como si pasara de aquel instante y de todos nosotros. Intuyo que su actitud no era fruto de la casualidad, sino de algo buscado a propósito. ¿Pero por qué lo hacía? No lo sé y tampoco recuerdo que lo habláramos nunca, pues en aquel entonces yo no tenía conciencia de que su escapismo fotográfico respondiera a una exigencia interior, o a la necesidad de ocultarse y evitar cualquier protagonismo.

Aunque quizás lo hiciera porque rechazaba de plano la obligación de sonreír ante la cámara. ¿Un acto de rebeldía? Me inclino a pensar que sí, ya que a ella no le gustaban los convencionalismos, los lugares comunes, y nada que se pudiera interpretar como políticamente correcto, no obstante provenir de una familia de la alta burguesía madrileña, siempre proclive a respetar las normas. ¿Era su forma de acreditar ante los demás su personalidad y decirnos que había venido al mundo para romper los moldes de una convivencia anclada en arquetipos del pasado? De ser así, su mensaje subliminal anunciaba que no contaran con ella para servir de modelo a una sociedad tan hipócrita como obsoleta.

Cojo una de las muchas lupas que poseo, siempre me gustaron ese tipo de artilugios, observo de nuevo su rostro: ¿hay un fondo de tristeza en sus ojos? ¿O su mirada es de aburrimiento? ¿Se estaría preguntando a sí misma qué hacía allí? El recuerdo que guardo de aquel viaje es que todo fue muy bien y nos divertimos mucho, viendo museos, frecuentando los bares y perdiéndonos al anochecer por las callejuelas del Barrio Latino, bebiendo cervezas o comentando las incidencias del día.

Nosotros seguíamos sin formalizar nuestra relación; simplemente nos queríamos y, aunque no lo verbalizáramos, estábamos convencidos de que terminaríamos viviendo juntos. Sin embargo, cuando yo le hablaba del asunto, aunque fuera de pasada, siempre me contestaba diciendo: *Cada cosa a su tiempo.*

Empieza a anochecer y a estas horas del día, cuando el sol se oculta en el horizonte, siento cómo la nostalgia me arrastra hacia espacios lejanos en el tiempo, casi ocultos en mi memoria y que, de una parte quiero recuperar, aunque ello suponga abrir viejas heridas por más que se resistan al olvido. Cavafis, el poeta griego, viene ahora a rescatarme del pesar que siento por los graves errores cometidos en aquellos años, cuando en uno de sus poemas más conmovedores, «Lo escondido», dice:

Que no intenten descubrir quién fui
por cuanto hice y cuanto dije.
Un obstáculo se levantaba y mudaba
los hechos y el tono de mi vida.
Un obstáculo se levantaba deteniéndome
muchas veces cuando iba a hablar.
Mis acciones más ocultas
y mis escritos más secretos;
solo por ello me entenderán.
Mas no merezca quizá la pena gastar
tanta atención y tanto esfuerzo para conocerme.
Mañana —en una sociedad más perfecta—
seguro que algún otro, hecho como yo,
surgirá y obrará con libertad.

No puedo seguir. Noto el dolor de otras veces y con un sorbo de agua tomo una de las pastillas que saben a almendras amargas y que, al instante, me consuelan. Me tumbo en la cama y me abandono al sueño.

5 de abril. 6 de la mañana

No voy a engañarme, pues sé mejor que nadie que mis recuerdos siguen ahí, deslavazados, pero a buen recaudo en mi memoria; puede que ocultos, o diluidos entre las sombras del pasado, aunque prestos a aflorar si encuentran el incentivo necesario que, en mi caso, reside en mis hijos. No busco que me exculpen, sino que entiendan, además de su verdad, la mía. Y para ello debo desnudarme vitalmente y contarles, a través de este diario, mis razones para hacer lo que hice, y la persona en que acabé convirtiéndome. Puede que así les convenza de que mi conducta fue la que cabría esperar de un hombre que amaba a su mujer, y que lo que sucedió tras su muerte, su incomprensión y rechazo, pudo haberse evitado si ellos hubieran entendido que en aquel trágico momento, el único bien a proteger era la voluntad de Laura, su expresión última de libertad. Lo que no puedo olvidar es que cualquier decisión que uno adopte en la vida, y aquella fue la más importante en la mía, empezó a tomar cuerpo en mi conciencia, allí maduró y, al final, acabó convirtiéndose en un momento de luz que iluminó mi espíritu, aclaró mi mente y aceleró mi reencuentro con la verdad. Por eso, estas líneas que, a duras penas, voy escribiendo, solo buscan desechar lo superfluo y alcanzar el centro de esa verdad de la que hablo. Mi verdad. ¿O acaso hay otra que no sea la de uno?

Estábamos en el jardín de su casa un día de finales de agosto. Caía la noche acortando los días y nos preparábamos para afrontar, a mediados de septiembre, el que sería nuestro último año de carrera. Laura había sacado mejores notas que yo, no solo aquel curso, sino en los anteriores, y lo había hecho aparentemente sin esfuerzo, aunque yo sabía que preparaba los exámenes a conciencia. De hecho, la razón de su éxito consistía en que era sencillamente brillante, no solo escribiendo, sino exponiendo los temas, por lo que destacaba entre los compañeros de forma natural, como si fuera algo consustancial a su especial manera de ser. Al punto, que todos coincidían al decir que no existía ningún atisbo de pedantería en su actitud, siempre amable y solidaria con cualquiera que le pidiera algo, aunque no faltaban quienes señalaban que era una mujer distante y fría.

Recuerdo que aquella tarde le dije algo que ella ya sabía: que la amaba, y que nuestra relación se estaba convirtiendo en un calvario, pues cada vez que teníamos que separarnos, tras hacer el amor en casa de Pedro Hidalgo, que amablemente nos la cedía, el desgarro emocional que sentíamos nos rompía el corazón. Tampoco olvidaré que un día me armé de valor y le propuse algo que me venía rondando por la cabeza desde hacía algún tiempo: *¿Por qué no nos vamos a la Sorbona a cursar nuestro último curso de licenciatura en París y, entre el dinero de nuestras becas y algún que otro trabajo que consigamos, podríamos estudiar y vivir juntos?* Me miró con extrañeza y alzó la ceja izquierda, algo que solía hacer cuando consideraba necesario dar una respuesta acorde con la magnitud de la pregunta, y me contestó solemne: *Para qué adelantar acontecimientos que pueden comprometer nuestra libertad. Dejemos que el día a día marque el rumbo de nuestras vidas, sin forzar lo que la misma nos ofrezca.*

Otra vez Cavafis le ofrecía, esta vez a ella, una respuesta a su medida:

Mañana —en una sociedad más perfecta— seguro que algún otro, hecho como yo, surgirá y obrará con libertad.

6 de abril. A media mañana

Oigo a María trajinar en la cocina, recogiendo y limpiando los platos y tazas que he ido amontonado en el fregadero en los últimos días, y la dejo hacer, pues sé que pasados unos minutos hará acto de presencia para preguntarme cómo estoy y, de paso, traerme una infusión. Ella sabe que me gusta sin azúcar. Me entretengo leyendo las noticias nacionales en el ordenador y considero una liberación su llegada. *¿Qué tal se encuentra de ánimo?* Me pregunta con su jovialidad acostumbrada. *Ahí andamos,* le contesto desganado. Ella no conoce los datos concretos sobre mi enfermedad, aunque los intuye, y yo no me encuentro con ánimo para contársela. De hacerlo, me vería envuelto en un carrusel de preguntas y respuestas tan previsibles como interminables.

Pero como no hay dos sin tres, de repente suena el teléfono que me hace dar un respingo, ya que desde mi llegada los días se han ido sucediendo sin que nadie me llamara. Tampoco es que lo hicieran mucho en Madrid, salvo algún que otro amigo. Lo cojo y alguien me pregunta: *¿Qué tal, cómo se encuentra?* Es la segunda vez en menos de cinco minutos que alguien me pregunta por mi estado de salud. Reconozco la voz del doctor Larraz y me siento feliz con su llamada. *Me alegra su llamada, don Pedro.* Le contesto, mientras le hago una señal a María para que me deje solo. *¿Sobre lo mío... qué puedo decirle que no sepa usted? Bueno... me encuentro bien dentro de lo que cabe... Quiero decir, que en general estoy bien, de no ser por los dolores que a veces barrenan mi espalda cuando menos lo espero. No sabe cuánto lo siento.* Me contesta entre comprensivo y apesadumbrado. Luego, añade: *Si puede, no tome más de una pastilla al día, aunque si no soporta el dolor, tómese dos: una por la mañana después del desayuno, y otra con un vaso de leche antes de acostarse. ¿De acuerdo?* Le confirmo que me atendré a lo que dice *¿Y cuándo vuelve?* Me pregunta. Le digo que en unos treinta días. Antes de colgar me hace una petición que suena a ultimátum: *No deje de avisarme si se produce alguna incidencia. Y cuando vuelva, pásese por mi consulta para una revisión.* Le contesto que así lo haré, aunque me quedo con ganas de preguntarle a qué se refiere cuando habla de «incidencia», aunque me lo imagino. Al colgar me quedo como ausente, ajeno a cuanto me rodea, sintiendo en mis entrañas un ligero escalofrío: el acerado frío del miedo.

9 de abril. 2 de la madrugada

Me preparo una taza de té y me la llevo hasta la mesa camilla donde se amontonan los libros que, por una u otra razón, me emocionaron en su día, y que ahora releo porque no me encuentro con ganas de descubrir nuevos autores. Ello supondría un nuevo esfuerzo para mi angostado espíritu que no me puedo permitir. De hecho, no estoy dispuesto a gastar mis pocas energías en algo para lo que no dispongo de tiempo ni de ganas. Coloco sobre mi mesa los disquetes de música clásica y los álbumes de fotos que Laura quiso preservar del olvido, aunque ella no era es muy proclive a ser fotografiada, puede que apremiada por alguna oculta razón que no soy capaz de descifrar. La verdad es que nunca le presté demasiada atención a esos detalles, ni fui capaz de imaginar la enorme capacidad de evocación que las fotografías producen en casi todos nosotros. Claro que de no ser porque ella, que las fue colocando en cuidados álbumes por fechas y lugares para, según decía, *poder recordar esos momentos cuando la memoria nos falle,* ninguno de aquellos testimonios congelados en el tiempo habrían perdurado. Los álbumes de color verde oscuro con láminas de papel transparente que separan las páginas están numerados del uno al doce, fijando desde su inicio el calendario de nuestras vidas. Ellos son los únicos testimonios de nuestra juventud y evocan, con su indudable capacidad visual, la belleza, generosidad y el afán que teníamos por cambiar las cosas y redimir, de paso, las vidas de nuestros padres, protagonistas y víctimas de nuestra cruenta guerra civil.

Por una vez, aunque es algo infrecuente en ella, observo que Laura mira directamente a la cámara, tras la que yo me encuentro haciéndole la foto. Su rostro, serio y relajado, dibuja el perfil de sus delicadas facciones: la frente amplia y despejada, el cabello castaño claro, y sus inquietantes ojos oscuros ocupan el espacio central de un rostro anguloso en el que la sombra atenuada de sus pómulos dulcifica sus mejillas. Me sonríe modulando sus labios, finos y rosados, que ella nunca se pintaba. Es el rostro de una mujer atractiva, más que guapa, que proyecta al exterior su fuerte personalidad, sin hacer concesión alguna al reclamo de la foto. Por el contrario, parece firmemente decidida a ser ella misma, y no alguien que posa para falsificar su imagen, quién es, o lo que quiere.

El té se ha enfriado, pero no tengo ganas de levantarme y volver a calentarlo. Lo bebo frío y me sabe amargo, a flores marchitas. Cierro el álbum y me refugio en la memoria, el reducto donde indago para recuperar los recuerdos. Cuando era joven me sentía impelido a vivir el presente, sin mirar atrás, como si el pasado no fuera más que una penosa y delicada carga, sin utilidad práctica alguna. ¿De qué sirve mirar hacia atrás? Me decía. Esas son cosas de viejos, de quienes al no disponer de futuro, terminan engolfados en sus recuerdos, o contando batallitas que a nadie importan. Ese adanismo, propio de la soberbia intelectual en que vivía, me acompañó gran parte de mi existencia, hasta que un día la desgracia llamó a mi puerta y todo se derrumbó de repente.

Ahora, cada vez que me esfuerzo en recuperar algunos momentos del pasado, me doy cuenta de que mi lucha contra el franquismo o el deseo de convertirme en un líder estudiantil, mientras escribía mi tesis doctoral sobre Epicuro, dictaba conferencias, o escribía artículos, no eran más que una excusa para ocultar los miedos de quien detestaba perder y que, por su levedad existencial y fragilidad emocional, acabó luchando por lo efímero, y entregado a una vida superficial sin otro horizonte que el éxito. El contrapeso a tanta mentira me llegó a través del amor. Gracias a él pude reencontrarme conmigo mismo y alcanzar las mayores cotas de felicidad que recuerdo, aunque no con demasiada fortuna. Pero esa es otra historia que, en algún momento, deberé afrontar.

París formó siempre parte de mi cultura, emociones, y de mi itinerario intelectual. Sus barrios, sobre todo, Montmartre, Le Quartier Latin, Le Sacre Coeur y Le Marais; sus grandes avenidas y plazas como Les Champs Elisees, La Place de la Concorde, Le Boulevard de la Madeleine, Saint Germain, La place de Saint Sulpice. Los bares y bistrós. Los atardeceres a orillas del Sena, Notre Dame, las librerías, el ambiente estudiantil y, por encima de todo, sus aires de libertad. Sí, la libertad como eje central de una rebeldía, que acabaría desembocando en el mayo francés. Al calor de su historia se fraguó su arquitectura, moderna y racional, que armoniosamente convivía junto al viejo París; ese París oculto e inaprensible que no figura en las guías, y del que perdidamente me enamoré; el de las sombras del anochecer, las lluvias de primavera, y el amanecer mojado de sus calles, parques y jardines. Por allí paseábamos hasta el agotamiento, aunque Laura nunca ocultó su preferencia por Londres, sin dejar de reconocer, «el glamour» parisino y su contribución a la defensa de las libertades y los derechos humanos.

Pero donde estén, enfatizaba ella sonriente y cogida de mi brazo, *Shaftesbury Avenue, Abbey Road, Chalcot Crescent, Brik Lane, Dean Street, el mercado Borog Market o la Tate Gallery, no me vengas con tus parajes parisinos.* Dos estéticas urbanas, dos mundos arquitectónicos que decían mucho sobre la manera de ser y de pensar de cada uno de nosotros. Frente a la revolución «haussmanniana» del segundo imperio y el posterior influjo de Le Corbusier que impregnó de racionalismo sus grandes avenidas y edificios, la City de Londres, asentada sobre el perímetro amurallado de la antigua ciudad romana, aún seguía manteniendo vivas, a pesar del tiempo transcurrido, las viejas tradiciones ancestrales de sus renovados propietarios.

Solo quien haya paseado sin prisas por la City podrá valorar, decía Laura, *la singular arquitectura de sus casas de tres plantas, sótano incluido, y el tradicional jardincito de la entrada que, al unificar el paisaje urbano, le confería un perfil singular y único.* Algo que a mí me parecía monótono y a ella simplemente encantador. Y lo que yo entendía como diversidad, sorpresa y encanto, cuando navegamos en *bateu mouche* por el Sena, para Laura era un paisaje relamido y sofisticado.

Aunque si el recorrido lo hacíamos por el Támesis ella, de inmediato, subrayaba la sencillez y belleza que emanaban de sus orillas, menos urbanas y más auténticas que las parisinas. Y donde yo percibía la proximidad del entorno urbano y la belleza de su arquitectura, ella solo veía ampulosidad, barroquismo y altivez. La razón es que Laura amaba Londres con locura, alababa su tradición y modernidad, mientras que yo solo veía la frialdad de sus gentes y la monotonía de su arquitectura. ¿Puritanismo calvinista frente al barroco del catolicismo? Dos maneras de afrontar el hecho religioso, y también dos formas de entender la vida.

12 de abril. 7 de la mañana

No he conseguido dormir en toda la noche. Lo achaco al desordenado estilo de vida que llevo. De entrada el horario, algo que siempre había formado parte de mi disciplina vital y de mis costumbres cotidianas, se ha visto suplantado por mi convulso estado de ánimo, cuando no por el dolor que, cuando menos lo espero, invade mi cuerpo y me sume en la desolación. Cuando se me pasa, algo que normalmente ocurre cuando tomo la pastilla milagrosa del doctor Larraz, al dolor le siguen periodos de desgana, somnolencia y pereza. Probablemente se deba a que, por primera vez en mi vida, siento una especie de ingravidez que reclama paz interior, ausencia de reglas y cierta anarquía espiritual que me permita eludir la disciplina a la que desde muy joven me vi obligado. En suma, lo que busco es el silencio de mi cuerpo, la presencia de un aire nuevo que me permita afrontar lo que tenga que venir, o un rayo de luz que ilumine el camino a seguir, para irme sin miedo ni ruido.

Desde los seis años que mi padre me matriculó en un colegio laico y liberal, no obstante ser él un conservador moderado y hombre de fuertes creencias religiosas, mi vida se convirtió en un auténtico calvario. Aún recuerdo oírle decir: *Detesto los colegios regentados por curas*. Y aunque ello me llevó ingenuamente a pensar en un régimen relajado de enseñanza, su elección recayó en un colegio privado que, al decir de la gente ilustrada, era el más duro y exigente de la ciudad. Y no solo por razones académicas, sino por las estrictas normas de disciplina que imprimieron a mi forma de ser, de natural tranquila y relajada, una rigidez intelectual impropia de un menor de edad.

Mi padre me despertaba a las siete de la mañana, cuando en invierno aún era de noche, y a partir de ese momento empezaba una jornada reglamentada que abarcaba desde las ocho de la mañana cuando, tras el desayuno, caminaba hasta el colegio, donde llegaba a las nueve, hasta las siete de la tarde cuando, si mi padre podía, se pasaba a recogerme, y si estaba ocupado, que era lo más frecuente, lo hacía una chica a la que yo quería mucho y se llamaba Rosarito.

Al llegar a casa, me refugiaba en mi cuarto para leer a Julio Verne, aunque con el tiempo fui cambiando mis autores favoritos, hasta las ocho y media, que era la hora de la cena. A las nueve a la cama y así durante los diez interminables años, tan monótonos como insufribles, que pasé entre el colegio y mi casa paterna. A veces me pregunto si aquella disciplina espartana en el trabajo y la sujeción a un horario fijo, que marcaron a fuego mi infancia y pubertad, no fueron las herramientas que cimentaron mi éxito inicial. ¿Pero de qué éxito hablo, del personal o del profesional? Puede que el de ambos, aunque quizás en mayor medida el profesional. De todos modos, no lo tengo nada claro, porque me parece difícil separar el uno del otro.

Debo apuntar que la ausencia en mi más tierna infancia de mi madre supuso una ruptura total con el mundo que me rodeaba, y la interiorización de un dolor que a lo largo de mi vida he tratado de aminorar sin conseguirlo. Que ello tuvo mucho que ver con lo que vino después, de incomprensión y ruptura con mis seres queridos, es algo que en aquel tiempo no fui capaz de ver ni de entender. Quizás porque entonces mis miedos iban por otro lado.

14 de abril. 5 de la tarde

Mi paso por la universidad fue algo que me marcó especialmente y que recuerdo con especial cariño. Fueron años de formación en los que tanto Laura como yo logramos algunos de los objetivos que nos habíamos marcado. Ella, a los treinta y dos años, consiguió la cátedra de Filología moderna y yo, un año más tarde, la de Literatura clásica. Hasta conseguirlo, dábamos clase a los alumnos de segundo y tercer curso, mientras preparábamos a matacaballo nuestras tesis doctorales. ¡Qué días aquellos tan felices y prometedores! Tiempo aquel en que, para nuestra desgracia, tuvimos que separarnos, ya que Laura escribió su tesis en Roma y yo en París, y que suplíamos mediante cartas y hablando por teléfono los sábados por la tarde, para contarnos nuestras inquietudes, deseos y planes de futuro. Tiempo, sobre todo, de una enorme ilusión que podríamos llamar la primera etapa de nuestras carreras universitarias.

Una etapa que, para qué negarlo, fue para ambos tan dura como satisfactoria, pues aunque nuestros directores de tesis pusieron a prueba nuestros conocimientos académicos, otorgándonos el privilegio de dar clases a los alumnos de primer curso y corregir exámenes para cogerle el pulso a nuestra futura actividad académica, aquello representaba un paso definitivo a lo que estaba por llegar.

Pero lo que nos temíamos acabó ocurriendo. Que Laura obtuvo plaza en la Universidad de Santiago de Compostela, y yo en la de Madrid. Al principio nos mantuvimos fuertes, pensando que nuestra separación sería cosa de un año, todo lo más de dos; pero al final fueron cuatro los que tuvimos que esperar hasta que el maestro y tutor de Laura consiguió, no sin esfuerzo, que le asignaran plaza en la Villa y Corte y, de ese modo, pudimos reencontrarnos de nuevo y organizar nuestras vidas.

Hasta ese momento nos veíamos cada quince días en Madrid, donde aprovechábamos para salir a tapear por el Madrid de los Austrias, ver museos, ir al cine o al teatro, y hacer el amor todo el tiempo que podíamos. Ni que decir tiene que contábamos las horas para aquellos deseados y apasionados encuentros que colmaban esporádicamente nuestro afán por estar juntos y cuyo contrapunto eran nuestras agónicas despedidas, los domingos por la tarde, cuando sentíamos el desgarro de la separación.

Laura era muy especial en la cama pues, además de ser dulce y cariñosa, era particularmente activa en cualquiera de las múltiples variantes sexuales que experimentábamos al calor de nuestra mutua pasión amorosa, *El amor no tiene fronteras*, decía sonriente cada vez que inaugurábamos algún nuevo juego que enervaba nuestras terminales nerviosas y nos conducía al encuentro de un renovado orgasmo. Con todo, lo que más me gustaba, cuando nuestros cuerpos yacían satisfechos y agotados, era abrazarla y retenerla a mi lado mientras besaba su cuello y sus labios en un continuo amoroso que parecía no tener fin; hasta que ella, cansada de mis besos y caricias, me decía con una sonrisa. *Para ya, pesado, que eres un pesado.* Y luego, añadía: *¿Sabes qué? Eres mi chico preferido y no voy a negarte que colmas todas mis expectativas amorosas, aunque en* *ocasiones resultas demasiado abrasivo.* No negaré que ese tipo de comentarios me dolían porque los interpretaba como una crítica, sobre todo al comprobar que, tras su irónica sonrisa, afloraba casi siempre el reproche.

Amor, sexo y deseo solían ser la misma cosa para nuestros amigos y conocidos, aunque para mí no lo eran. Al menos en aquel tiempo. Yo no entendía el sexo sin amor, ni compartía esa atracción fatal que algunos endosaban a la química como el santo grial que hacía que dos personas se sintieran fatalmente atraídas. Laura bromeaba acertadamente con mis opiniones y escrúpulos, diciendo que los puritanos como yo acabábamos siendo los más promiscuos. Algo que se reveló con el tiempo absolutamente cierto.

Incluso hoy, después de tantos años, sigo creyendo que el sexo sin amor es una mercancía devaluada, una baratija en un mercado de joyas; baratijas a las que yo sucumbí, no obstante haber creído siempre que estaba por encima de todas esas mezquindades. Y es que nunca se debe decir «de ese agua no beberé», porque hay veces que la vida te coloca ante el espejo para evidenciar que el hombre que nunca quisiste ser, al final acabas siéndolo.

Y si hay algo de lo que en verdad me arrepiento es de haber contradicho lo que sobre el amor había defendido hasta entonces. Mi irresponsable actitud con ciertas mujeres que, además de no quererme, me humillaron, terminaron por quebrar mis creencias y, lo que es peor, me llevaron a devaluarme con los colegas del claustro universitario que hasta entonces me habían respetado.

Aún me sigo preguntado qué lleva a un hombre que goza de cierta reputación y al que se tiene por alguien serio y responsable, a hacer el ridículo del modo en que lo hice. Además, si lo hubiera hecho porque me hubiera enamorado de otra mujer, al menos tendría un pase, pero dejar a Laura para irme con una joven que, además de no quererme, me utilizó y engañó, me llena de pena y vergüenza.

Llevo mucho tiempo preguntándome sobre todo aquello por la transcendencia que tuvo en mi vida, y por cómo cambió el rumbo de una trayectoria vital que hasta entonces había sido ejemplar entre nosotros, obviando los desencuentros lógicos que normalmente se producen entre dos personas que viven juntas. Y he llegado a la convicción de que hay algo destructivo en la sexualidad cuando esta se ve desnaturalizada por la ausencia de amor. Algo que siempre ha existido y seguirá existiendo, y que al margen del dolor que pueda originar entre las partes, que a mi juicio sería lo de menos, termina por convertir a los hijos en víctimas propiciatorias, cuando no en moneda de cambio entre sus progenitores, con todo lo que ello supone.

15 de abril. 4 de la tarde

Ha entrado de nuevo el poniente y el mar luce como un estanque de aguas calmas bajo un cielo gris que se funde a lo lejos con el horizonte. Ello hace que en estos días no existan más referencias para navegantes poco avezados que la luz reflectante de los grandes buques que cruzan el estrecho o la que luce en el palo de los barcos de pesca que, con un mar aquietado, se arriesgan a faenar sin grandes esperanzas en sus capturas. Un mar aparentemente calmo que esconde su fuerza en el interior de su vientre. Lo que nos recuerda su cruel desmemoria y su ingente capacidad para seguir devorando a quienes se ven obligados a elegir entre el hambre o la muerte. Es el mar de siempre, sordo y ciego que desconoce el inmenso dolor de sus víctimas mientras los demás miramos para otro lado o llamamos terroristas a quienes solo vienen a buscar trabajo para darle pan a sus hijos. Todo eso me produce náuseas. ¡Qué horror! ¡Qué vergüenza! Hoy me siento incapaz de hablar de mí, de Laura, o de mis hijos. Sería un fraude. Una frivolidad.

22 de abril. 6 de la madrugada

Esta noche he dormido poco y mal debido al inmenso sopor que envuelve mi cuerpo en una densa niebla; es la somnolencia de quienes, como yo, sufrimos continuas febrículas y deambulamos, sin saberlo, entre la realidad y el sueño. En uno de esos intervalos, entre la lucidez y la penumbra, Laura ha venido a visitarme. La he visto llegar descalza por el pasillo de la casa con una leve sonrisa entre sus labios. Viste suéter azul celeste, de cuello vuelto, y pantalones vaqueros blanqueados por el uso. Esa era la vestimenta que solía utilizar cuando veníamos al pueblo a pasar algún fin de semana. Se sienta frente a mí y me coge la mano en un gesto tierno y cariñoso. Me habría gustado levantarme de la silla, abrazarla y decirle lo mucho que la quiero. Pero una fuerza ajena a mi deseo me lo impide. Ella es la protagonista de aquel extraño y sorprendente episodio, la persona a quien corresponde tomar la iniciativa. Así que me dispongo a escuchar lo que tenga que decir, si es a eso a lo que ha venido, pues hay veces que se limita a sentarse y a mirarme fijamente sin pronunciar palabra alguna. Así que quedo a la espera, entre curioso y expectante, hasta que por fin habla.

¿Por qué te empeñas en negar la evidencia? ¿Por qué sigues diciendo que no entiendes el sexo sin amor? ¿Acaso no me engañabas y te engañabas a ti mismo, practicándolo con jóvenes ayudantes de tu cátedra, o de otras facultades, cuando asistíais a congresos o seminarios, en España o en el extranjero? ¿De verdad piensas que yo era tonta y no me daba cuenta de tus citas clandestinas y viajes? Claro que te preguntarás por qué nunca te dije nada. La respuesta es que yo carecía de autoridad moral para recriminarte lo que hacías, porque yo tampoco te iba a la zaga. ¿O acaso piensas que era la mujercita obediente y sacrificada que no te engañaba con nadie? La diferencia entre nosotros es que yo nunca le concedí mayor importancia a la práctica del sexo sin amor. Una vez estuve tentada de hablarlo abiertamente contigo, pero me contuvo tu machismo encubierto, pues sabía que ello habría supuesto una grave crisis en nuestra relación, y, quién sabe, si la ruptura de nuestro matrimonio; algo que yo no quería, porque te amaba. De hecho, te he querido siempre. Así que ya lo sabes, aunque en estos momentos poco importa, por no decir nada, profundizar en este asunto.

Se va tal como vino y, como siempre, sin despedirse. La verdad es que me habría gustado contestarle sobre la grave e inesperada confesión que acababa de hacerme, pero no me ha dado opción, lo cual me obliga a dejar constancia en este diario de que, aun siendo innegables sus acusaciones de que he sido un marido frívolo y machista, me ha sorprendido su frialdad y displicencia al hablarme por primera vez del sexo sin amor, en los términos tan fríos y distantes en que lo ha hecho. Ello me obliga a dejar por escrito lo que me hubiera gustado decirle.

Querida Laura, antes de nada, quiero confesar en mi descargo que nunca fui el clásico ligón que torticeramente perseguía a sus colegas para acostarme con ellas. No era ese mi estilo y tú deberías saberlo. Sé que está mal afirmarlo, o al menos no suena bien decir que eran ellas quienes me buscaban, o acosaban, hasta conseguir su propósito de «levantarse al brillante profesor» que no paraba de publicar libros de éxito y al que todos le auguraban un futuro prometedor.

Claro que tú me contestarías diciendo que hablar de atenuantes, cuando finalmente terminaba retozando en la cama con las susodichas, no deja de ser un sarcasmo, o una broma de mal gusto. Pero si lo piensas fríamente, sin prejuicios, me concederás que hay una notable diferencia entre ser «el macho alfa» que va por ahí traficando con el sexo, y el que se deja llevar por las circunstancias como fue mi caso. Aparte de que, puestos a decir toda la verdad, ni fueron tantas las acosadoras que «triunfaron» conmigo, ni mi interés por el sexo fue nunca más allá de lo anteriormente apuntado.

Te podría jurar en arameo, aunque no por ello sería menos cierto, que nunca disfruté especialmente de aquellos encuentros esporádicos; entre otras razones, porque mi carácter y, sobre todo, mi forma de entender el amor no se prestaban a ello. Lo que sí te concedo es que los hechos son inapelables, pero de lo que no abrigo duda alguna es que «mi pecado», si es que se le puede llamar así, fue más por omisión que por acción, debido a mi debilidad de carácter y, sobre todo, por mi incapacidad para oponerme.

Tampoco negaré que me ha sorprendido, y mucho, lo que dices sobre tus anunciadas infidelidades que según tú, no tendrían «mayor importancia», por su clara intranscendencia. En línea con tus comentarios, te diré que yo nunca habría sido capaz de practi-

car el sexo con la frialdad y displicencia de la que me hablas en tu anterior confesión, pues cada vez que te era infiel, me asaltaba un sentimiento de culpa que hacía que me sintiera mal, mientras que tú pasabas de remordimientos, como si de algo baladí se tratara.

Por último, lo mires como lo mires, ambos incurrimos, aunque por distintas razones, en claras infidelidades conyugales. ¿Fue la percepción de que algo fallaba entre nosotros lo que provocó el desamor del que hablamos? No lo sé. Lo que sí sé es que producido el daño uno siempre encuentra explicaciones para todo. Pero entonces no lo sabíamos.

Apago la luz y cierro los ojos, mientras pienso que recordar supone siempre un riesgo; sobre todo cuando se abren las puertas del lado oscuro del amor y descubres que este suele encubrir viejas historias que, al conocerlas, acaban provocando un gran dolor. Antes de que me venza el sueño, me vienen a la memoria unos versos de Luis Cernuda:

Fuiste joven,
Pero nunca lo supiste
hasta hoy, que el ave ha huido
De tu mano
....
Y profesas pues, ganando
Tu vida, no con esfuerzo,
Con fastidio.
Nadie enseña lo que importa,
Que eso ha de aprenderlo del hombre
Por sí solo.

28 de abril. 5 de la tarde

Me preparo unos huevos revueltos y una tostada de pan blanco aderezada con aceite de oliva, mientras pongo la radio para oír las noticias. Al poco la apago e introduzco en mi viejo Mac el disquete con la *Novena sinfonía* de Beethoven, Coral en re menor, *opus* 125, para escuchar su primera entrada: *Allegro ma non troppo.*

Con los ojos cerrados no dejo de pensar en la última aparición de Laura y de la mutua confesión que nos hicimos. Claro que cuando digo que Laura me habla, no es ella quien lo hace, sino que es la voz de mi conciencia la que ocupa su lugar para poder interactuar con ella y decirnos lo que pensamos el uno del otro. Eso explica que yo pusiera en su boca lo que quería escuchar para compensar mis infidelidades, o como contrapeso de mi culpa. A veces pienso que pierdo el tiempo tratando de convertir mi memoria en un reducto subjetivo y caprichoso, en el que los recuerdos, fogonazos del pasado, bullen febrilmente, sin orden ni concierto, en una suerte de juego donde no acabamos de distinguir la realidad de lo soñado. ¿Pero cómo voy a renegar de la memoria, de mis recuerdos, si es lo único que tengo?

Siempre he creído, y lo sigo creyendo, que el presente es tan efímero y fugaz, que el simple hecho de escribir esta página convierte lo escrito en pasado. Tampoco nadie puede negar que el futuro es pura quiromancia o adivinación, pues nadie sabe lo que será de nosotros dentro de un instante. Con lo que podemos concluir afirmando que solo el pasado es real, ya que todos podemos referirnos a él como algo cierto e indubitado, por más que, en ocasiones, tratemos de modificarlo, para dulcificar lo que nos disgusta o hace daño. Pero volviendo al pasado creo que mi vida no ha sido más que un fogonazo de luz que en su momento me confirió cierto esplendor, pero que, en el fondo, no hizo más que agrandar el hueco de lo banal y amplificar el ruido de lo superfluo.

Tras darle un sorbo al té recién hecho con el que acompaño mi almuerzo-cena, me pregunto si el presente no es más que una nueva proyección del pasado, un lejano reflejo del mismo que se interrelaciona con este, al igual que hace un director de cine cuando coloca sobre la pantalla un breve texto donde nos advierte de que la siguiente escena es de «dos años antes», para situarnos en la historia e interpretar correctamente el desarrollo de la misma. De forma que me consuelo pensando que nadie recuerda su vida de forma lineal y ajustada al calendario en que los hechos ocurrieron, sino que estos se suceden a través de retazos desordenados. Ni siquiera las mejores biografías se atienen al calendario vital del biografiado; es más, suelen ser los pequeños detalles de su infancia, los recuerdos de juventud, o las pequeñas cosas que pasaron por su vida, las que nos hacen comprender mejor al personaje en cuestión.

En fin, digo esto porque sé que estoy viviendo el último tramo de mi vida y sobrevivo sustentado por los rescoldos del ayer, donde la memoria, no obstante ser el ingrediente más fiel e importante, apenas me sirve salvo para incurrir en continuas contradicciones que trato de justificar, endosándoselas a mi enfermedad, aunque abrigo serias dudas de que pueda servirme de excusa. Lo que no haré será encubrir los desafueros y mentiras que a lo largo de los años han jalonado mi vida, y que buscaré la verdad por encima de todo, aunque dé continuos saltos en el relato de los hechos, y no me ajuste con rigor al tiempo en que los mismos ocurrieron.

Mi error consistió en anteponer mi ambición a lo importante, en subvertir el orden natural de las cosas menospreciando los equilibrios personales, desoyendo las enseñanzas de la ética y renunciando a la voz de la verdad. Y mientras quebraba esos principios y cavaba la fosa de mi desventura, decidí seguir mi camino sin mirar nunca atrás. Lo que no sabía entonces, y sé ahora, es que el tiempo que uno pierde negando la voz de la razón, jamás se recupera.

30 de abril. 2 de la madrugada

Me despierto sofocado por el calor y tardo unos minutos en percatarme de que este proviene del pequeño calentador eléctrico colocado sobre la tarima de mi mesa camilla, donde me he quedado dormido. ¿O acaso tengo fiebre? Busco en los cajones del armario del cuarto de baño donde guardo los artículos de aseo, y encuentro lo que busco. Sentado sobre la taza del inodoro me pongo el termómetro en la axila izquierda y aguardo paciente cinco minutos. El termómetro marca 37,5 °. Lo mismo que hace unos días. Esta vez no llamaré a Pedro Larraz porque, a buen seguro, me dirá lo mismo que la última vez que hablé con él: *No se preocupe, buen hombre. Será un pequeño resfriado.* Larraz pertenece a la vieja escuela de médicos que piensan que aminorar la ansiedad que los enfermos sienten ante la muerte forma parte del tratamiento médico. ¿De qué sirve alarmarlos, sino para empeorar su estado? Otra cosa sería mentirles sobre la enfermedad que padecen. Pero eso él no lo ha hecho nunca conmigo, y creo que con nadie. Lo que es de agradecer. Me quito el jersey de lana gruesa y me tomo un calmante acompañado de un vaso de agua y con el calentador apagado me recreo en el silencio de la madrugada solo roto por el ruido apagado de un ligero viento de levante que rompe flojo en la orilla y que mañana, seguramente, rolará a poniente.

Para relajarme abro al azar un álbum de fotos de finales de los setenta y me veo a mí mismo con unos pantalones vaqueros y una camisa a cuadros de mangas largas, sonriéndole abiertamente a Laura. Ella se muestra coqueta y esquiva por alguna broma que yo, probablemente, le habría gastado, pues mira de soslayo a la cámara, manteniendo apenas una leve sonrisa que aflora tenuemente en sus labios. Al fondo de la foto se ve un paisaje de árboles frondosos y nubes altas propias de la primavera. Sería uno de esos domingos que salíamos de excursión con los colegas de la universidad a disfrutar de la naturaleza y practicar senderismo por la sierra norte de Madrid. Recuerdo que solíamos llevar tortillas de patatas y filetes empanados que literalmente devorábamos a media mañana, bajo la sombra de un árbol, mientras charlábamos y bromeábamos sobre cualquier cosa.

Esas excursiones eran más de mi gusto que de Laura, que prefería deambular por la ciudad y sentarse en las terrazas del centro para leer los periódicos. No es que le disgustara el campo, aunque prefería el mar, pero sobre todo lo que más le gustaba era quedarse en la ciudad, disfrutando de la agenda cultural, centrada en las exposiciones de pintores vanguardistas, teatros alternativos o conciertos de jazz. Eso era lo suyo, su mundo, el que amaba y en el que se sentía más viva que nunca.

Tampoco era yo tan distinto a Laura, pues me gustaban igualmente el cine y el teatro, aunque la lectura nunca dejó de ser mi pasión preferida. De hecho, siempre llevaba un libro o alguna revista literaria en alguno de los bolsillos de la chaqueta y no era de extrañar que me recriminara que me pusiera a leer en sitios y momentos en que lo apropiado no era precisamente aislarme en la lectura, sino participar en la conversación con ella o los amigos que frecuentábamos.

Con todo, Laura y yo éramos muy felices, aun sabiéndonos diferentes. *Ese es el picante que alimenta nuestras vidas,* solía decir ella. Lo que no fuimos capaces de prever es que, con el tiempo, las pequeñas diferencias que entonces nos parecían insignificantes se fueran agrandando, y terminaran pasándonos factura. Pero eso ocurrió mucho más tarde, cuando con el transcurso de los años nos fuimos convirtiendo, casi sin darnos cuenta, en personas que sin dejar de ser lo que éramos, empezamos a ser más egoístas e interesados que antes; lo cual hizo que esas iniciales diferencias se fueran agrandando y dejáramos de compartir muchas de las ideas que, hasta entonces, nos habían mantenido unidos.

Estoy cansado y me duele la cabeza. Pongo la radio para distraerme, pero al instante la apago porque me resulta imposible soportar las voces y malas maneras de un grupo de tertulianos que debaten y se interrumpen unos a otros, mientras discuten sobre la necesidad de establecer nuevas medidas sobre la violencia de género, sin percatarse de que, con carácter previo, deberían desterrar la agresividad verbal que les anima.

Cierro los ojos y me dejo arrastrar por la memoria. No sé si a otros les ocurrirá lo mismo, pero a mí el hecho de recordar me ayuda a vivir, por más que los recuerdos nunca se ajusten totalmente a la verdad. ¿Pero quién podría reprocharme falta de objetividad sobre si las cosas ocurrieron de una u otra forma, si es la única verdad de que dispongo? ¿O acaso los recuerdos no son tan subjetivos como las percepciones que tenemos de los sentimientos propios o ajenos?

A veces, tengo la impresión o, mejor dicho, la certeza, de que nuestra memoria no es más que un cajón de sastre donde optimizamos los mejores momentos de nuestras vidas y dulcificamos los malos para sobrellevarlos. Eso me hace pensar que solo cuando dos personas coinciden en el relato de algún momento crucial de sus vidas es cuando se puede decir que ambas son proclives a entenderse, pues lo normal es que difieran en los detalles o en el fondo. ¿Fue eso lo que nos pasó?

1 de mayo. Media mañana

El sol penetra a través de las fisuras de la persiana a medio cerrar y se filtra a través de las cortinas sobre el suelo. Me pongo la bata y levanto las persianas liberando de obstáculos la luz que entra a raudales sobre la terraza y gran parte de la habitación. El mar, a lo lejos, luce plano, adormecido por el viento de poniente que ha vuelto para traer calor y el remanso adormecido de sus olas. Me levanto tarde y más animado que ayer. Ahora vivo instalado en un tobogán perpetuo de altibajos, no solo por mi enfermedad —aunque esta influye mucho en mi carácter—, sino por mi estado anímico que me produce un gran estrés que sobrellevo como puedo ya que, además de agravar mi ansiedad, me afecta al sistema nervioso, produciéndome insomnio, jaquecas, falta de apetito y a saber qué cosas más. Con otras palabras, soy consciente de que llevo mi enfermedad de mala manera y malhumorado, en vez de afrontarla desde la madurez que imprimen los años, algo que se presume en quien fue un acreditado intelectual.

¿Qué queda ahora de aquel personaje? Me pregunto. ¿Qué pervive de aquel hombre seguro de sí mismo y que tenía respuestas para todo; el que daba consejos sobre temas de su especialidad, altamente valorados por quienes se lo pedían y que escribía libros jaleados por la aristocracia de la comunidad científica? ¿Qué queda de aquel individuo que gustaba a las mujeres y que se dejaba querer, más por narcisismo, que por otra cosa? Nada. Absolutamente nada. Aquel individuo, es decir el que esto escribe, es un hombre acosado por la soledad y la enfermedad, cargado de miedos y al que nadie quiere. Esa es la verdad. La única e incontestable verdad.

¿Pero qué hice mal? ¿En qué me equivoqué para haber llegado

tan lejos en mis fracasos afectivos, en mi falta de credibilidad y confianza con la gente que amaba? ¿Qué me ha llevado a una soledad tan absoluta que, de hecho, se ha convertido en mi fiel compañera, y me produce el bienestar de quienes, al no tener otra cosa, se refugian en la oquedad de sus silencios, o en el vacío de su existencia?

3 de mayo. De madrugada

No consigo conciliar el sueño. Mi reloj marca las tres y media y no creo haber dormido más de una hora desde que me acosté a las once de la noche. Desde entonces he intentado leer, oír música o simplemente pensar, pero mi cabeza no consigue centrarse en nada. Así que cierro los ojos, mi actividad favorita en los últimos tiempos, y me dejo arrastrar por un torrente de vagas ensoñaciones y recuerdos, mientras trato de fijar un momento, algo, por nimio que sea, que me permita tirar de él y me señale el camino para volver al pasado.

A veces, he podido comprobar cómo las sombras de una calle, el ruido de unos pasos, la brisa de un instante o una mirada fugaz, me han llevado a recrear situaciones que, sin yo saberlo, se abren a otros ámbitos, a otros espacios tan reales o más, que esos otros que forman parte de lo cotidiano. Al fin consigo que se abra un sendero en mi memoria que me lleva hasta el atardecer de un día de finales de verano en la casa grande de mis abuelos, a las afueras de Madrid. Recuerdo que el sol empezaba a retirarse y corría una ligera brisa procedente de la sierra que hacía titilar las hojas del viejo olmo que cubría gran parte del emparrado donde merendábamos. También recuerdo el intenso olor a tierra mojada de las flores y plantas recién regadas del jardín. Mis abuelos hablaban sobre algo que no consigo recordar y mi madre, replegada sobre sí misma, ajena a casi todo, destilaba la tristeza de quien se siente sola por las continuas peleas y desavenencias con mi padre.

Yo leía un libro de dibujos animados cuando oí la voz jadeante de mi abuelo seguida de una tos débil que, al poco, se convirtió en agónica. Mi reacción consistió en salir corriendo y escapar de aquel suceso que yo interpreté marcado por la muerte, para refugiarme en mi habitación.

Mi abuelo no se murió aquel día. De hecho, vivió diez años más tras aquel episodio. Fue una de sus muchas crisis de tos que parecían mortales, pero que no eran más que secuelas de los muchos cigarros que se había fumado a lo largo de su vida. Si por azar, o por uno de los muchos saltos que se prodigan en mi memoria, recupero aquella escena, es para subrayar que ya desde mi niñez evitaba el dolor y, sobre todo, presenciar la muerte de alguien a quien quería, y con el que aprendí muchas cosas del mundo que me rodeaba.

Todavía hoy, después de tantos años, sigo manteniendo una actitud similar ante cualquier sufrimiento ajeno. Sencillamente no lo soporto. No puedo con él. Aunque ahora, a estas alturas de mi vida, más que el dolor físico, lo que me preocupa es el dolor moral; el que de forma silente se ha instalado en mi corazón, ha roto mis equilibrios internos y el único que me permitiría sobrellevar la vida con la dignidad debida. Su presencia me convierte en un ser frágil y quebradizo, en alguien vulnerable que nada tiene que ver con el hombre seguro de sí mismo que fui.

Sin embargo, durante la enfermedad de Laura y en los momentos previos a su muerte, superé aquel escapismo ante el dolor que había marcado mi vida desde mi infancia, y empecé a entender que el sufrimiento es algo consustancial al ser humano; algo que, a buen seguro, estuvo presente en los albores de la humanidad, y aún perdura en nuestros corazones para recordarnos la futilidad de la existencia.

4 de mayo. 7.30 de la mañana

Desde donde escribo, observo a un grupo de jóvenes de ambos sexos, entre dieciséis y dieciocho años, que deambulan entre risas y bromas por el paseo marítimo, mientras se jalean los unos a los otros, camino de vuelta a casa. Probablemente vengan de festejar algún acontecimiento, a juzgar por el tono alto y festivo de sus voces. La juventud es un periodo que aflora siempre en mi memoria como un tiempo feliz; si por ello entendemos la pacífica confluencia entre la realidad y el deseo: la realidad de quien no sabe lo que será de su vida y el deseo de exprimirle a esta todo cuanto pueda ofrecerle. Aunque no todos acabamos encontrando el equilibrio o la pausa obligada que nos permita afrontar el futuro con la diligencia debida.

¿Pero se puede ser responsable de todo cuanto hicimos en esa edad fronteriza entre la pubertad y la mayoría de edad? Si hago un esfuerzo de memoria aún puedo verme en esa tierra de nadie donde todo estaba por llegar y no había señales fiables de por dónde nos llevaría la vida. Puesto a no saber, ni siquiera sabía qué profesión elegiría entre el amplio abanico de posibilidades que se abrían ante mí.

De los cinco amigos que habíamos estudiado juntos el bachillerato, tres se habían decantado por medicina como primera opción, y otros dos habían elegido derecho. Yo, tan confuso como indeciso, no terminaba de optar por ninguna de las dos. Al final me sumé, más por inercia de la amistad que por otra razón, al grupo de los que habían optado por la medicina. Pero mi gozo en un pozo, pues todas mis dudas se disiparon el día que acudí con mis compañeros y amigos al aula de la Facultad de Medicina donde los estudiantes de primer curso se ejercitaban, bisturí en mano, en la dura tarea de diseccionar los órganos del cadáver de un raquítico anciano, conservado en formol, para saber que aquello nunca sería lo mío. Por lo que, al final, deseché la medicina y el derecho, y como creo haber dicho en otro momento, opté por la filosofía; decisión esta que le produjo una profunda decepción a mi padre, que siempre creyó que su hijo estaba llamado a tareas más nobles e importantes que la de divagar sobre asuntos que no le interesaban a nadie, y menos aún a una España tan necesitada de puentes y pantanos.

Hablando de otro asunto, mi incredulidad ante el hecho religioso fue algo que me llegó muy temprano, sobre los catorce años. Y tengo para mí que no fue el resultado de un sesudo proceso de maduración interior o de la búsqueda de respuestas a preguntas transcendentes sobre el paradigma binario de quienes somos o qué hemos venido a hacer en este mundo, sino el resultado de una íntima e irrenunciable certeza de que somos el producto de la evolución de un primate que decidió bajarse del árbol donde siempre había vivido, y ponerse a caminar. Tendrían que pasar muchos siglos para que aquel primate fuera capaz de evolucionar hasta llegar a ser lo que somos: animales racionales difícilmente reciclados en el crisol de un mundo a la deriva, capaz de dar lo mejor y lo peor de sí mismos.

Pero mentiría si ocultara, en estos momentos donde el árbol de la vida se apaga en mi interior, que no he vuelto a sentir el hálito de espiritualidad que un día me envolvió en la terraza de un hotel en Jerusalén, ni la emoción que sentí mientras observaba el Muro de las Lamentaciones y la explanada del Templo, mientras el sol se ocultaba despacio en el horizonte; sentimientos que me han acompañado desde entonces como si de una premonición sobre la transcendencia se tratara. Igualmente mentiría si dijera que la dulce y bella sensación de espiritualidad que sentí en aquel momento, y que aún conservo, fuera producto del miedo que todos sentimos ante la proximidad de la muerte. En absoluto. Yo la espero como algo natural e inevitable, y no ofreceré otra respuesta cuando llegue, que la de dejarme llevar de forma tranquila y apacible.

¿Que por qué elegí la filosofía? Eso es algo que me pregunto con frecuencia. De hecho, no lo sé y tampoco me lo he planteado, aunque dudo que una materia tan crucial y que tanto ha influido en el pensamiento del mundo, me haya ayudado gran cosa a la hora de afrontar mi vida. Solo diré que aunque no buscaba encontrar en ella la piedra filosofal que me ayudara a resolver los grandes problemas que angustian al ser humano, sí creí que podría encontrar el placebo que me permitiera sobrellevar una vida tan voluntarista como huérfana de solidez.

Ahora me sorprendo a mí mismo, reflexionando sobre algunas cuestiones que, sin saber muy bien por qué, revolotean en mi cabeza y de las que nunca pensé que acabarían preocupándome. Antes, en mi etapa universitaria, tenía amigos con los que reflexionar sobre temas que aún me siguen interesando como la guerra, el amor, la convivencia, el sentido de la vida, la religión o la muerte, y no lo hice, salvo con Laura, con quien sí hablé sobre cuestiones de alcance como las apuntadas, aunque no con la frecuencia que me hubiera gustado, ya que ella prefería hacerlo en círculos más amplios donde sus interlocutores no se vieran condicionados por razones personales o sentimentales.

Mientras reflexiono sobre estas cosas, he de confesar que lo que en verdad me preocupa ahora no es tanto la transcendencia del ser humano, como la fragilidad existencial en que vivimos, el malestar físico que siento y la dolorosa punzada que taladra mi espalda, y que no me deja respirar. No quiero pensar que mi final sea inminente porque necesito algún tiempo para acabar este diario y resolver ciertos asuntos que aún tengo pendientes. Necesito unas semanas más, las necesarias para ultimar todo. Pero me encuentro en un momento tan bajo de moral, que me asalta la duda sobre si tendré las fuerzas necesarias para afrontarlo.

5 de mayo. 6 de la mañana

De no ser por María, a la que llamé por teléfono para que avisara al médico de urgencias del ambulatorio y que me ha estado cuidando durante toda la semana que he pasado postrado en la cama con fiebres altas, no habría podido recuperarme. Los antibióticos, las pastillas del doctor Larraz y las bebidas calientes hicieron su trabajo, pero fue una vez más María quien, viniendo a visitarme dos veces al día, a media mañana y a media tarde, hizo el resto. Ella era la que preparaba la comida y me ayudaba a mantener la higiene de mi cuerpo, aparte de vigilar mi temperatura corporal y la ingesta de las medicinas prescritas por la amable doctora que me atendió. La recuperación fue más lenta de lo previsto debido a mi deficiencia inmunológica, la cual es, y seguirá siendo, mi mayor hándicap para afrontar cualquier enfermedad añadida a la que padezco.

Esta madrugada he soñado con Laura, y aunque se me apareció como otras veces no pude interactuar con ella, ni hablarle de mi estado de ánimo, o de la enfermedad, pues como tengo dicho, desaparece de mi vista cuando intento contestarle. Recuerdo que estábamos de vacaciones en un lugar paradisiaco y nos bañábamos en un mar de color turquesa que rompía mansamente sus olas sobre una playa de arena blanca y sedosa. Nunca olvidaré su cuerpo delgado y fibroso salir del mar y aproximarse lentamente hasta la hamaca donde yo estaba leyendo. Me miró antes de poner su toalla de baño frente a la mía y colocar las manos bajo su nuca. Luego, abrió sus piernas para ofrecerme el nítido dibujo de su sexo bajo el minúsculo bikini que llevaba. Aún mantengo en mi memoria los fuertes latidos de mi corazón al contemplar la desnudez de su cuerpo que cobraba vida a cada instante, ofreciéndose, llamando a la puerta de mis sentidos desde la pasión desbordada que ella reclamaba. Luego me llegó el susurro de su voz que decía: *Soy tuya, mi amor. Y tú también me perteneces.* Me desperté justo a tiempo para saber que era un sueño.

Son recuerdos del amor que nos teníamos; un amor que no necesitábamos verbalizarlo, porque se mostraba en toda su plenitud sin necesidad de palabras que lo adulteraran y que albergaba nuestro corazón sobrecogido por la ternura que ambos alimentábamos con besos y caricias. Cómo olvidarlo, cómo relegar aquellas muestras de amor a un simple recuerdo y pensar que aquel tiempo de grandes promesas fuera malbaratado por mi comportamiento. Yo amaba a Laura como nunca he amado a otra mujer. Es cierto que era una mujer distante en ocasiones, pero eso nunca podría servir de excusa para justificar lo que hice, pues su amor trascendía cualquier elemento de su carácter y se inscribía en una órbita de plenitud donde el cariño y su entrega suplían cualquier déficit que pudiera achacársele. Ella, sencillamente, era distinta, diferente a las demás mujeres que conocí y nunca le agradeceré bastante el amor, sincero y desinteresado, que a lo largo de su vida me regaló.

Me despierto con la boca reseca y el sabor ocre que destila la fiebre que exuda mi cuerpo. Me levanto con dificultad y camino desnudo hasta el cuarto de baño para ducharme. Frente al espejo veo reflejado mi cuerpo ajado por los años y crecer la enfermedad, pero que aún sueña con la sombra de aquel retazo de amor perdido en el recuerdo. Y me emociono. Dejo correr el agua caliente sobre mi cabeza y espalda y encuentro de nuevo la llama del deseo en su imagen desnuda y en la dulce sonrisa de sus labios. Ello me sirve de consuelo para conjurar la soledad de toda una vida anclada en la memoria.

María se sorprende al verme en la cocina tomando una taza de café. La invito a sentarse y ella acepta. Le agradezco todo lo que hace por mí, sus muchos desvelos y atenciones, algo que ella niega por pudor con un leve gesto de cabeza, pues María es una mujer sencilla y leal que nunca valora lo que hace; entre otras razones, porque entiende la vida como un corto viaje donde lo que importa es ser bueno con los demás, sin esperar nada a cambio. Se alegra al verme animado y su amable conversación nos lleva a hablar de Laura.

María dice que la admiraba por su afabilidad y enorme sabiduría. *Sabía de todo*, añade emocionada, antes de confesarme que un día, no recuerda por qué, le habló de mí. *Me dijo que usted, además de ser un buen hombre, era el amor de su vida y una persona inteligente y compasiva a la que le gustaba el silencio y la lectura. Con lo bonito que es hablar y comunicarse con los demás.* Añade María sonriente antes de despedirse.

6 de mayo. Al amanecer

Hoy he visto amanecer un nuevo y luminoso día que aflora en el horizonte limpio y transparente, anunciando vida y ¡quién sabe! si también dolor. No es que me haya levantado pesimista, ni acuciado por malos presagios: por el contrario, me encuentro bastante mejor de lo que esperaba. De hecho, incluso podría decir que es uno de esos días en que me reconcilio con la vida sin tener motivos para ello. Justo lo contrario de lo que, según me cuentan, era el carácter pesimista y ensimismado de mi madre.

Recuerdo que mi abuela me contó que ya desde su juventud ella solía decir: *Piensa mal y acertarás.* Sobre todo, si hacía referencia a la enfermedad de algún conocido, al desenlace de una relación amorosa, o a uno de los negocios en que se hubiera metido mi padre. Si digo esto es porque siempre he creído que el carácter marca el destino de las personas, y al ser el suyo de un perfil pesimista, eso la llevaba a encerrarse en sí misma y a aislarse de cuantos la rodeaban, incluidos sus seres queridos.

De ella solo recuerdo su escapada aquella noche y las voces y gritos de aquel día. ¡Y cómo no, sus besos! Aquellos tiernos e inolvidables besos que ella me regalaba cada noche antes de dormir. Y ahora, cuando mi vida se acaba, me pregunto si soy producto de la herencia genética que recibí de mis padres, o la persona libre que forjó su destino.

De mi padre recuerdo algunas cosas que me han marcado para siempre. Entre otras, su determinación en el trabajo y su estricto sentido del deber. De mi madre, la tendencia a ver el mundo como algo inhóspito, aunque debería reflexionar más sobre ello, porque hay cosas de mi infancia que perviven en mi memoria, y no he podido descifrar, como saber si tuve parte de culpa o fui el responsable de su separación. Puede que las circunstancias en que se desenvolvió mi infancia hayan contribuido al fracaso de lo que ha sido mi vida; una vida marcada por desengaños y amores frustrados, cuyos recuerdos aún me persiguen para confirmar la futilidad de los sueños que alimenté en mi juventud, y luego no se cumplieron.

La madurez es como una etapa intermedia donde uno puede ofrecer a los demás lo mejor o peor de sí mismo, y en la que nunca estuve a la altura de lo que mi familia esperaba de mí, hasta que llegó la vejez y de su mano la enfermedad. Una enfermedad que llegó acompañada del dolor, la soledad y los recuerdos, para anunciarme que mi vida tocaba a su fin y que lo único que debería importarme sería reencontrarme con la verdad, y buscar respuestas adecuadas a todo cuanto hice. ¡Que malgasté mi vida! ¡Claro que sí!, me digo enfadado y sobrecogido a la vez. Es de las pocas cosas de las que estoy convencido. Lo que no alcanzo a entender es por qué me comporté así. Tenía inteligencia y capacidad emocional suficiente para haberlo evitado. Pero no pude o no quise hacerlo. ¿Me arrastró la corriente y me dejé llevar por el egoísmo?

Un día me preguntó mi hija, unos años antes de la muerte de Laura, que cómo me veía a mí mismo. Su pregunta no era en absoluto baladí. De hecho, buscaba testar la veracidad de lo que le había dicho acerca de la necesidad de afrontar la vida con firmeza y determinación, y que luchar contra la adversidad era una cuestión de fortaleza interior, y que, al final, uno es lo que la gente piensa de ti.

Hoy no le habría contestado de ese modo porque el paso del tiempo me ha convertido en alguien poco dado a utilizar frases solemnes que solo encierran falsas certezas, y que de haber tenido la fortaleza interior de la que hablaba, no me habría comportado así. En estos momentos en que mi vida se agota, no voy a seguir engañándome, ni por supuesto a mis hijos. ¿O acaso lo que escribo en este diario no es un testamento vital, una carta abierta en la que cuento los aspectos más relevantes de mi vida, a partir de lo que honestamente creo y recuerdo?

Claro que para ello, lo primero que debo asumir es que soy un fiel trasunto de mis propios actos, de cuanto hice o dejé de hacer, y que las palabras sirven de poco si no alcanzan a explicar que muchas de las causas que libré de joven no respondían solo a mi afán de notoriedad, sino a la creencia de su bondad. Por eso hablo del dolor moral, un dolor del que no consigo escapar porque vive agazapado en algún lugar de mi conciencia. Por eso hago mía la frase de Epicuro, mi filósofo preferido, mi maestro y mentor, que aconsejaba como forma de vida, *ocultarse,* justo lo contrario de lo que yo hice.

De hecho, toda mi vida ha consistido en una lucha constante por superar los retos que se me presentaban y lo hacía con la única finalidad de alimentar mi ego, diciéndome a mí mismo que era el mejor, el más inteligente y el más capaz para afrontarlos. ¿Que por qué lo hacía? Por la sencilla razón de que odiaba perder y lo único que me importaba era ganar, aunque ello fuera unido al desgarro de tener que vivir en un mundo de mentiras.

Laura sí creía en lo que hacía. Además, se reencontraba con la excelencia de forma natural y en cualquiera de sus manifestaciones, como si fuera algo consustancial a su ser. No tenía que esforzarse para que su discurso fluyera nítido y profundo, aunque trabajaba sin descanso para conseguirlo, ya que su fin último nunca fue la ambición, sino su afán de saber, conocer cosas y satisfacer su curiosidad intelectual; razón por la cual, todo lo que hacía le confería un don natural sobre el resto de la gente que yo envidiaba y admiraba.

7 de mayo. 7.30 de la mañana

Mi reloj de pulsera se ha quedado sin pila, pero el que compré en el chino del pueblo por cinco euros y que cuelga en la pared de la cocina, sigue funcionando y marca las siete y media. El sol luce pletórico y sin nubes esta mañana primaveral con más calor del que correspondería a la estación en que nos encontramos, lo que viene a confirmar el criterio sustentado por meteorólogos y expertos de todo el mundo que denuncian la gravedad del llamado efecto invernadero; es decir, el crecimiento de la capa de ozono por el calentamiento global debido al uso de combustibles fósiles, con los perniciosos efectos que ello acarrea para la naturaleza y nuestra salud.

Pongo el *Concierto para oboe y violín en do menor* de Johann Sebastian Bach, y mientras lo escucho me enfado al constatar cómo las acerbas críticas de ciertos comentaristas sobre los efectos devastadores del mencionado fenómeno sobre la fauna en general, no se vean denunciadas con el mismo énfasis cuando se refieren a los miles de inmigrantes que naufragan y mueren en sus frágiles pateras tratando de escapar del hambre y la miseria. ¡Cómo vamos a aceptar que los representantes del llamado mundo libre tengan la desvergüenza de reclamarse defensores de los derechos humanos con semejantes comportamientos y actitudes!

En otro orden de cosas, me sorprendo a mí mismo descubriendo el interés casi obsesivo que tengo por conocer la hora en que vivo, como si ello añadiera tranquilidad a mi vida. Creo que esa morbosa necesidad no es solo cosa de la edad, o de la poca salud que tengo, sino de algo mucho más difícil de definir: ¿miedo a no haber hecho lo correcto y haber despilfarrado el tiempo que me fue dado?

¿O se trata de algo mucho más simple y solemne, el miedo a la muerte y a su proximidad latente?

He leído a Lucrecio, a Séneca, a Epicuro, a Montaigne; de hecho, a casi todos los grandes pensadores y filósofos que hablan de ella, y de cómo el tránsito de la vida a la muerte no debería preocuparnos. Sin embargo, no tengo nada claro si tras sus bellas palabras no se oculta otra línea argumental, bastante más apegada a la condición humana como es la resignación. El aceptar la muerte sin mayor dramatismo no deja de ser más que el sometimiento a la ley natural de lo inevitable, la aceptación de lo irreversible frente a nuestro permanente deseo de vivir y que nos convierte, aun sin nosotros quererlo, en seres entregados y resignados a la muerte.

Para ahuyentar esos pensamientos me visto y salgo a la calle. Camino por el paseo marítimo y me sobrecoge la inmensidad del mar visto desde la atalaya del puerto; sobre todo, el continuo ir y venir de las olas, y el movimiento de fondo que modula su fuerza según las mareas y la gravedad universal. Me detengo en el quiosco de prensa y miro las portadas de los periódicos mientras ojeo los *betsellers* de bolsillo. Luego entro en un bar próximo para tomar café y me distraigo viendo pasar a los lugareños del pueblo, pues los turistas aún están por llegar.

Hace algún tiempo que Laura no viene a verme, aunque sé que está ahí, lúcida y paciente, en algún lugar de mi memoria. Desde luego, bastante más cerca de lo que pienso, aunque a veces, su imagen permanece ausente, como si lo hiciera a posta para que sea yo quien asuma la responsabilidad de contar nuestra convulsa relación.

8 de mayo. 6 de la tarde

Almuerzo un sándwich de jamón de york y queso, y pongo el agua a hervir para hacerme un té. La verdad es que últimamente ando bastante desganado. Recogido en mi viejo sillón pienso en Laura; sobre todo, en la etapa de nuestro desencuentro, la que supuso nuestra separación y que sigue siendo, al menos para mí, la más difícil de explicar. A grandes rasgos cabría decir que la misma vino marcada por el deterioro de la complicidad que, desde que nos conocimos, habíamos mantenido. Es más, yo diría que el punto de inflexión habría que situarlo tras el nacimiento de nuestros hijos y de cómo, sin dejar de querernos, nos dejamos llevar por el desánimo, y acabamos abandonando todo aquello que, con anterioridad, nos había unido.

Pero no todo fue tan lineal y sencillo como acabo de escribir. Ni mucho menos, pues cuando se trata de hablar sobre la ruptura de una larga relación entre dos personas que se han querido, las cosas no suceden de un día para otro. De hecho, los desencuentros se fueron produciendo con los altibajos propios de un tema tan complicado como ese, ya que el desamor normalmente se presenta con los claroscuros de la indecisión, de los miedos e incertidumbres que en esos momentos dominan el escenario de nuestras vidas.

Recuerdo que todo empezó con el nacimiento de Daniel. Laura, desde que se quedó embarazada, empezó a llevarlo mal; yo diría que incluso peor que con el embarazo de Sara que, si bien este llegó con las naturales dificultades de un parto primerizo, no fue tan bueno como cabía esperar. Así que, de algún modo, llovía sobre mojado, aunque con el agravante de que cuando Laura dio a luz a Sara, sufrió una profunda depresión que la hundió en el desánimo. Nada, ni siquiera las sonrisas de nuestra hija, le proporcionaban alivio alguno. Era como si todo lo que la rodeara hubiera dejado de tener sentido. Días después llegaron los dolores «posparto», algo que los médicos calificaron como molestias propias del puerperio, pero que por desgracia cada día fueron a más, lo cual quebró su frágil equilibrio mental e hizo menguar sus escasas fuerzas físicas.

En aquellos momentos tan complicados y difíciles para ella, hice todo lo que pude para ayudarla y hacerle entender que juntos podríamos superarlo, y que acabaríamos encontrando algún remedio a su ansiedad. Sobre todo, le hice llegar mi absoluta solidaridad con su sufrimiento. Pero cuando alguien se encuentra tan mal como ella estaba, hundida en la depresión y sin ganas para nada, mis palabras más que un bálsamo que aliviara sus dolencias, acabaron convirtiéndose en insultos y continuas invectivas sobre mi persona.

Tú sabes que eso no es cierto, me dice Laura desde el otro lado de la mesa donde escribo. Viste igual que cuando veníamos a la playa en invierno: pantalón vaquero desgastado por el uso, y un suéter de cuello vuelto de color negro. Su mirada sigue siendo tan dulce y doliente como en sus últimos meses de vida, y un fondo de tristeza cubre su delicado rostro, confiriéndole un manto de dolor contenido. Y añade. *Ya por aquel entonces tú habías dejado de quererme o, al menos, no me querías como antes. Reconoce que nunca fuiste bueno mintiendo, pues te pasa lo que a los niños pequeños que, cuando lo hacen, les delatan sus miradas y sus gestos. No negaré que te esforzaste mucho por aparentar que estabas siempre pendiente de mí y que compartías mi sufrimiento, pero tus actos y palabras carecían de credibilidad.*

No es justo que me digas eso. Le contesto con lágrimas en los ojos. *Yo siempre te quise y te sigo queriendo, aunque ya no estés. Es cierto*, me contesta, *pero a tú manera, no a la mía*. Y añade. *Sé que lo que voy a decirte no va a gustarte en absoluto. Es más, lo negarás, como haces siempre que la verdad te supera o te resulta difícil de aceptar, pero ya por aquel entonces, cuando me encontraba en plena depresión y me sentía morir, te escapabas con «tu amiguitas» durante largos fines de semana a seminarios que, según decías, eran de suma importancia, pero que en la situación de tristeza y soledad en que me encontraba, a mí se me hacían eternos y dolorosos.* Cuando me disponía a contestarle, su imagen se diluyó como el humo y desapareció de mi vista para infringirme el castigo de su ausencia, *No fue así, Laura, y tú lo sabes. Necesito contártelo todo sin ahorrarte detalles, porque quizás tampoco te guste a ti oír lo que voy a decirte. Unos tres meses antes de que dieras a luz a nuestra hija, quisiste que fuéramos en coche hasta Lisboa. Aún conservo las fotos. Especialmente una en la que sonríes a la cámara con el puerto al fondo y en la que posas las manos sobre tu vientre, acompañando el gesto con una amplia sonrisa. ¿Recuerdas? Recorríamos en el tranvía el centro viejo de la ciudad y lo que más nos gustaba era bajar de vez en cuando en alguna parada del trayecto para sentarnos a tomar café en alguno de los bares con aroma colonial.*

Recuerdo que paseábamos despacio, debido a tu estado, cogidos del brazo, mientras me hablabas del exuberante gótico tardío y el denominado estilo pombalino,_una mezcla de barroco y neoclasicismo que se desarrolló a raíz del terremoto de Lisboa, que destruyó la ciudad. Me hablaste de tu amor por la arquitectura que tu padre, arquitecto de profesión, te inculcó, y te explayaste contándome cómo la arquitectura de un país era la viva expresión de su devenir histórico, de las invasiones que asolaron sus tierras y marcaron el carácter de sus habitantes.

Pero lo que nunca olvidaré fueron tus palabras; unas palabras que aquel día se grabaron a fuego en mi corazón y aún permanecen en mi memoria como algo que jamás pensé que oiría de tus labios; sobre todo por lo inesperado y porque aquel día estabas radiante de felicidad. Se notaba en todo lo que hablabas y decías, pero de repente, todo lo que habíamos disfrutado aquel fin de semana cogidos de la mano, las confidencias que habíamos compartido y tu bella sonrisa, se convirtió en una ilusión óptica, algo imaginado por mí, un simple espejismo que no formaba parte de la realidad, sino de mi calenturienta imaginación. ¡Cómo olvidarlo!

Me miraste a los ojos con ternura, cogiste mi mano y dijiste: ¿Sabes qué? Espero que sepas interpretar bien mis palabras, pero a veces me pregunto si estoy realmente enamorada de ti.

Antes de que pudiera expresar mi desconcierto pusiste tus dedos en mis labios, reclamando silencio, un silencio que buscaba mi complicidad, pero que yo no estaba dispuesto a aceptar. De hecho, eras consciente del dolor que me produjeron tus palabras, al igual que sabías que mi réplica no sería de tu agrado. Nunca te dije cómo me sentí, aunque te lo puedes imaginar, pues sabía que tus palabras no eran fruto de la improvisación o algo que dijeras al calor del momento. También descarté que fuera una provocación de las tuyas para iniciar un debate sobre el amor; algo sobre lo que habíamos hablado muchas veces. Por lo que deduje que hablabas en serio. Con todo, dejaste un resquicio de esperanza cuando añadiste. *Sé que mis palabras te habrán provocado la natural sorpresa, al ser la primera vez que te digo algo así. Pero nos prometimos ser sinceros el uno con el otro y no quiero romper esa regla. Tampoco te hablo desde la certeza de mis sentimientos, ya que mi corazón alberga muchas dudas, y... la verdad, no sé muy bien qué será de nosotros...*

Recuerdo que el desgarro de una honda emoción ensombreció tu rostro, ofreciendo la imagen de una mujer frágil y rota en su interior, justo lo contrario del perfil que siempre habías cultivado ante mí y ante la gente. De hecho, te convertiste en el contrapunto a la encantadora mujer que tan solo unas horas antes le regalaba sonrisas a la vida. Era como si de repente ambos nos hubiéramos homologado, ofreciendo el rostro de quienes se presentan ante los demás de una determinada manera, cuando en realidad éramos muy distintos a la imagen que ofrecíamos.

Laura, la mujer honesta que infundía respeto y nunca se mostraba débil ni dependiente, era también la mujer dura e insensible que podía golpearte donde más te dolía: en el amor y la fidelidad que ello comporta. Ahora éramos los dos quienes mostrábamos ante el altar del amor nuestras mutuas diferencias, aunque también éramos dos personas abocadas a buscar la verdad en sus respectivas vidas.

Pasado el tiempo he de decir que mi respuesta no estuvo a la altura de las circunstancias, aunque difícilmente podía estarlo debido a la sorpresa que tu confesión me produjo. Lo peor fue que cometí el error de achacar tus palabras al embarazo, con frases que no eran mías, sino de tu ginecólogo: *El embarazo a veces produce ansiedad y desazón.* ¿Lo recuerdas? Y añadió: *Los desequilibrios del cuerpo provocan respuestas indeseadas... fruto de la ebullición celular.*

Y fue entonces cuando lo soltaste. *Se trata de Pedro Hidalgo.*

Sentí como si mi cuerpo fuera abducido por una fuerza extraña hacia un agujero sin fondo, un agujero sin luz ni esperanza. Fue la revelación de un secreto que afloraba para dotar de sentido tu confesión. Aquel compañero y amigo de la facultad, siempre amable y reservado, se mostraba en aquel momento como un intruso, el hombre que había entrado inesperadamente en nuestras vidas convirtiéndose en el caballo de Troya dispuesto a romper nuestra familia. De repente se me nubló la vista y entre las brumas del dolor vi cómo mi vida dejaba de tener sentido. Fueron tan solo unos segundos, los suficientes para saber que aquello era el final de lo nuestro y el comienzo de otra historia en la que yo quedaba excluido. El tiempo lo diría, pensé para consolarme, mientras buscaba en mi interior algo que me permitiera metabolizar todo aquello.

Al poco, tras el nacimiento de Sara, llegó la crisis posparto. ¿Fue esa su respuesta al estrés que sentía y ponía en entredicho nuestra relación? ¿O fueron sus dudas sobre lo que hasta entonces habíamos compartido lo que desencadenó la crisis? No lo supe entonces, ni tampoco ahora, cuando escribo estas líneas. Pero, al final, qué más daba si el resultado seguía siendo el mismo: el desencuentro de dos almas que, tras varios años de convivencia, creyeron erróneamente que habían nacido el uno para el otro.

Aún sigo creyendo que Laura, en el fondo de su corazón, nunca dejó de quererme, y que la presencia de Paco Hidalgo en su vida no dejaba de ser un hecho episódico, el arrebato de una mujer herida por mis continuas infidelidades. ¿Pero acaso no era ella la defensora de una presunta libertad sexual y la que restaba importancia a los escarceos amorosos de cualquier pareja? ¿O su actitud no era más que una pose que venía a constatar el hecho de que las infidelidades siempre duelen, cuando pasan de mantener un perfil bajo y adquieren dimensiones públicas?

Y eso fue lo que ocurrió. Que nuestros amigos y conocidos empezaron a murmurar, y lo que en un principio se habría quedado en una aventura pasajera sin ninguna proyección de futuro, tomó cuerpo hasta alcanzar cotas de publicidad que contaminaron nuestra actividad docente, convirtiéndose en poco tiempo en una crisis en toda regla; es decir, en una ruptura sin paliativos.

Pero, al margen de quién de los dos llevara razón, lo cierto es que ambos fuimos culpables de lo que pasó. Laura entró en un periodo de extrema frialdad y distanciamiento, al punto de que prácticamente dejó de hablarme y cuando lo hacía era mediante frases cortas o simples monosílabos, hasta que un día se sentó frente a mí y mirándome a los ojos, lo soltó: *No podemos seguir así*. Dijo con aire solemne. *He pensado mucho sobre nuestra relación y creo que lo mejor que podemos hacer es darnos un respiro. Puede que lo nuestro haya llegado a su fin.* Hizo una pausa antes de continuar y añadió: Y *para comprobarlo deberíamos separarnos un tiempo y ver en qué acaba todo esto.*

El hecho de que sus palabras dejaran una puerta abierta a la esperanza me estimuló e hizo creer que ello era posible. Pero para eso tendríamos que poner de nuestra parte todo el patrimonio emocional acumulado a lo largo de los años, e intentar cicatrizar las heridas que mutuamente nos habíamos infringido. Lo que yo desconocía en aquel momento es que el pasado nunca constituye un aval suficiente para construir el presente y, menos aún para garantizar el futuro. Y aunque todo quedaba inicialmente abierto, ninguno de los dos abrigábamos muchas esperanzas de que nuestra relación pudiera reabrirse algún día. Hoy lo sé, quizás porque estoy viejo y la experiencia me ha enseñado que la razón, es decir el pilar sobre el que habíamos depositado nuestras mejores esperanzas, no era más que un señuelo, la falsa verdad que nos permitía sentirnos felices y confiados, cuando igualmente era cierto que lo irracional formaba parte del complejo entramado que movía el mundo en que vivíamos.

Aproximo la foto a la luz y la miro despacio, atento a los detalles, tratando de descubrir lo que pasaba por su cabeza cuando hice la que posiblemente fuera su última foto. Sus ojeras delatan cansancio, ¿o es tristeza? Pero su mirada seguía siendo la misma de siempre, entre ausente y distante, como si buscara guardarse de la intromisión que supone exhibirse ante los demás. ¿O acaso una foto no es algo parecido al secuestro de nuestra propia imagen? La pregunta que aún me hago es por qué no afloraba en casi ninguna de ellas el reflejo de una emoción. ¿Se debía a su ineluctable afán por ocultarse ante terceros, o encerraba otro mensaje?

Estoy convencido de que ella nunca fue la mujer oscura y replegada sobre sí misma que proyectaba por aquel entonces, sino la persona con problemas que estaba a punto de dar a luz a nuestra hija

Sara. De hecho, la Laura que yo conocí cuando era joven, aunque reservada, nunca llegó a alcanzar las cotas de ensimismamiento que mostraba meses antes de nuestra crisis matrimonial. Añadiré que si ella viviera confirmaría que jamás fue una mujer cariñosa, si por ello entendemos el tipo de persona que busca la complicidad con el ser amado a través de pequeñas atenciones. Ella no era así. Sin embargo, hacía gala de otro tipo de detalles, tan explícitos como generosos, con las personas que quería. Pues igual te regalaba un libro sin que viniera a cuento, te sorprendía con unas entradas para asistir al estreno de una obra de teatro, o te invitaba a una copa en una de las terrazas de moda de Madrid. En aquellos momentos tiernos y entrañables era cuando afloraba el perfil más dulce de Laura; el que nunca defraudaba a propios o a extraños, y siempre acababa compensándote por ese otro lado oscuro habitado por soledades y silencios en los que a veces se encerraba.

Otro rasgo de su personalidad era que nunca buscaba imponer sus criterios, aunque estuviese en claro desacuerdo con lo que su interlocutor hubiera dicho o defendido; por el contrario, solía escuchar sus argumentos con suma atención, aunque no por ello dejaba de hacerle preguntas que venían a cuestionar sus comentarios.

Para decirlo de otro modo, la dialéctica de la confrontación no formaba parte de su carácter, siempre abierto al acuerdo, aunque la placidez de su discurso, que solía transcurrir fluido y en ocasiones condescendiente, no era más que una argucia que ella utilizaba para llevarte a su terreno, como esas corrientes de fondo en alta mar que se abren paso entre fuerzas ocultas que no vemos.

Si le preguntáramos a alguien que definiera en pocas palabras su manera de ser y comportarse, te diría que, por encima de todo, era una mujer distante y seductora, aunque yo nunca la definiría así, porque su aparente frialdad no respondía a una deliberada actitud, sino que se debía a su carácter austero y poco dado a empatizar con la gente. A su vez, la enorme capacidad de seducción que desplegaba provenía de un conjunto de elementos que Laura incorporaba de forma natural y que, incluso, sin ella proponérselo, lo transformaba en algo especial.

Su tono de voz, a veces dulce y en ocasiones duro, cuando alguien dialécticamente la retaba o, peor aún, la ninguneaba, así como su mirada entre distante y huidiza que aparentaba desinterés por lo que dijeran los demás, respondía a su especial manera de enfrentarse a la fragilidad argumental de sus contrarios, aunque quienes la conocíamos sabíamos que escuchaba con mucha atención sus argumentos por muy cáusticos o disparatados que fueran. A este respecto, incluso su gestualidad corporal ponía de manifiesto que cuando, por alguna razón, algo le interesaba, enderezaba su cuerpo y agudizaba sus sentidos, como el animal que intuye la presencia del cazador.

9 de mayo. 5 de la madrugada

Releo la carta que Kant le escribió a la madre de Johann Friedrich von Funk, tras su inesperada muerte, y la interpreto como una premonición de lo que ha sido mi vida, y de lo que ineluctablemente me espera. Dice así:

Todo ser humano planea su propio destino en el mundo... Pero la muerte, que acaba con este juego de sombras, solo se deja ver a gran distancia y queda diluida por la luz que inunda los lugares más placenteros. Mientras soñamos, nuestro destino nos lleva por caminos muy diferentes. La parte que obtenemos se parece muy raramente a lo esperado, y empezamos a descubrir que nuestra esperanza se desvanece con cada paso que damos... hasta que la muerte, que siempre nos había parecido tan lejana, destruye de golpe el juguete que nos habíamos fabricado.

El juguete que nos habíamos fabricado, un juguete repleto de sueños y esperanzas que llegaron rutilantes a nuestras vidas y que luego, sin saber cómo, se desvanecieron de repente como fuegos de artificios al toparse con la realidad, puso en evidencia la fragilidad de nuestras ambiciones: una realidad que nos llegó de golpe para recordarnos lo efímero de nuestros deseos, y de cómo la enfermedad, que siempre nos pareció algo lejano, cobró de repente actualidad, reclamando su sitio en nuestras vidas, hasta romper la armonía y la belleza de todo cuanto amábamos.

Éramos tan jóvenes, listos y ambiciosos, y teníamos un futuro tan brillante por delante, que no alcanzamos a ver cómo, ya en aquel tiempo, se iba fraguando nuestra desventura. Lástima que Laura y yo no fuéramos conscientes de que las pequeñas cosas que nos separaban, aquellas a las que en su momento no les dimos importancia, fueron las mismas que terminaron por cavar el foso que un día acabaría pasándonos factura.

¿Pero quién podía predecir el futuro cuando ni siquiera sabíamos que nuestro presente hacía aguas? Vivíamos el día a día con el único afán de sobresalir, de no ser pasajeros en un viaje que no fuera el nuestro. Y solo nos dejábamos guiar por nuestro instinto aunque este, por más que quisiéramos, nunca suplantaría a la razón sin coste alguno. Y es que la razón, aun postergada, siempre acaba reclamando su sitio en el destino de la gente. Y el nuestro, aunque entonces no lo sabíamos, lo habríamos de pagar muy caro.

9 de mayo. 18 horas

Salgo a la calle con la finalidad de caminar, desentumecer mi cuerpo y respirar el fresco aire de levante, bronco y ruidoso, que inunda mis pulmones, mientras arrastra sus altas olas a la orilla. Me abrigo con mi grueso jersey de lana gris, pero aun así noto cómo la humedad gana terreno sobre mi cuerpo enfermo, que no quiere rendirse todavía, y busca su sitio en la crisis existencial que embarga mi alma desahuciada, el lugar donde habitan mis emociones y recuerdos para advertirme de que mi tiempo se acaba.

Me siento muy cansado y para aliviar mi cuerpo entro en un bar que no conozco, y que más que un bar parece un *pub*. Pido un café con leche bien cargado y un cruasán. Es mi primera comida del día, quitando el té que tomé a media mañana. Mi amigo el doctor Larraz ya me advirtió de que las pastillas que me recetó son muy fuertes y producen, además de ardores, fatiga estomacal, por lo que debo esforzarme en comer, aun sin tener ganas.

Cuando termino, salgo y camino despacio contra el viento, retándolo, buscando demostrarme a mí mismo que aún puedo enfrentarlo y reivindicarme como un animal herido, que no por ello se va a dejar caer moribundo en la sabana. Vuelvo a casa destruido física y anímicamente y me siento en mi estudio para observar, ahora desde la distancia y con el cuerpo más ahormado, la belleza del mar bajo un cielo encapotado, anunciador de lluvia.

Otro día, hace ya muchos años, recuerdo que Laura y yo paseábamos tranquilos una mañana luminosa, rodeando el lago de la Casa de Campo, cuando ella se cogió de mi brazo, algo que casi nunca hacía, y me pidió que nos sentáramos en uno de los bancos de madera próximo al embarcadero, pues se encontraba muy cansada: *Es como si mi cuerpo y, sobre todo, mis piernas, se negaran a obedecer los mensajes que mi mente les manda.* Añadió preocupada. Lo que en aquel momento ninguno de los dos podía imaginar era que su cansancio, el rechazo de su cuerpo a plegarse a sus deseos, era el preludio de una grave enfermedad para la que ninguno estaba preparado.

A esa preocupación, que al principio no le dimos demasiada importancia, le siguió un océano de pruebas médicas que escanearon su cuerpo de principio a fin, buscando la razón que explicara lo que le pasaba y que Laura, de manera dócil y entregada, llevaba con resignación. Pruebas que más tarde fueron analizadas por neurólogos, cardiólogos, y un sinfín de especialistas que finalizaron con un diagnóstico tan desconcertante como brutal: esclerosis múltiple amiotrófica.

Solo su fuerza de voluntad, su austeridad ante el dolor y el hecho de haberse enfrentado con valentía y en silencio a lo que desde hacía varios meses eran pruebas inequívocas de que la atrofia de su cuerpo era una realidad, enmascaró la grave enfermedad que padecía y retrasó su diagnóstico; un retraso que no supuso ninguna pérdida de oportunidad en su curación, por cuanto la misma habría seguido su curso de forma letal e irremediable.

Aunque sin saber mucho sobre dicha enfermedad, ambos nos quedamos petrificados y con escasa capacidad de reacción, ya que sabíamos de su gravedad y las terribles consecuencias que la misma acarreaba. Sentí la presión de su mano sobre la mía, buscando un apoyo difícil de encontrar en momentos de tanto desconcierto, mientras yo le devolvía la caricia como muestra de solidaridad. *Es una enfermedad autoinmune*, nos dijo el doctor con el tono neutro del profesional acostumbrado a dar malas noticias. *Una enfermedad*, continuó, *que ataca a la mielina; es decir, a la capa que recubre las neuronas del cerebro, produciendo una inflamación en parte del sistema nervioso. El problema es que cuando la enfermedad avanza, queda al descubierto el tejido nervioso y aumenta la discapacidad, tanto física, como cognitiva.*

Para tranquilizarnos, sobre todo a Laura, que mostraba síntomas de una enorme inquietud, añadió que *la evolución de la enfermedad podría ser lo suficientemente lenta como para seguir manteniendo una vida relativamente normal.* Pero ambos percibimos por el tono de sus palabras que estas solo buscaban dulcificar la ansiedad que las mismas nos habían producido, especialmente a Laura, que seguía atónita y desconcertada por el discurso de aquel especialista que, por más interés que pusiera en dulcificar su diagnóstico, cerraba las puertas a cualquier tipo de recuperación.

Durante las siguientes semanas fueron apareciendo los primeros síntomas, que para ahorrar el dolor de su descripción podrían resumirse en una sola frase: la movilidad de su cuerpo se fue apagando progresivamente hasta llegar a un punto en el que su vida cotidiana, incluidas las más elementales funciones de su cuerpo, necesitaban de una ayuda casi total. Sin embargo, su evolución no fue todo lo rápida que en un principio pensamos, pues como la lava de un volcán, pasaba por periodos álgidos y por otros más calmados y esperanzadores.

Pero el dolor no se detuvo ahí pues, cuando Laura les contó a nuestros hijos la enfermedad que padecía, tanto Sara como David, que se encontraban muy unidos a su madre, entraron en un proceso devastador de tristeza y pena que, con sus lógicos altibajos, buscaban ayudarla con palabras tiernas y amorosas. Especialmente hundida se mostró desde el principio Sara, a quien tuvimos que llevar varias veces al médico para que le recetara calmantes que aliviaran su estado anímico.

Ahora, cuando evoco la horrible escena en la que el doctor le anunció a Laura la grave enfermedad que padecía, tomo conciencia de que el desamparo que ella sintió en aquellos terribles momentos no consistió solo en el hecho de conocer la gravedad de su dolencia, algo en sí mismo lógico, sino en sentir cómo la soledad inundaba su mente al saber que nunca podría recuperarse y volver a ser ella misma.

De hecho, solo contaba con nosotros para aliviar su desamparo, aunque no siempre nuestro incondicional apoyo suplía el ánimo que le faltaba. En aquel momento Laura supo, y también lo sé yo ahora, que no hay mayor consuelo ante cualquier desgracia que refugiarte en el amor de los tuyos, y sentirte querida y arropada por las personas que amas. Y allí estaban para testimoniarlo sus hijos, pero quien no supo estar a la altura fui yo.

10 de mayo. 11 de la mañana

El nacimiento de nuestra hija Sara fue una bendición. Ambos queríamos ser padres, sentir el calor de una hija y ampliar el círculo familiar que empezaba a mostrar fisuras por razón del trabajo y de nuestras respectivas ambiciones. En aquel momento éramos profesores ayudantes, pendientes de que nuestros maestros nos abrieran la puerta al siguiente paso: ser profesores titulares. Todavía nos encontrábamos en esa fase en la que pensábamos que nuestro amor podía con todo. Nos queríamos, deseábamos e incluso nos regalábamos a diario innumerables muestras de cariño y complicidad que venían a suplir nuestros personales déficits.

Podemos con todo, nos decíamos a nosotros mismos para convencernos de que nuestra hija, aquella niña preciosa de cabellos rubios y ojos verdes que se mostraba siempre sonriente, sería el basamento que uniría nuestras vidas; de hecho era lo que en verdad queríamos, lo que buscábamos, el talismán que iluminaría nuestras almas y blanquearía el lado oscuro de nuestras agitadas vidas. Al menos eso creíamos. Pero a medida que pasaban los días, lo que inicialmente se presentaba como la piedra filosofal que haría aflorar lo mejor de nosotros se fue convirtiendo en un problema, ya que los horarios nocturnos para los biberones, las revisiones médicas y un sinfín de atenciones diarias que requería nuestra hija empezaron a hacer mella en nuestra euforia inicial.

Por más que tratábamos de repartirnos el escaso tiempo de que disponíamos, las exigencias de nuestra ambición hacían que las discusiones sobre este y otros temas de intendencia llegaran a convertirse en algo cotidiano. En realidad, ninguno de los dos buscaba eludir las responsabilidades que el hecho de ser padres exigía. Ni mucho menos. Queríamos demasiado a nuestra hija para llegar a esos extremos. Lo que ocurría es que no estábamos preparados para afrontar el aluvión de obligaciones que se nos venía encima.

Con todo, lo peor no fue eso, sino que entramos en una suerte de competición sobre el cómputo del tiempo que cada uno de nosotros le debía dedicar a nuestra hija, algo insólito en unos padres primerizos. Una competición en la que yo, sin duda alguna, solía ser el más beligerante y no por razones precisamente nobles, sino por llevarle la contraria a Laura, que solía exhibir conmigo, y ante terceros, su perfil de madre aplicada, situándome, de ese modo, en el papel de villano en la historia. El tiempo se encargó de ir limando nuestros mutuos desencuentros, aunque nos llevó algún tiempo superar la situación, con la ayuda de una cuidadora.

10 de mayo. 5 de la tarde

No he podido dormir en toda la noche, algo que me viene ocurriendo con demasiada frecuencia en los últimos días. Tampoco Laura ha venido a visitarme para hablar conmigo sobre este u otros temas. El insomnio tiene más que ver con mi enfermedad que con los recuerdos que, en ocasiones, fluyen desde mi frágil memoria con normalidad, aunque en otros momentos, se resisten a ser secuenciados, frustrando así mis deseos de que el relato adquiera la consistencia debida. Algo que, puesto a decir la verdad, no me preocupa en exceso, pues el hilo de los acontecimientos que trato de plasmar en este diario, aunque no se desarrollen cronológicamente, ya que mi memoria no da para tanto, sí se ajustan a la más estricta y rigurosa verdad.

Jamás se me ocurriría falsificarla ni ocultar detalles que pudieran encubrirla, ya que mi conciencia no me lo permitiría. Se trata, ante todo, de que mis hijos, al conocerla, modifiquen su actitud de rechazo sobre mi persona y me concedan, al menos, el beneficio de la duda. Solo así podría redimirme ante ellos y, por supuesto, ante mí mismo.

Para ello me esmero cada día, pues sé que mi fin está próximo y que los dolores de espalda que sufro son elementos que avalan la progresión de mi enfermedad. He de reconocer, igualmente, que no le tengo miedo a morir, porque como dice Séneca en su libro *Epístolas Morales a Lucilio*:

> *Es una necesidad igual para todos e inevitable. ¿Quién puede quejarse de estar incluido en la condición que a todos alcanza? El primer supuesto de la justicia es la igualdad. Mas ahora resulta superfluo defender la causa de la naturaleza que no quiso para nosotros una ley distinta de la suya: todo cuanto ha plasmado lo disuelve y cuanto ha disuelto lo plasma de nuevo.*

No se podría definir mejor y con menos palabras lo ineluctable de la muerte, ni lo justo que resulta que la naturaleza aplique con rigor sus leyes. Sin embargo, si la razón acepta la inevitabilidad de la muerte, en la misma medida la rechaza si su retraso o aplazamiento llega acompañado por el sufrimiento o el dolor, y no de forma plácida o repentina.

Abandono esta reflexión que en estos momentos no me ayuda en nada y resuelvo tomarme la pastilla que me reservo para cuando me asalta el dolor extremo. Lo hago acompañado de una taza de café bien cargado para, a renglón seguido, meterme en la bañera con agua muy caliente y recrearme en el placer de comprobar cómo mi cuerpo se recompone, aunque solo sea por poco tiempo, para animarme y conseguir que avance en los recuerdos de esta crónica de mi vida o, por mejor decir, de nuestras vidas.

Arropado por un pijama de invierno y mi vieja bata de lana busco asiento en el sillón donde observo cómo los barcos de arrastre se dirigen hacia el puerto para descargar su pesca, mientras los lugareños caminan presurosos desde el arrabal hacia el centro, para atender a los escasos clientes que, a esas horas de la mañana, salen a tomar café o a realizar sus compras. Es un trasiego limitado de trabajadores que suspiran por resarcirse de la anemia económica que padecen desde la Semana Santa, y que solo algunos turistas, jubilados o enfermos, como yo, alivian en parte sus maltrechas finanzas.

La humedad se ha apoderado nuevamente de mi cuerpo e imagino que, por alguna extraña razón, se ha producido un trasvase de humedades desde el apartamento en que vivo, hasta mi escuálido cuerpo. ¿Pero qué hago elucubrando absurdamente sobre un presunto traspaso de humedades, cuando lo que debería preocuparme es no coger un resfriado que pueda devolverme a la cama?

Hace tan solo unos días sufrí un fuerte episodio gripal que a duras penas superé gracias a la inestimable ayuda de María. Pero si tengo algo claro es que mi sistema inmunológico se debilita por momentos; síntoma inequívoco de que algo se está rompiendo en mi interior. *Siempre fuiste un quejica.* Me dice Laura desde el umbral de la puerta de la habitación donde escribo. Esta vez se me aparece vestida con pantalón corto de color *beige* y una ajustada camiseta de color verde claro que resalta sus pequeños pechos y su esbelto y delicado cuello. Me mira a los ojos, mientras sonríe, antes de hablar: *¡Siempre te estabas quejando! Que si me duele la cabeza, que si la tos, que si el estreñimiento… recuerdas cuando yo te decía ¿qué vas dejar para cuando te duela algo de verdad o sufras una grave enfermedad? Bueno, ahora estoy bastante mal y no me quejo*, le contesto enfadado. *De hecho llevo mi enfermedad con total resignación.*

No voy a negártelo, replica, *pero no la afrontas como debieras. ¿Y cómo debería afrontarlo?*, le contesto. *Con valor y sin aspavientos*, dice Laura antes de irse.

Estoy verdaderamente sorprendido porque es la primera vez que Laura se me aparece y me deja contestarle. Si su intermitente presencia me permitiera interactuar con ella, podríamos compartir recuerdos y corregirlos mutuamente, aunque mucho me temo que lo de hoy haya sido una excepción que no se volverá a repetir. En fin, ya veremos.

11 de mayo. 9 de la mañana

Tras dormir apaciblemente, me despierto a las nueve de la mañana y me quedo en la cama leyendo *Los poemas de amor* de Juana Inés de la Cruz, mientras oigo *la Segunda sinfonía* de Jan Sibelius.

¡Oh el mar entre sus ondas
Sepultada me entregue
Por mísero alimento
A sus voraces peces!
...
Más ¡ay de mí!, que todas
Las criaturas crueles solicitan que viva
Porque gustan que pene.

No hay quien describa con tanto desgarro el dolor que trasluce el poema. Su inútil búsqueda, su desinterés por encontrar algún camino que soslaye la eventualidad de la muerte, porque como ella apunta: *hay criaturas crueles que piden que viva para penar mis culpas.* ¿Qué puede llevarnos, me pregunto, a no desear la vida, a escapar de este mundo, salvo que el dolor por vivir sea tan intenso que derribe tus defensas y acabes buscando, aun sin saberlo, la definitiva liberación?

Reflexiono sobre ello mientras oigo y siento la llamada del mar, su ingravidez, la oscuridad de su vientre, pero al instante me dejo llevar por el dulce sueño que produce la medicación que tomo, y me abandono hasta perder la conciencia. Me despierto cuando es noche cerrada. De momento no me duele nada. Me acuesto, y de nuevo me vuelve el sueño.

12 de mayo. 7 de la mañana

Escucho en la radio que a la primavera anticipada que hemos venido disfrutando en las últimas semanas, acompañada de ligeras lluvias, le seguirá un fuerte temporal proveniente del norte peninsular que barrerá el país de norte a sur esta próxima madrugada. La han llamado AURORA, moda esta, la de bautizar los temporales, ahora llamadas danas, con nombre de mujer y que, por más que lo intento, no alcanzo a entender por qué, aunque lo llevo con la natural resignación...

Me animo a caminar un rato y bajo por el paseo marítimo hasta el supermercado de la urbanización para proveerme de productos básicos como pan, leche y aceite. Al final añado dos botellas de vino tinto de la Ribera del Duero, mi preferido, aunque si me viera el doctor Larraz me regañaría con la boca chica, pues qué más da, pensaría desde su buen criterio. La verdad es que no he sido consumidor de bebidas largas, salvo excepciones, pues mi delicado estómago nunca ha dado para mucho.

Y una de esas excepciones de las que hablo ocurrió el día en que nació mi hijo David. Lo que no sabía en aquellos momentos de euforia es que lo que empezó siendo motivo de gran alegría, tanto para Laura como para mí, terminó siendo una pesadilla que, sin alcanzar la entidad del nacimiento de Sara, sí fue algo mucho más grotesco. Todo empezó cuando le pregunté a la enfermera de planta por cómo había ido todo y me dijo que muy bien, y que en unos minutos traerían a nuestro hijo. La alegría de saber que era un niño colmaba nuestras aspiraciones de tener la consabida parejita. A Laura, que estaba medio adormilada por la sedación, al ver a nuestro hijo con los ojos extrañamente abiertos que lo miraba todo como si su despertar al mundo fuera una sorpresa imprevista, se le saltaron las lágrimas por la emoción, y a mí al ver aquella escena, tan tierna y deseada, casi me da un infarto.

Tomé a mi hijo entre los brazos, como quien recibe el mejor regalo de su vida, pero cuando Laura vio la forma en que lo cogía, reclamó de inmediato su entrega, argumentando, no sin razón, que se me iba a caer. Excitado bajé a la cafetería del hospital y, ante la sorpresa de todos los presentes, invité a enfermeros, médicos y familiares que se encontraban pacíficamente tomando su café de la mañana, a celebrar el acontecimiento conmigo.

Salvo alguna que otra sonrisa comprensiva con mi estado de padre primerizo, nadie aceptó mi invitación; de modo que lo celebré yo solo, tomando una copa tras otra, hasta que el camarero se negó a servirme más, alegando razones de protocolo sanitario. Pero no por ello me amilané, salí a la calle y seguí bebiendo mientras murmuraba para mis adentros que era un hombre afortunado, por no decir el más feliz del mundo.

Cuando más tarde y, a duras penas, volví al hospital, Laura me miró cariacontecida, y comenzó a llorar desconsoladamente. Aquel día fue la primera vez que me dijo que la había decepcionado por haberla abandonado cuando me necesitaba. Luego, se incorporó como pudo de la cama, y alzando la voz me dijo que me marchara de la habitación. Por más que lo intenté durante los días siguientes no conseguí que Laura me perdonara, aunque yo seguía creyendo que mi comportamiento, aun siendo reprochable, no era para que se pusiera así. Estaba claro que me había pasado e incluso reconocí que había hecho el ridículo. ¿Pero cuántos padres no se han puesto en evidencia en momentos similares?

He de reconocer que a pesar de todo, el hecho de ser padres supuso, además de una gran alegría, un gran descubrimiento para ambos; fue como iniciar un viaje en el que a cada instante nos veíamos sorprendidos por la mirada, la sonrisa, el sueño o el llanto de nuestros bebés.

También contaba el hecho de que en aquel tiempo Laura y yo estábamos muy unidos, pues no solo nos queríamos, a pesar de las dificultades anteriormente apuntadas, sino que manteníamos unos niveles de complicidad que nos permitían estar alerta sobre las necesidades o requerimientos del otro. Añoro aquel tiempo en que nos buscábamos, reíamos, y nos contábamos todo con mimos y caricias, mientras conjugábamos todos los verbos del amor. No fue hasta varios años más tarde cuando empezaron las desavenencias que marcan el inicio del desamor.

13 de mayo. 6 de la mañana

Hombres necios que acusáis
A la mujer sin razón,
Sin ver que sois la ocasión
De lo mismo que culpáis.

De nuevo Sor Juana Inés de la Cruz viene a situarme ante la inequívoca verdad que me devuelve el espejo cuando me miro en él. Allí aparece la imagen de un hombre, vencido por la adversidad, que busca la exculpación por sus muchos errores, y con la intención de endosárselos a la persona que ama. Es la contraportada de una mentira. Sombras que planean sobre la impostura de saber que yo decía una cosa, pero pensaba otra. Y me instalé en esa contradicción, algo que hoy me resulta insólito, de forma natural, sin sobresaltos ni remordimientos; a sabiendas de que vivir en un universo paralelo me permitía llevar una doble vida, cada una de ellas acorde con los intereses del momento.

Aquella fue mi venganza, la de quien se siente traicionado por la mujer que ama. ¿O acaso no fue ella quien me confesó que se había enamorado de Pedro Hidalgo, nuestro compañero de estudios, el hombre solícito y callado que siempre andaba merodeando a nuestro alrededor? La verdad es que nunca lo vi como un competidor, y menos aún como alguien que pudiera enamorar a Laura, pues además de no formar parte de nuestro grupo elitista, tampoco destacaba por su carácter abierto o por su simpatía personal.

Con todo, había que ser un ingenuo o un perfecto idiota para creer que la prepotencia intelectual que ostentábamos podía con todo lo que se nos pusiera por delante, en lugar de considerarlo un espejismo en el que nos habíamos instalado para encubrir nuestros muchos miedos y carencias.

Pero eso lo aprendí mucho más tarde, cuando supe que el amor no entiende de saberes, sino de bondad, de querer a nuestra pareja sin aspavientos ni ruidos, o dicho de otro modo, de mantener la complicidad con el ser amado y saber que es algo que hay que mimar y cuidar cada día. ¿Pero hay que vivir toda una vida para darse cuenta de algo tan elemental como eso? ¿Qué nos llevó a pensar que podíamos cambiar el mundo con la única fuerza de la razón? Si he utilizado el plural es porque Laura, al igual que yo, se encontraba en el mismo barco donde navegábamos aquel grupo de jóvenes, sin más hacienda o peculio que el de creernos superiores a los demás.

14 de mayo. De madrugada

Laura, como de costumbre, aparece de repente, vestida con traje pantalón azul oscuro sobre una camisa blanca de seda, y me mira a los ojos antes de decirme: *Siempre fuiste un ingenuo, por no decir algo más fuerte. ¿Acaso creíste en las palabras y caricias de aquella ambiciosa becaria? ¿No te diste cuenta de que tu continuo babear con ella, el hacerse la encontradiza por los pasillos de la facultad, o aceptar la invitación de un catedrático con veinte años más no encerraba un interés torticero por alcanzar su promoción personal? ¿En qué cabeza cabe que te enamoraras de ella? Es cierto,* continúa Laura, *que nosotros atravesáramos una seria crisis, y también te concedo que la culpa no fuera solo tuya, sino de los dos, pues mis escasas infidelidades fueron mi airada respuesta a las tuyas. Pero pudimos haberlo arreglado si en lugar de tomar copas con ella las hubieras tomado conmigo.* Desaparece una vez más, sin que pueda contestarle.

Me despierto cubierto de sudor y con el cuerpo desangelado. Me coloco el termómetro bajo la axila, y al poco compruebo que tengo una febrícula de 37, 3 °. Tomo un paracetamol de 1 mg, sabiendo que no es un enfriamiento propio de esta época del año, sino fruto de mi enfermedad. Doy media vuelta en la cama y me entretengo oyendo el agitado ruido del mar. Eso me indica que ha vuelto el viento de levante. Un viento que en esta zona de la costa refresca el ambiente, a veces incluso con frío, mientras que el poniente, conocido por el terral, recorre el bajo Guadalquivir arrastrando a su paso el aire caliente. Cubierto con un ligero edredón que apenas pesa me recojo entre sus pliegues hasta adoptar la posición fetal, mientras ordeno mis recuerdos de aquel ridículo momento que despertó en mí emociones especiales que jamás olvidaré.

Luego, por culpa del azar y con ocasión de que un grupo de compañeros decidieron celebrar las vacaciones de Navidad, conocí a una mujer que cambió mi vida. Cómo olvidar aquel día en el que, tras tomar varias copas en uno de los locales de moda del centro de Madrid, una joven becaria que se había unido al grupo de profesores organizadores de aquella fiesta improvisada me dijo que su marido era asesor financiero de una entidad bancaria y que por dicho motivo se ausentaba con frecuencia de la capital. *Ahora mismo se encuentra en Bruselas y yo,* añadió mirando su pesada mochila, *aquí ando tratando de relajarme un rato porque mañana me toca corregir exámenes como una posesa.*

Era una joven especialmente atractiva y andaría por los treinta y cinco años como mucho. Su cuerpo mantenía la esbeltez de la juventud y el atractivo de una sonrisa abierta a la aventura de una noche repleta de promesas. Seguimos tomando copas por bares que yo no conocía, mientras se dejaba coger del brazo entre risas y bromas que yo alimentaba con mi socorrido baúl de anécdotas que solía utilizar con los colegas cuando andábamos de conferencias por otras universidades.

Finalmente aterrizamos en su casa e hicimos varias veces el amor. Su cuerpo delgado y fibroso, acompañado de unos pechos duros y pequeños, piernas largas y cintura diminuta, cabalgaron sobre mi cuerpo hasta hacerme conocer la cara oscura del amor. Para qué negarlo, ella me trasladó a otro mundo; un mundo desconocido para mí, donde se mezclaba el placer con el deseo, y en el que los sutiles movimientos de su cuerpo, que ella ejercía mediante el acompasado ritmo de sus nalgas, hicieron saltar todas mis alarmas hasta hacerme incursionar en ese otro mundo salvaje que todos llevamos dentro.

Recuerdo que en ningún momento cerró o entornó sus ojos, intensamente negros, que no dejaban de mirarme fijamente en la oscuridad de la noche, y que se asemejaban a los de un felino momentos antes de devorar a su presa. Tampoco me permitió tomar iniciativa alguna que pusiera en cuestión su liderazgo. Nunca a mis cincuenta años había conocido una experiencia semejante. Al finalizar aquella larga noche supe que jamás encontraría una mujer como ella, por más que en mi interior yo siguiera queriendo a Laura.

De ahí que, a partir de entonces, un invisible muro se levantó entre nosotros; un muro que lastraba cualquier posibilidad de reconciliación, pues la dependencia que a partir de aquel momento sentí por Cecilia rebasó los límites de lo esperado hasta convertirse en una atracción fatal. Lo que no sabía entonces era que aquella desconocida, que había entrado en mi vida casi de puntillas, acabaría poniendo a prueba mi capacidad emocional y, al poco, la vergüenza y humillación que labraron mi propia desgracia.

15 de mayo. Por la tarde

Me cuesta la propia vida levantarme de la cama, asearme y vestirme, pues aunque la fiebre ha cedido, mi cuerpo se resiente cada vez que sufro uno de los síntomas más preocupantes de mi enfermedad: el debilitamiento de mi sistema inmunológico y la progresiva caída de mis escasas defensas. No obstante, me armo de valor y salgo a la calle. No sé si para retarme a mí mismo, poniendo a prueba mi capacidad de resistencia, o para olvidar mi decaimiento. Desayuno frugalmente en uno de los bares del puerto y me entretengo viendo los barcos que vuelven de arribada tras echar las redes.

Un ligero viento de poniente caldea el ambiente y de camino mi cuerpo, mientras deambulo sin rumbo fijo abochornado por los dolorosos recuerdos que tuve la noche anterior. Lo que aún no he descrito con detalle es que mi crisis con Laura se fraguó al calor del nacimiento de nuestro hijo Daniel. Al principio, todo se desarrolló como un parto normal y, al margen del impresentable espectáculo que apunté anteriormente, he de decir que mi hijo vino al mundo pesando tres kilos y medio, y con un especial parecido con su madre. Tanto sus ojos como su sonrisa, y hasta el color de su pelo eran iguales a los de Laura, Todos lo decían y ella lo reiteraba, afirmando que la fuerza de sus genes había colapsado a los míos. *El feminismo le gana enteros al machismo irredento de los varones,* dijo entre risas de los presentes, incluido el doctor y la enfermera que la atendían.

Todo iba bien, aunque Laura se mostraba, a mi juicio, mucho más sarcástica que de costumbre. Lo cual no era extraño en ella cuando se sentía limitada por algo que le impidiera realizar sus actividades diarias. Pero del sarcasmo pasó a un cierto mutismo que, al poco, se convirtió en retraimiento. Se negó a recibir visitas y se pasaba las horas metida en la cama con las persianas bajadas, quejándose de dolor de cabeza y de fatigas estomacales que acabaron por quitarle el apetito.

De hecho, casi no comía. Al punto que en dos semanas perdió seis kilos y empeoró no solo su talante personal, sino su aspecto físico. Era como si hubiera envejecido de golpe cuatro o cinco años en tan solo dos semanas. Recuerdo mi enorme preocupación por su estado de salud, por lo que me vi impelido a hablarlo con nuestro médico de cabecera quien, tras un primer reconocimiento, propuso ingresarla en el hospital de inmediato. *Es la única manera de hacer un diagnóstico fiable sobre su actual estado.* Dijo.

En las siguientes veinticuatro horas la sometieron a un sinfín de pruebas médicas que concluyeron en palabras del médico con el siguiente comentario: *La buena noticia es que no padece disfunción orgánica alguna; es decir, que su estado de salud es, de momento, aceptable. La mala es que sufre una severa depresión que puede agravar su inicial deterioro físico y que, en estos momentos, no estamos en condiciones de evaluar con precisión. Por dicho motivo*, añadió, *cree-*

mos que lo mejor sería ingresarla un tiempo en el hospital hasta ver cómo evoluciona su enfermedad. Entretanto iremos preparando, con especialistas en la materia, un panel de actuaciones médicas que la ayuden a superar la fuerte depresión que padece. ¿Tan grave es doctor? Le pregunté preocupado. *Las depresiones postparto,* me contestó, *en ocasiones traen causa de la muerte de un ser querido, o de una decepción personal, y si no las tratamos a tiempo pueden incluso desembocar en cuadros clínicos preocupantes. Simplificando, hay multitud de causas que pueden originar la enfermedad, incluidas las genéticas, Pero, cabría decir que todas las depresiones están directamente relacionadas con la fragilidad emocional de la persona en cuestión, y de los cortafuegos que la misma sea capaz de interponer. Con otras palabras, todo ser humano necesita establecer una serie de equilibrios interiores que le permitan hacer una vida normal, y cuando estos equilibrios se rompen, empiezan los problemas.*

16 de mayo. 10 de la mañana

Al principio su enfermedad me causó una profunda conmoción al ver cómo Laura, una mujer fuerte y decidida, sucumbía a los demonios y a las sombras que emergían de su interior, impidiéndole conectar con el mundo; un mundo en el que hasta entonces ella había brillado con luz propia y que de repente se apagó, dejando paso a una conducta errática e irracional. Su enfermedad produjo entre nosotros un notable distanciamiento respecto de todo lo que hasta entonces nos había unido: es decir, de los valores y principios que habían sido el santo y seña de nuestro compromiso con nosotros mismos y con la sociedad.

Lo más desconcertante fue que aquel proceso de alejamiento y ruptura que yo percibía a diario, se produjo sin que hiciéramos absolutamente nada por detenerlo. Era como si nuestro mutuo desapego fuera algo inevitable. Ahora sé y también creo que lo sabía entonces, aunque me cueste reconocerlo, que aquella profunda crisis existencial tenía un responsable, y ese era yo, al haber antepuesto mi alocada pasión por Cecilia a nuestra relación. Ni mis hijos, a quienes quería de todo corazón, fueron capaces de retenerme y frenar nuestra separación.

Me encontraba enfebrecido, subyugado por una irrefrenable pasión que me hizo perder la cabeza y aunque preveía las consecuencias que esto podía acarrearme, no fui capaz de renunciar al camino de perdición que había elegido. No había antídoto posible que me hiciera cambiar de rumbo, ya que cuando veía a Cecilia se desvanecían todas mis dudas, y lo que empezó siendo una aventura pasajera se fue afianzando hasta hacerse imprescindible. Éramos dos personas ganadas por la pasión que se buscaban a diario y aprovechaban las ausencias del marido para refugiarnos en su cama y hacer el amor como dos adolescentes. En mi descargo diré que no dejé un solo día de visitar a Laura mientras estuvo ingresada en el hospital, pero cuando el tratamiento médico fue atenuando los perfiles más agudos de su depresión y volvió a casa para proseguir el tratamiento, ello no supuso ninguna aproximación entre nosotros; por el contrario, puso en evidencia nuestro desencuentro.

Y ahora, mientras recuerdo y trato de activar mi memoria sobre este capítulo de mi vida, me doy cuenta de lo difícil que nos resultó ocultar la frialdad que se había instalado entre nosotros. Y menos aún, disimular la total ausencia de complicidades y muestras de cariño que hasta entonces nos habíamos prodigado, hasta que acabamos convirtiéndonos en una pareja al uso, como la de nuestros padres, capaces de mantener una relación respetuosa marcada por las buenas maneras, pero que a nosotros nos resultaba muy alejado de lo que en principio habíamos soñado.

Lo peor de todo fue mi comportamiento con Laura. Al añadirle el inevitable dolor apuntado, se demoró gravemente su recuperación, contraviniendo algo que nos había reiterado su médico al decirnos que la mejor ayuda que podíamos prestarle era que, tanto sus hijos como yo, le proporcionáramos continuadas muestras de cariño y amor.

17 de mayo. 7 de la mañana

Me despierto al alba, pero me quedo perezosamente en la cama, mientras escucho en la radio las *Obras orquestales* de Claude Debussy. Al terminar, enciendo la luz de la mesilla de noche y cojo un pequeño libro que siempre me acompaña: *Las meditaciones* de Marco Aurelio. Lo abro al azar y leo despacio, casi masticando las palabras.

> *El arrepentimiento es una especie de reproche a sí mismo por haber dejado escapar algo útil. El bien es fuerza que sea algo útil, y el hombre honorable y bueno tiene que cuidarse de él. Ningún hombre honorable y bueno se arrepentiría por haber dejado escapar algún placer. Luego el placer no es ni útil ni bueno.*

Marco Aurelio, el hombre de acción y dueño de casi todo el mundo, el emperador romano que analizó a fondo las miserias del ser humano y que se adelantó a su tiempo con «su singular camino de perfección», preludio de tantos otros, nos habla del comportamiento moral como lo haría cualquiera de los que actualmente pueblan el santoral del mundo cristiano, pues él nunca condenó el placer de forma genérica, sino que midió sus palabras al decir que *ningún hombre honorable y bueno se arrepentiría por haber dejado escapar algún placer.* Y yo he de confesar que en aquel periodo de mi vida no pude, o no quise, dejar pasar ninguno de los placeres que la vida me ofrecía.

La soberbia de creer que éramos una generación elegida para hacer cosas importantes nos hizo olvidar que nadie es más que nadie, y que solo la bondad y la generosidad redimen y engrandecen el alma del ser humano. Pasaría mucho tiempo antes de que yo comprendiera que la inteligencia no es más que una herramienta que nos puede servir de ayuda para andar el camino de la vida, incluso para alimentar nuestro ego, pero que no garantiza la felicidad. Muy al contrario, el creernos más inteligentes de lo que éramos acabaría convirtiéndose en nuestro peor enemigo, y nos llevaría ensoberbecidos, no solo a la frustración de vivir al margen del mundo real, sino a perdernos en las sombras de lo discursivo, de lo inane y superficial.

Mis hijos supieron, muchos años más tarde ya que por aquel entonces eran unos niños, que su madre y yo sobrevivimos a la locura de aquel tiempo, no sin salir heridos por tanto sufrimiento. Puede que Laura les contara, aunque no tengo constancia de ello, que tuvo que soportar, además de muchos desplantes y silencios, el dolor de ver que su padre y marido les abandonaba; lo cual evidenciaba que algo definitivo se había roto entre nosotros. Eso llevó a mis hijos, de forma natural y lógica, a alinearse con su madre, pues ella era la única persona que en aquellos difíciles momentos les ofrecía, además de amor, la seguridad que necesitaban para sus vidas.

A partir de entonces y del relato que con el tiempo construyeron mis hijos, se fue acrecentando la aversión hacia mí, que no dejó de crecer a partir de aquellos años. Hasta tal punto llegó su rechazo que terminaron por retirarme la palabra y aumentaron su rencor hasta convertirme en un extraño para ellos; el padre que dejó de serlo y que nunca ejerció como tal. Laura jamás incentivó la cruzada que mis hijos me montaron; muy al contrario, intentó tender puentes entre nosotros, para evitar que la ruptura llegara a ser definitiva, pensando que algún día todo volvería a la normalidad y seríamos de nuevo una familia. Es más, en ningún momento me reprochó nada, aunque su mirada anclada en la tristeza y el desamor lo decía todo.

18 de mayo. 6 de la mañana

Hoy me he despertado bastante animado. No solo no me duele nada sino que, por primera vez desde que empecé a escribir este diario, me siento satisfecho. Al principio tuve muchas dudas sobre si sería capaz de contar la verdad, o mi verdad, sobre los sucesos que cubrieron los días que he dado en llamar del desamparo; y no precisamente del mío, sino del de Laura. Me consta que aquel fue un tiempo para olvidar, aunque yo no puedo ni debo hacerlo. Lo que sí hago es cuidar las palabras que mejor se ajusten a los hechos para, al menos, reencontrarme con lo ocurrido y conseguir, de paso, la expiación por mis errores, pues aunque soy un agnóstico convencido aún sigo creyendo que el concepto judío de la culpa anida en mi corazón, y al final me ayudará a pacificar mi espíritu. Pero para ello debo rendir cuentas ante mis hijos, los auténticos perdedores de esta historia, y aliviar, así, la pesada carga que recae sobre mi conciencia.

Por su parte Cecilia, a quien yo hacía participe de mi compleja situación emocional, se mostraba muy comprensiva y encontraba siempre la forma de aliviar mis penas con sus besos y caricias, haciéndome olvidar el lado oscuro de mi otro yo, aunque sabía muy bien que cualquier escenario, por diáfano y tranquilizador que fuera, ocultaba en su interior el maleficio de una mentira envuelta en papel de regalo, pues la densa niebla que me envolvía y su capacidad de seducción hacían inviable cualquier intento de recuperar la dignidad.

A ello se unió el hecho, de otra parte inevitable, de que mis compañeros de facultad comenzaran a murmurar y sus jocosos comentarios recorrieran a velocidad de vértigo los pasillos de la universidad, colocándome en el papel del profesor maduro liado con una joven becaria con cuerpo de diseño. Una joven que alardeaba, ante sus compañeros en prácticas, de haber sido elegida por el «viejo profesor» como objeto de sus deseos, y que ella displicentemente consentía, ya que su maestro le daba mucha pena.

Todo eso lo supe por la confidencia de un compañero algún tiempo después de haber hecho el ridículo ante el claustro de profesores. Y claro que me afectaban mucho los cáusticos comentarios que se hacían sobre mí, pero puestos a decir la verdad, mucho más me importaba que ella me compensara en la cama de la vergüenza en que se había convertido mi vida. Cómo explicar a mis críticos más acerbos que los besos y caricias de ella, mi inmersión en su cuerpo trémulo, la suavidad de su piel, la tersura de sus pechos y sus muslos acerados me transformaban en un ser frágil y dependiente. Y hasta tal punto llegó mi locura que un día, sin pensármelo dos veces, le propuse matrimonio. A juzgar por la expresión de su cara, Cecilia se quedó de una pieza, sin dar crédito a mi propuesta, desconcertada y sin saber qué decir.

Hasta que al fin lo hizo. *Nunca pensé que me harías una proposición de matrimonio. Creí que solo buscabas en mí el sexo que te faltaba y desahogar así tus penas. Pues te equivocas.* Le contesté. *Estoy perdidamente enamorado de ti y dispuesto a todo. ¿Al punto de dejar a tu mujer y a tus hijos*? Me preguntó sorprendida. *Por supuesto.* Le contesté excitado y ansioso por conocer su respuesta. *Si lo tienes claro puedes contar conmigo.* Me contestó sonriente. La abracé y enfebrecido por el deseo hicimos el amor como dos animales en celo, sin ningún pudor, dejándonos llevar por una pasión desatada.

Y así, entre besos y abrazos, transcurrieron las dos semanas siguientes, mientras Laura sufría, entre dolida y callada, que no fuera a verla ni le preguntara por su estado de salud. ¿Para qué hacerlo? Se diría. Además lo evidente no necesitaba pruebas. Recuerdo que se sentaba en el gabinete, junto a la ventana que daba al jardín, con un libro en la mano, y cuando yo entraba en casa después de haber pasado toda la noche con Cecilia, ni siquiera levantaba la cabeza para mirarme; sino que seguía leyendo como si yo no existiera. Ello hacía que me sintiera mal, como un delincuente cogido *in fraganti*. En aquellos momentos me habría gustado que me insultara o recriminara mi actitud, pues su silencio era el castigo más duro que podía infligirme después de tantos años de feliz convivencia. Me convertí en un extraño para ella. Hasta que llegó el día en que todo se precipitó y adquirió tintes de vodevil.

Aquella tarde había quedado con Cecilia en un hotel de las afueras de Madrid, porque, según dijo, su marido estaba en casa. Le conté que mi situación era insostenible y que debíamos resolver cuanto antes nuestra relación. De hecho le propuse que nos sinceráramos con nuestras parejas y nos fuéramos a vivir juntos. *Podemos alquilar un apartamento provisionalmente y con el tiempo podríamos buscar una casa cómoda, próxima al campus.*

Por aquel tiempo, gracias a mi ayuda, y a la de mis colegas de la facultad, Cecilia había sido nombrada profesora titular y ello me hacía pensar que, entre su sueldo y el mío, podríamos vivir sin estrecheces. Ella no me contestó. Se limitó a besarme y a decirme que todo se iba a arreglar. *Mañana*, añadió, *mi marido se va de viaje y estará fuera dos semanas, así que podremos hablarlo tranquilamente.*

19 de mayo. 5 de la tarde

Las entradas de mi diario que, al comienzo, eran breves y anodinas, se han ido convirtiendo con el tiempo en un testimonio más veraz y extenso de lo que pensaba. Y eso me alegra porque inicialmente era, y sigue siendo, mi único y principal propósito. Es como si el tiempo me apremiara a ser concreto y no perderme en inútiles digresiones que solo ralentizarían mis recuerdos y me impedirían avanzar.

Y así como los atletas necesitan de algún tiempo para hacer estiramientos y evitar lesiones musculares, yo también, por razones de edad, necesito ejercitarme en la verdad para escribir sobre todo aquello que durante tanto tiempo me ha venido atormentando y tanto trabajo me cuesta contar. El problema con el que suelo tropezarme es que me hago demasiadas preguntas que busco honesta y sinceramente contestar, antes de trasladarlas al papel. Una de ellas, quizás la más importante, sería descifrar por qué a estas alturas de mi vida sigo sin entender qué fue lo que me llevó a sufrir un cambio tan radical en mi forma de ser y de pensar. ¿Cómo llegué a convertirme en un ser tan irreconocible para Laura y mis hijos a los que amaba de todo corazón? ¿Qué me llevó a perder la dignidad que, en última instancia, es lo único que tenemos? Y así, hasta un sinfín de preguntas, a las que sigo sin encontrar respuesta. Es sabido que, junto a elementos racionales que dan vida y alimentan nuestra conciencia, conviven otros de carácter irracional que nos sitúan más cerca del salvaje que llevamos dentro que de la persona madura y equilibrada que aparentamos ser.

El bien y el mal, ese elemento binario, ese arco de bóveda que conforma el núcleo duro de cualquier religión, podría quizás explicarlo. ¿Pero dónde queda entonces la libertad del ser humano para elegir y decidir sobre su futuro? ¿Y por qué, en determinados momentos, optamos por el caos o la destrucción de nuestras vidas, cuando lo lógico habría sido seguir el camino que nos marca la ley natural?

La verdad es que no tengo respuestas para casi nada. Ninguna, al menos, que me parezca convincente. En su día llegué a defender con firmeza el valor de la lealtad en cualquier tipo de relación, ya fuera de amistad o de carácter sentimental, y rechazaba por absurda la idea de quienes sostienen que una suerte de química ancestral les había llevado a sentirse fatalmente atraídos por alguien que incluso les había arruinado su vida. El guardián de las buenas costumbres, el adalid virtuoso de todas las normas que creíamos ancladas en una verdad universal, se veían ahora corrompidas por una joven ambiciosa y sin escrúpulos que, bien mirado, no era peor que yo. Todo lo más, igual. ¿O acaso quien se deja arrastrar por la fuerza irresistible de una pasión, siendo consciente del dolor que causa, es mejor persona que quien la arrastra hacia el abismo?

20 de mayo. Mediodía

De repente, mientras veo las noticias del día en la televisión, se me aparece en la pantalla Laura que, en esta ocasión, viste la misma ropa que solía usar en casa durante el tiempo que duró su depresión: jersey de cuello vuelto color gris oscuro y un pantalón del mismo color. Me mira fijamente a los ojos, como hace siempre en sus imprevistas apariciones, aunque esta vez advierto una profunda tristeza en su mirada, como si aún se sintiera humillada y traicionada desde que sufriera aquella grave enfermedad que la colocó a las puertas de la muerte.

Veo, me dice en su tono tranquilo de siempre, *que ahora, en la vejez y cuando estás gravemente enfermo, buscas reconciliarte con nuestros hijos, entonando un hipócrita «mea culpa» sobre el comportamiento que tuviste con ellos, en momentos duros y difíciles. Pero lo peor es que lo haces construyendo un relato sobre lo que tú, eufemísticamente, llamas «pasión desbordada» o «errática conducta», como si el sexo hubiera sido la única causa que nubló tu razón y justificara lo que hiciste. De sobra sabes, yo diría que siempre lo has sabido, que para mí el sexo y sus servidumbres siempre me han parecido un tema menor; algo propio de personas frágiles que buscan mediante su práctica la fortaleza interior que les falta. Confiésalo de una vez y escribe en tu diario que siempre fuiste un hombre débil que buscaba en el sexo mostrarse ante sí mismo y, ante los demás, como el macho alfa que nunca fuiste y, de ese modo, encubrir tus miedos; los que sentías cada vez que tenías que afrontar alguna dificultad en tu vida personal o profesional.*

Mi enfermedad fue una de ellas, quizás la prueba más difícil que te viste obligado a afrontar para demostrarme, si no tu amor, al menos la compasión obligada con una persona que había convivido contigo durante tantos años, y con quien habías tenidos dos hijos. Pero tú no soportabas verme enferma, ni vivir junto a alguien necesitada de cariño y respeto.

Por eso escapaste de mí. Dilo de una vez y repite conmigo: No podía soportar ver a la mujer joven y fuerte que siempre fui, convertida en una muñeca de trapo, perdida y enajenada. Hay quienes se refugian en el alcohol o en las drogas, y tú te refugiaste en el sexo. ¿Y sabes por qué? Yo te lo diré. Era la escapada perfecta, la que pensabas que podría aportarte el prestigio que habías perdido, porque ya no tenías treinta años y a nadie a quien engañar con tus falsos recursos dialécticos. Te habías convertido en un profesor obsoleto al dejar de estudiar y refugiarte en lo que llamabas falsamente simplicidad, para encubrir tus carencias.

Pero ocurrió lo contrario y lo único que conseguiste fue ponerte en evidencia ante todo el claustro universitario por ajustarte fielmente al papel del hombre maduro, casado y con dos hijos, que liga con una joven profesora repleta de curvas, pero escasa de materia gris. En definitiva, acabaste liándote con una chica ambiciosa y sin escrúpulos que terminó manipulándote, y que se aprovechó de tus influencias para conseguir lo que quería

Aunque en sus distintas apariciones casi nunca aceptaba mis respuestas, ya que desaparecía antes de que pudiera contestarle, esta vez no habría sido necesario. Llevaba mucha razón. Es más, aunque me cueste confesarlo, yo sabía desde un principio que mi relación con Cecilia iba a ser algo sin más recorrido que el de satisfacer mis apetitos sexuales. Su capacidad para despertarme aquella pasión me condujo inevitablemente hacia el abismo; si por ello entendemos despeñarse uno mismo hacia un territorio abisal que, no por desconocido, resultaba menos inquietante, y en el que la dignidad personal y el sentido del ridículo quedaban relegados a un segundo plano.

21 de mayo. Al amanecer

La irracionalidad se apoderó de mí. Que un adolescente prescinda de la voz de la razón es algo que puede ocurrir, pero que esto lo haga un hombre próximo a los cincuenta años raya en la locura, porque me convertí justamente en eso, en un enajenado, cegado por los trucos sexuales de una joven que había hecho del sexo un camino para su promoción profesional.

Su destreza consiguió obnubilarme hasta el punto de que un día en que su marido estaba ausente y creyendo que aquella era la oportunidad perfecta para escapar juntos y rehacer nuestras vidas, hice a toda prisa dos maletas con parte de mi ropa y cosas de primera necesidad y, sin pensármelo dos veces, me presenté en su casa. Cuando me abrió la puerta sonrió al verme, pensando que quizás fuera mi intención pasar la noche con ella, pero al ver las maletas, cambió su sonrisa por un gesto desabrido que encubría, bien a las claras, su profundo malestar. *¿Qué haces aquí con esas maletas?* Más que una pregunta era la demostración palmaria de su rechazo. Le contesté, inseguro y afligido, que venía para materializar nuestro sueño de vivir juntos; algo, añadí, que habíamos hablado multitud de veces en nuestros numerosos encuentros.

Ya no puedo volver a casa. Le dije a la defensiva, adivinando su respuesta. *Te has equivocado si piensas que yo voy a dejarlo todo para irme a vivir contigo. ¿Crees, acaso, que estoy loca? Pero tú me dijiste que me querías y que soñabas con que algún día...* Le contesté abrumado. *Esas son cosas que se dicen, pero no puedo comprender que hayas sido tan ingenuo como para tomártelas al pie de la letra. El problema es tuyo, no mío. ¿Lo entiendes o necesitas un intérprete?* Su tono bronco y decididamente borde me desarboló por completo. En aquel momento sentí nauseas, era como si el mundo se abriera bajo mis pies y, por un instante, me sentí emocionalmente hundido sin saber qué hacer, ni qué decir. Ella resolvió todas mis dudas dando un portazo que retumbó en mis oídos como un obús. Atónito, me senté en la escalera frente a su puerta y, sin poder contenerme lloré, pero mis lágrimas no fueron de pena, sino de rabia, de desconsuelo, por haber sido tan estúpido y no haberme dado cuenta de que ella nunca me había querido y que, al final, todo había sido una farsa.

¿Pero cómo no lo advertí? ¿Qué había sido de aquel hombre inteligente que iba a cambiar el mundo y era reconocido en los ámbitos universitarios por su valía como autor de acreditadas publicaciones? ¿De qué le había servido todo aquello salvo para hacer el ridículo? No sé cuánto tiempo estuve sentado frente a la puerta de la vergüenza, rumiando mi desventura y pensando en lo que podía hacer. ¿Irme a un hotel? Dadas las circunstancias podría ser lo más lógico y una solución hasta encontrar un apartamento donde vivir.

También podría volver a casa. Puede que incluso Laura no me echara en falta, ya que no me vio salir y tal vez pensara que estaba en mi estudio trabajando. Y eso fue lo que hice, volver a casa como un ladrón, a escondidas, sin saber que Laura me había visto salir entre lágrimas y pudo comprobar que la abandonaba. Eso lo supe mucho más tarde por mis hijos. Lo más sorprendente fue que Laura nunca me dijo nada, algo muy propio de su manera de ser.

22 de mayo. 7 de la mañana

Esta noche no he podido dormir ni un solo instante. Me he levantado varias veces para andar por el pasillo de mi pequeño apartamento, tratando de aliviar el dolor de espalda, sin conseguirlo. Lo intento de nuevo, pero esta vez dándome un baño de agua caliente que, en otras ocasiones, me ha servido para amortiguarlo, y ha sido en vano. El dolor taladra mi espalda con punzadas continuas, y no sé qué hacer.

Pongo la cafetera y, mientras sube el café, llamo por teléfono al doctor Larraz que se pone al instante. Sé, por otras veces, que a esa hora lo cojo desayunando antes de salir para el hospital. *Hola, buen hombre. ¿Qué tal se encuentra?* Me pregunta con su amable y tranquilo tono de voz, aunque de sobra sabe que si le llamo a esas horas tempranas es porque algo anda mal en mi organismo. *Siento molestarle, doctor, pero las punzadas han vuelto y no puedo soportar el dolor. He pensado que quizás podría recetarme algo.*

Durante unos instantes, que se me hacen interminables, se produce un espeso silencio, antes de que al fin se decida a contestarme. *Sí, le entiendo perfectamente. En esta fase de la enfermedad era lo previsible. Pero no se preocupe, le enviaré por mail una receta que le servirá al menos durante algún tiempo. Creo que lo más oportuno sería que volviese a Madrid, donde podríamos tratarle de forma adecuada. Sí, doctor, creo que en unas semanas estaré de vuelta. Solo me queda ultimar algunas cosas para ponerme de nuevo en sus manos.* Le contesto apesadumbrado, pues entiendo que su requerimiento para que vuelva es su manera de decir que mi tiempo se acaba. Todavía no puedo hacerlo, he de ultimar mi diario, mi confesión o como se le quiera llamar, antes de dar por terminada la tarea que me he propuesto. Solo necesito algo de tiempo y que cese este dolor insoportable que me impide moverme y trabajar. Si dispongo de algunas semanas más lo habré conseguido, me digo, aunque no estoy seguro de que mi enfermedad lo permita.

Antes de colgar, el doctor, con su estilo habitual, se despide con unas palabras tranquilizadoras: *Vale. Le enviaré la receta. Y no tome más de dos pastillas diarias: una por la mañana con el desayuno, y otra por la noche antes de acostarse A su vuelta le quiero tranquilo, recuperado y sin dolores. Tengo ganas de volverle a ver. Cuídese amigo. Un fuerte abrazo.*

Me refugio en mi estudio y desde la ventana observo cómo la lluvia cae a plomo sobre un mar gris oscuro bajo un cielo de nubes altas, a tono con el color del mar. Cojo el álbum de fotos y lo abro al azar. Ambos aparecemos sentados en sendas tumbonas playeras de rayas azules y blancas. Seguramente en Central Park. A juzgar por el atuendo que llevábamos: polos veraniegos y jersey sobre los hombros, sería finales de junio, pues en esas fechas lo mismo apretaba el calor que se desencadenaba una tormenta veraniega.

Recuerdo con especial cariño aquella escapada de cuatro días, aprovechando el puente de Pentecostés. Nos habíamos alojado en un pequeño hotel cerca de Trafalgar Square con habitaciones minúsculas y precios desorbitados, porque a Laura le encantaba aquella zona bulliciosa de su amado Londres. Sería a media mañana cuando abandonamos nuestras tumbonas y caminamos despacio, cogidos de la mano, por aquellos senderos de tupido césped y árboles escasos hasta llegar a una cervecería donde familias enteras y gente joven de varios países se refrescaban tomando cervezas, acompañadas de perritos calientes y patatas fritas.

Laura se encontraba de muy buen humor y me gastaba bromas sobre cualquier cosa. En un momento dado empezó a besarme acodada sobre la barra del bar y estuvimos morreándonos un buen rato, mientras yo acariciaba sus nalgas y ella se pegaba a mi cuerpo provocándome una erección difícil de ocultar. Salimos de allí corriendo, entre risas, mientras el camarero nos increpaba con un fuerte acento irlandés con dos pintas de cerveza en sus manos que minutos antes le habíamos pedido. También recuerdo que cuando llegamos al hotel nos desnudamos el uno al otro hasta caer sobre la estrecha cama y allí nos quedamos haciendo el amor una y otra vez, con los ojos brillantes y el alma rendida por la pasión.

Las cortinas de lluvia se suceden desmadejadas, dibujando a lo lejos rayos de luz acompañados del lejano y bronco ruido de truenos que se dibujan en el horizonte dejando a su paso estelas blancas cargadas de electricidad. La belleza del mar, en esos momentos de salvaje pureza, es un canto a la vida, la fuerza de una verdad oculta que se nos presenta de repente en toda su plenitud. Y me pregunto si el amor apasionado que Laura y yo sentimos aquel día en nuestra pequeña cama de hotel en Trafalgar Square no fue más emocionante y satisfactorio que el que me llevó a perder la razón con Cecilia.

Hasta qué punto, sigo preguntándome, si la percepción de sentirme mayor y pensar que la vida se me escapaba no hizo que se me nublara el pensamiento y perdiera la razón. ¿Cómo no entendí que el amor nunca va asociado a la belleza, ni a la edad, ni a la tersura de la piel, ni a la química, ni al susurro de falsas palabras que incentivan la libido, sino que va ligado a una verdad interior que transciende lo inmediato y se inscribe en la emoción de esos momentos en los que uno se siente íntimamente unido a su pareja y se ve compelido a renovar su compromiso, mediante pactos implícitos y nuevas complicidades? Para ello hay que esforzarse, quererlo, buscarlo y no conformarse con los sucedáneos del amor que suelen presentarse bajo la inmediatez de un cuerpo trabajado en el gimnasio, regalado por la naturaleza o, simplemente, nacidos para romper las barreras de gente débil y timorata como yo.

Parece que el temporal cede en su violencia y vuelve la calma. Entro en mi correo e imprimo la receta que me envió el doctor. Me visto y salgo a la calle. La farmacia está cerca y tras comprar la medicina me siento en una cafetería y pido un té verde. Ayudado por la infusión trasiego la primera pastilla del día y, al poco, siento el efecto placebo de la morfina en mi cuerpo que disminuye el dolor.

23 de mayo. 4 de la madrugada

Esta noche he podido dormir algunas horas, aunque el fuerte viento de levante ha sido el causante de que me haya despertado tan temprano. He de reconocer que siempre me gustó la bravura del mar, pero la violencia del viento esta noche ha sido especialmente dura. Me ducho con agua muy caliente, me visto y hago café bien cargado. Con la cafetera en la mano me siento frente al ordenador y para mi sorpresa observo el aviso de que me ha entrado un correo. Esta se acrecienta al comprobar que es Daniel.

Me detengo un instante antes de abrirlo y sopeso la posibilidad de encontrarme con duras palabras de reproche o, quién sabe, si mostrándome una inesperada comprensión por la muerte de su madre. Ni él ni su hermana me han dado nunca la posibilidad de explicarme. Ambos se quedaron con la idea preconcebida de que fui el único responsable de los hechos acaecidos con ocasión de su muerte, prescindiendo de las demás circunstancias de aquellos dramáticos días. No me entretengo más, lo abro y leo:

> *Ayer me llamó el doctor Larraz para decirme que andas mal de salud y que no quieres volver a Madrid para someterte a tratamiento. Fue él quien tomó la iniciativa para contarnos a Sara y a mí la grave enfermedad que padeces y para pedirnos que vuelvas a casa e ingreses en el hospital. Él nos conoce muy bien, por habernos tratado desde niños, y eso le lleva a pensar que podemos influir en tu vuelta. No creas que me ha costado mucho escribirte, pues aunque no te portaste bien con mamá, ni con nosotros, tampoco queremos ser como tú, ya que ella no nos lo perdonaría. En fin, tú verás lo que haces, pues siempre has hecho lo que has querido. Y si te escribo, en nombre de los dos, es para atender la petición de un hombre comprensivo y bueno al que tanto le debemos por su buen hacer y desvelos con la familia. Saludos.*

Su mail, aunque distante y frío, destila un tenue acercamiento, aunque descarga en Larraz el hecho de escribirme. En fin, para qué negarlo, la carta ni es compasiva, ni busca una aproximación personal. Basta ver que se despide con un simple saludo para entender su estado de ánimo. Lo más doloroso es que ninguno de los dos renuncia a seguir manteniendo su sesgada versión de los hechos, ni les interesa lo más mínimo que les dé la mía. Sus espadas siguen en alto, alimentadas por el rencor de no haber tenido el padre que necesitaban, y nada me hace pensar que las cosas vayan a cambiar.

Me conformaría con un encuentro personal que me permitiera asumir mis culpas y explicar la verdad de lo ocurrido. Pero eso no va a pasar. Así que no me queda otra que seguir escribiendo este diario con la esperanza de que algún día, no muy lejano, ellos puedan leerlo y conozcan la verdad. Con esa confianza me quedo y a ello dedico mi tiempo, aunque mis fuerzas se debilitan cada día, y con ellas mi memoria. He de confesar que me habría gustado contar los hechos más relevantes de los que doy fe en este diario con un mínimo rigor histórico, es decir, siguiendo el hilo temporal de los mismos. Pero me ha sido imposible porque ni mi memoria es la que era, ni soy capaz de recordar las fechas en que ocurrieron; aunque en mi descargo diré que mis deshilvanados recuerdos siguen manteniendo la frescura de esos matices del momento que le prestan verosimilitud.

A media mañana cojo el coche y salgo a la carretera sin rumbo fijo, con la mirada puesta en la línea blanca que delimita el territorio de los que van y vienen y en la que mi conciencia se ve angostada por el desconsuelo de una vida truncada y un futuro prometedor desperdiciado. El ruido del motor marca la secuencia monótona del tiempo; un tiempo que se acaba y que nunca podrá mitigar el dolor que siento por haber perdido la mujer que amaba y a mis dos hijos. ¿Qué me queda, entonces? Me pregunto. Una voz interior me contesta. Nada. No te queda nada.

Me detengo en una gasolinera para repostar y una señora me interpela: *Se le ha caído la cartera.* La recojo y le doy las gracias. Elijo un sándwich de jamón y queso y un café solo doble. Con la bandeja en la mano salgo al exterior y me siento en una de las mesas que me permiten ver entrar y salir a la gente. Por momentos me siento mal, no sabría definirlo, es como un mareo que no puedo controlar, como si una nube gris cubriera mis ojos y me arrastrara hacia un espacio infinito. Lo último que veo es la cara distorsionada de un niño que se acerca y me mira extrañado.

Me despierto, desconcertado, en la cama de un hospital. Al poco, viene una enfermera que me sonríe y dice: *¡Al fin despierto! Ya era hora. Lleva usted durmiendo más de seis horas. ¿Qué hago aquí?*, le pregunto. *Nada especial, descansar*, me contesta sin dejar de sonreír. Y añade: *Ahora vendrá el doctor y le contará.* Cuando se marcha advierto que estoy enganchado a un gotero y que un monitor, frente a mi cama, marca el ritmo acompasado de las pulsiones de mi corazón.

Pasa el tiempo, que se me hace eterno, sin que nadie venga a verme, hasta que por fin un hombre joven, de unos treinta años, embutido en una ajustada bata blanca, abre la puerta abatible de la habitación y, sin decir palabra, coge la carpeta que cuelga a los pies de la cama articulada en la que estoy, y se concentra unos instantes en leer lo que parecen ser anotaciones médicas relacionadas con mi cuerpo. *Vaya, parece que todo va bien.* Son sus primeras palabras. A continuación, añade: *Ha tenido usted mucha suerte de que le trajeran de inmediato, porque su bajada de tensión era realmente crítica cuando se desmayó. Ahora parece que se ha normalizado, aunque ambos sabemos que su desmayo no se debió a una lipotimia, sino a su enfermedad.* Y añade: *A través del sistema hemos tenido acceso a su historial clínico y he conseguido hablar con el doctor que le atiende, quien me ha puesto al tanto de todo. Es más, nos ha recomendado vivamente que le enviemos al hospital de Madrid en una ambulancia medicalizada para que le puedan atender adecuadamente. Solo nos falta su consentimiento y nosotros nos encargamos del resto.*

A medida que tomo conciencia de la situación reparo que mi cuerpo se ha normalizado, si es esta la palabra adecuada y que, por primera vez, tras varias horas de reposo, no me duele nada, ni tengo sensación alguna de mareo o pérdida de memoria. Todo ha sido un mal sueño, me digo para animarme, aunque de sobra sé que aquel episodio, inédito hasta ahora, va ser una constante. Mi enfermedad ha dado un salto en su evolución y va más deprisa de lo que quisiera, pero no puedo aceptarlo ni entregarme sin más. Debo terminar mi tarea y entonces haré lo que me piden.

Cuando la enfermera me ve salir de la habitación se sorprende y me dirige una mirada de reprobación, una de las muchas que a diario coloca sobre su jovial rostro para intimidar a sus enfermos. Apoyo mis brazos sobre el mostrador y le pregunto por mis enseres personales, documentación, cartera y llaves del coche. Seguidamente añado con mi mejor sonrisa: *Si debo firmar algo estoy a la orden.* La enfermera no da crédito a mis palabras, pero al fin reacciona y se decide a hablar. *No puede marcharse sin más.*

Nadie le ha dado el alta, así que desvístase, póngase la bata y vuelva a su habitación, le contesto con un rictus de seriedad en mi rostro: *No necesito que nadie me dé el alta médica, pues conozco muy bien la enfermedad que padezco y ni usted, ni nadie, puede retenerme contra mi voluntad.*

¿Qué pasa, Remedios?, pregunta con voz de tenor el médico que me había atendido minutos antes. *Este señor... que quiere marcharse sin que usted le haya dado el alta. ¿Vaya, es eso cierto?*, me interpela sin acritud. *Sí, es cierto, doctor.* Y añado: *No es que quiera desatender su experta opinión médica, pero tengo que hacer algunas cosas importantes antes de volver a Madrid. Vale, no se preocupe. Nadie va a retenerle aquí en contra de su voluntad.* Luego, añade solicito: *Es usted muy dueño de marcharse ahora mismo si lo desea. Así que por ese lado no hay problemas. Pero antes deberá cumplimentar algunos trámites protocolarios. Gracias, doctor*, le contesto mientras estrecho la mano que me ofrece.

A la salida cojo un taxi que me lleva al depósito de coches del ayuntamiento de Málaga y tras un penoso papeleo recojo el mío y me dirijo hacia la AP-7 para volver al pueblo. Esta vez no me detengo a tomar café, que es lo que me pide el cuerpo, y hago el trayecto de vuelta en una hora escasa. Al entrar en el apartamento siento la tensión acumulada en las últimas veinticuatro horas y, sin poderlo remediar, se me saltan las lágrimas.

Pongo la cafetera y con una taza de café bien cargado, casi hirviendo, me preparo un baño. Al sumergirme en el agua siento, como de costumbre, un bienestar que ahorma mi cuerpo y relaja mi espíritu. La conjunción de ambas cosas obra el milagro. Noto cómo mi debilitado cuerpo va recuperando sensaciones, lo que me lleva a pensar en la verdad que encierra el aserto de que la felicidad consiste en valorar las pequeñas cosas. Pero no estoy dispuesto a engañarme, mi desvanecimiento ha sido un serio aviso de que estoy en las últimas o, cuando menos, que mi cuerpo ya no tolera esfuerzos que vayan más allá de lo estrictamente indispensable. He de dosificarlos si quiero terminar la tarea que me he propuesto.

Al poco llega María. La oigo trajinar en la cocina y recoger la bolsa de basura para echarla en el contenedor que hay junto al portal de entrada. Luego se asoma con precaución a mi estudio para comprobar si estoy despierto y, al verme reclinado sobre el ordenador, me pregunta con su amable tono de voz. *¿Quiere que le prepare algo de comer, café o alguna infusión? Con tanto trabajar se está quedando usted más flaco que El Quijote.* Le sonrío antes de pedirle que cuando pueda me ponga un té verde. Pero antes de que se marche le ruego que *por favor,* me acompañe unos minutos. *Siéntese, María,* le insisto al ver que duda sobre hacerlo o permanecer de pie. Al fin se sienta, y me mira con extrañeza al no saber de qué va.

Trato de tranquilizarla, diciéndole que me gustaría hacerle unas preguntas sobre Laura, pero lo único que consigo es acentuar su inquietud. *Sé que la querías mucho y ella a ti también.* Luego añado: *Lo que me gustaría saber es si el verano que pasamos juntos toda la familia, recién nacido Daniel, viste a Laura más preocupada que de costumbre, y si te habló algo de mí.*

Le había preguntado por una persona muy especial para ella, alguien con quien hablaba a diario y se llevaba muy bien. Saca su pañuelo y se seca unas lágrimas que fluyen de sus ojos de forma espontánea, antes de preguntarme: *¿Se refiere usted al verano que vinieron los cuatro y hubo que habilitar esta habitación para que cupieran los niños? Sí, justo ese verano,* contesto aliviado al comprobar que se había ubicado correctamente en el tiempo del que le hablaba. *Bueno,* empieza María, algo renuente, *recuerdo que aquel verano vinieron unos días más tarde de lo habitual porque la señora no se encontraba bien, ya sabe usted, las cosas del parto...* Hace una pausa y de nuevo se le saltan las lágrimas. *Continúa, mujer,* sugiero con suavidad. *Bueno, la señora solía llorar cuando recibía las cartas, pero yo solo hice lo que ella me pidió.* Sentí una mezcla de sorpresa y vértigo. ¡Las cartas! ¿De qué cartas hablaba?

Traté de disimular mi inquietud por aquella confesión tan inesperada ya que, en aquel momento de angustia y desazón, lo que necesitaba era llegar al fondo de ese asunto que venía a introducir un elemento nuevo en la maltrecha y frágil relación que Laura y yo habíamos mantenido en aquel tiempo. Señalaré igualmente que cuando le pregunté a María sobre Laura lo único que quería saber era si su estado de salud había empeorado debido a mi relación con Cecilia, o si su depresión tras el parto de Daniel no se vio agudizada por aquel idilio.

Con lo que no contaba era con la sorpresa de unas cartas cuyo autor y alcance desconocía. *María, por favor,* le pedí de nuevo, *cuéntame lo que sepas de aquellas cartas. No sabes lo importante que es para mí conocer de tus propios labios lo que pasó con ellas.* La ambigüedad de mi frase le dio a entender que yo estaba al tanto de todo, pero necesitaba su confirmación. *Como le he dicho fue ella quien me lo pidió. Ya lo sé, mujer, pero ¿qué hiciste con ellas?* Insistí. *Yo solo me limitaba a recoger el correo a primera hora de la mañana y entregarle a la señora las que venían a su nombre. Luego, ella, tras leerlas, las quemaba. Eso es todo lo que sé. Bueno, y que la señora lloraba mucho cuando las leía. No sé nada más. Se lo juro.*

Pedro Hidalgo, su nombre me viene a la cabeza como el autor material de aquellas cartas, el compañero de facultad que, según me confesó Laura, fue durante un tiempo su amante.

Nunca olvidaré el día que me lo dijo sin que viniera a cuento y yo pensé que lo hacía para castigarme por mis infidelidades. ¿Seguía siendo su amante en aquel momento? Lo más probable es que aquel verano, Laura, al sentirse deprimida y abandonada, buscara consuelo en él. Sin embargo, lo apuntado por María, que lloraba tras leer las cartas, era la prueba palpable de que aquella relación no prosperó. No diré, pues sería falso y mezquino, que aquel tema perjudicó su salud, ya deteriorada por la depresión que sufría, ni que las cartas de Pedro agravaran su enfermedad. ¡Aunque quién sabe! La verdad era que el único responsable del agravamiento de su estado físico y mental fui yo; el marido que la abandonó, al igual que hizo con sus hijos cundo más lo necesitaban.

25 de mayo. 2 de la tarde

Más que un pacto, mi convivencia con Laura a mi vuelta a casa después de mi relación con Cecilia es algo difícil de entender. De hecho, hacíamos vidas separadas ya que comíamos, estudiábamos y dormíamos en espacios diferentes y prácticamente ni nos hablábamos. Al tiempo que Laura se recuperaba de su depresión se fue normalizando nuestra convivencia, aunque nada volvió a ser como antes. Al cabo de varios meses Laura fue dada de alta y volvió a sus clases, mientras yo trataba de recuperar mi «estatus» perdido dentro del estamento académico, seriamente deteriorado por mi *affaire* con Cecilia.

A esto ayudó que ella, una vez alcanzada su condición de profesora adjunta, se marchara a Salamanca en busca de nuevos aires y probablemente de nuevas conquistas promocionales. Algunos años después me enteré de que nunca estuvo casada, y que su presunto marido no era más que el novio de turno que ella utilizaba como semental y coartada para sus continuas mentiras.

A su vez, Sara y Daniel fueron creciendo y, en la medida que lo hacían ayudaron a que nuestra relación alcanzara ciertas cotas de normalidad; y aunque esta nunca llegó a los niveles de intimidad y confianza que habíamos mantenido con anterioridad, nos permitió, al menos, cubrir las apariencias, y recuperar los estándares mínimos de una vida en común. Ambos seguíamos con nuestros respectivos trabajos docentes y si bien Laura no tardó en recuperar la excelencia académica de antes de su enfermedad, yo me quedé estancado. De algún modo, había perdido la confianza en mí mismo. Dejé de publicar y solo me limitaba a dar algunas clases semanales y vivir de las rentas académicas acumuladas. Con otras palabras, en menos de un año había tirado por la borda mi currículo académico y mis mejores esperanzas de futuro. Sería injusto decir que no me esforcé en volver a ser el que fui. Pero siempre hay un punto de inflexión en la vida de cualquier persona en el que creces o te estancas. Y yo me estanqué.

Me he quedado traspuesto en la vieja butaca de mi estudio y percibo una especie de sopor que me lleva a una suerte de espacio onírico, de sueños quebrados, sin sentido, donde yo me abandono, porque no puedo oponerme a lo inevitable ni rebelarme ante la atracción del letargo que me arrastra. Y, de repente, se me aparece Laura. Esta vez va vestida con pantalones negros, blusa blanca ajustada y tacones altos. Luce una ligera sonrisa en su delicado rostro que le presta dulzura y juventud. Por primera vez en mucho tiempo se muestra más joven que nunca. Luego me habla. *¿Sabes por qué te estancaste y tiraste por la borda tu brillante carrera académica?*, me pregunta antes de continuar. *Yo te lo diré*. Se aproxima y toma asiento en una silla, frente a mí: *Porque perdiste el coraje y la ambición de la que siempre habías presumido en tu juventud. ¿Y sabes por qué perdiste el coraje de luchar y la ambición profesional? Porque abandonaste muchas de las cosas en las que habías creído hasta entonces y empezaste a perder tu afán por cambiarlas, y tus deseos de empatizar con los demás. ¿Y sabes por qué acabaste convirtiéndote en un cínico diletante que igualmente podías defender algo y su contrario? Te lo diré en pocas palabras. Porque acabaste siendo una caricatura de ti mismo, la del hombre que quisiste ser y no fuiste. En fin, porque no eras más que un fracasado. Por eso no engañas a nadie con tu falsa actitud conmiserativa o tus hipócritas confesiones sobre los muchos errores que cometiste conmigo y con tus hijos. Y aunque no mientes al decir que yo consentí que volvieras a casa tras haberme humillado en público con tu escapada con Cecilia, deberías saber que no lo hice para reconciliarme contigo y menos aún porque te perdonara, pues lo del perdón lo dejo para aquellos que, como tú, siguen creyendo que una simple declaración de culpa cauteriza y limpia el alma del confeso. Lo hice por nuestros hijos; porque no quería que se educaran al rebufo de una orfandad paterna de tan perniciosos efectos en la crianza de cualquier niño. Creo que, al menos, entenderás esto último, porque viviste en carne propia el abandono de tu madre y el trauma que te ocasionó. Así que ya te vale olvidar tu confesión como elemento expiatorio del fracaso de tu vida y céntrate en lo fundamental: fracasaste porque siempre fuiste un egoísta, alguien que se quería más a sí mismo que a los demás, y que antepuso sus intereses profesionales y su libido a cualquier otra consideración. Eso, y no otro, fue lo que te llevó al fracaso. Lo que ocurre es que te resulta más fácil decir que te equivocaste en aquel ridículo asunto con la becaria, que reconocer tu frágil condi-*

ción de marioneta en manos de una joven sin escrúpulos. Y es que, en el fondo, no eras más que un hombre sin carácter que solo buscaba satisfacer sus pasiones, olvidando su posición profesional, y lo más importante, la familiar. Así que despójate, de una vez por todas, de la máscara que encubre tus mentiras, y mírate en el espejo. Puede que así descubras realmente quién eres.

Quise contestarle, decirle que reconocía como cierta su acusación, pero una vez más me dejó con la palabra en la boca y sin posibilidad de defensa hasta que desapareció de mi vista. Aparte de reconocer su duro e incisivo alegato, me habría gustado hablarle de lo que pasó años después, cuando ella enfermó gravemente, y yo la ayudé. Pero ese era un asunto mucho más complejo y lo que no puedo, ni debo, negar es que su acusación se ajustaba como un guante a la realidad.

27 de mayo. 6 de la mañana

Aún mantengo el mal sabor de boca de mi conversación con Laura. Ella me critica ácidamente sobre cuestiones en las que suele llevar razón, aunque no creo que acierte en todo lo que dice. Y me disgustaría mucho que la voz de mi conciencia, representada por las apariciones de Laura, quedara grabada en piedra como la única verdad sobre los acontecimientos que, a duras penas, voy contando.

¡A ver! No voy negar que, en ocasiones, mi egoísmo me llevó a creer que podía permitirme cruzar las líneas rojas que desde que nos conocimos nos habíamos marcado, como la lealtad, la verdad como eje central de nuestras vidas, la política del esfuerzo, la solidaridad con los débiles, la cultura como instrumento de liberación personal, y la construcción de una sociedad compasiva que sirviera como línea de defensa frente a los ataques de los liberticidas de siempre.

Pero se nos olvidó agregar dos asuntos de la mayor importancia: el respeto mutuo y la lealtad emocional que serían el talón de Aquiles de nuestra ruptura. Creo llegado el momento de alegar en mi defensa que no fui yo solo quien vulneró las mencionadas líneas rojas, ya que Laura también lo hizo. Y no es que lo diga yo, sino que fue ella misma quien me lo contó. ¿O acaso su relación sentimental con Pedro Hidalgo no supuso un antes y un después en nuestras vidas?

Igualmente he de decir que nunca se lo recriminé, aunque me dolió mucho. Para corroborarlo está el asunto de las cartas de las que me habló María. ¿Qué fue, entonces, lo que nos pasó? No negaré que mi comportamiento fue mucho más rechazable que el suyo, pues mi relación con Cecilia se convirtió en un escándalo que puso en evidencia la precariedad y falsedad en que vivíamos. La pregunta que aún me hago es qué nos llevó a perder el respeto que hasta entonces nos habíamos tenido. No me importa repetir mil veces que mi comportamiento fue el más mezquino, pero he de confesar que nunca quise a ninguna de las mujeres con las que anduve, y que mis infidelidades eran más bien debidas a mi carácter frívolo y banal; lo que no exime de responsabilidad a Laura, ya que su comportamiento no la exime de culpa.

A estas alturas de mi vida, creo que las dos se inscriben en el marco de un daño moral irreparable. Quizás por ello me viene a la memoria uno de los pensamientos de *Pascal* que Laura, por su perfil religioso, impugnaría, pero que encierra una gran verdad que a mí me gusta recordar:

> *La verdadera religión enseña tanto nuestros deberes, nuestras impotencias, orgullo y concupiscencia, cuanto los remedios, humildad y mortificación.*

No sé si Laura compartiría conmigo el hecho de que la moral natural, la que anida en el alma de cualquier ser humano, es la que apunta como virtudes esenciales la humildad y la mortificación. Su mensaje, aparte de transcender lo religioso, se inscribe en el ámbito moral de cualquier filosofía por muy laica o agnóstica que se predique; sin olvidar que sus remedios son siempre asumibles por cualquier persona con sentido común.

Así, frente al desenfreno de mis pasiones y la infidelidad de Laura, cabría aplicar como antídotos los principios señalados de la humildad y la mortificación, entendida esta última como aflicción o ultraje; los únicos capaces de conjurar la enfermedad del alma que encubre la falsa modernidad que era lo que, de algún modo, exigían aquellos años del «todo vale y corre sin mirar nunca atrás». Nos sentíamos llamados a eliminar de raíz los tabúes heredados de nuestros padres y mayores. Eran tiempos de cambio, tiempos para asaltar los cielos, para romper con un mundo heredado que no era el nuestro y que rechazábamos por autoritario y obsoleto. Lo que desconocíamos era que cualquier ruptura, no importa su alcance y circunstancias, tiene siempre un precio que hay que pagar. ¿Pero quién tenía tiempo para pensar en eso? Nosotros desde luego no. En aquella época le dábamos bocanadas al viento y solo nos conformábamos con el «todo o nada». Ciertamente no eran tiempos para la humildad y menos aún para la mortificación.

Otra vez Pascal viene para clarificar el embrollo y la confusión en que vivíamos, al decirnos que:

> *Existen dos mundos, uno en el que se permanece poco y del que se debe salir para no volver más; otro en el que pronto se debe entrar para no salir nunca. El favor, la autoridad, los amigos, la alta estima son para el primero; el menosprecio de todo esto sirve para el segundo: hay que elegir.*

Siento cómo la pena embarga mi espíritu acuciado por la soledad y el recuerdo de mis muchos errores y, para rehacerme, me refugio en el sillón donde trato de relajarme y amortiguar mi desamparo. Dejo pasar unos minutos hasta recuperar la normalidad y me abro a nuevos horizontes, desplegando al azar uno de los álbumes de fotos que reposan sobre la mesa. La casualidad me coloca frente a una en que Laura y yo posamos con los brazos entrelazados sobre nuestros hombros, y mirando sonrientes a quien nos la hizo. ¡Dios! ¡Qué jóvenes éramos!

Son las cuatro de la tarde y aún no he comido nada en todo el día. Hace un calor pegajoso, propio de esta zona en la que el viento terral bate la costa, dejando a su paso una estela de bochorno y cielo encapotado. Me ducho antes de salir y me dirijo hacia uno de los chiringuitos, próximo a la playa, que aún mantiene las sillas de plástico, desteñidas por el sol, con propaganda de una marca de cerveza de la localidad, y me derrumbo literalmente en una de ellas.

El dueño, que me conoce desde hace años, me saluda y, sin preguntarme nada, me trae una caña de cerveza, *para abrir boca*, dice. Le doy las gracias y le pido, si tiene la cocina abierta, una tortilla de gambas. Me sonríe y amablemente añade: *Aquí siempre estamos a lo que nos pidan*. Le devuelvo la sonrisa y me entretengo mirando a los escasos bañistas que han venido con sus familias a pasar el día, y cómo los hombres se afanan colocando toldos, hamacas y neveras cerca de la orilla, mientras ríen abiertamente las ocurrencias de los niños, y las mujeres hacen corro para hablar de sus cosas.

Una escena que me retrotrae a muchos años atrás, cuando Laura y yo veníamos con Sara y Daniel a pasar nuestras vacaciones de verano al pueblo y nos llevábamos casi todo el día en la playa. Aquello lo seguimos haciendo durante muchos años, hasta que los niños alcanzaron la adolescencia y decidimos mandarlos a colegios en Inglaterra para que aprendieran el idioma.

Durante aquel tiempo Laura y yo seguíamos distanciados, aunque lo acertado sería hablar de ruptura; una ruptura que se fraguó al calor de la crisis ocasionada por su depresión y que, sin duda, agravó mi *affaire* con la becaria. A pesar de casi no hablarnos, seguíamos manteniendo una especie de protocolo que pasaba por rechazar cualquier intimidad entre nosotros, aunque nos esforzamos, y mucho, por mantener un trato respetuoso y educado delante de nuestros hijos. En lo personal diré que yo seguía manteniendo esporádicas relaciones con mujeres que se prestaban a pasar un fin de semana con «la vieja gloria de la literatura clásica», mientras Laura, con su estilo habitual, entre reservado y distante, siempre se mantuvo al margen de cualquier veleidad sentimental. Lo que no pudimos acallar fueron las voces de algunos colegas de la universidad que conociendo nuestra separación se preguntaban cómo dos personas serias y responsables se prestaban a este tipo de farsa.

Claro que ellos desconocían la firme determinación de Laura por mantener pautas de conducta equilibradas que sirvieran para que nuestros hijos no tuvieran que sufrir las consecuencias de nuestra separación. Al final, la gran paradoja de nuestras vidas fue que la hipocresía que siempre habíamos criticado a la generación de nuestros padres se convirtió con los años en el camino a seguir por nosotros. Aun así, la pregunta que todavía me hago es si fue precisamente eso lo que nos llevó, aparte de nuestras mutuas infidelidades, al fracaso de nuestra relación, o fue el descreimiento ideológico en que vivíamos, sobre todo el mío, el que lo propició. Aunque hablar de ideología no sería lo más apropiado, pues ninguno de los dos comulgaba en su totalidad con las que en aquel tiempo estaban en boga. No éramos comunistas, liberales o democratacristianos. Todo lo más nos situábamos en el campo de una izquierda compasiva, próxima a la socialdemocracia europea, y muy alejada de los planteamientos radicales de los partidos marxistas imperantes en aquel tiempo y, sobre todo, en la segunda república.

Nuestros referentes europeos eran Olof Palme y Willy Brandt, y en América Latina el Che Guevara a quien, tras su muerte, habíamos idealizado y llegó a formar parte de nuestro imaginario personal. Estábamos en contra de la guerra de Vietnam y defendíamos todas las causas pacifistas que se oponían al imperialismo norteamericano. Al tiempo que participábamos en todo tipo de manifestaciones y firmábamos cuantos escritos de denuncia nos presentaban.

Así éramos los nuevos cachorros de una generación que, a medida que crecía, se iba desclasando, mientras nos integrábamos, casi sin darnos cuenta, en conglomerados financieros, empresariales e institucionales del nuevo capitalismo emergente; un capitalismo que, tras décadas de autarquía y aislamiento, se fue impregnando de las ideas democratizadoras de carácter europeo. Lo que no alcanzamos a metabolizar del todo fueron los vertiginosos cambios que se estaban produciendo; cambios que se pusieron en marcha con nuestro apoyo y sin que hubiéramos podido desalojar del poder político y económico a los personajes más recalcitrantes del antiguo régimen.

Una paradoja más que añadir al desencanto inicial que padecíamos y que, unido a otros muchos, que no son del caso, forjaron gran parte de nuestra frustración. ¿Qué nos había pasado, por qué habíamos renunciado tan fácilmente a lo que habíamos defendido con anterioridad? ¿Dónde había quedado la ruptura democrática? ¿Por qué nos rendimos tan fácilmente al espejismo de un cambio que no era tal, pues ni siquiera fuimos capaces de homenajear a los hombres y mujeres que tuvieron que exiliarse tras la cruenta guerra civil? La perversión lenta y oportunista de nuestras conductas fue madurando al calor de un discurso edulcorado y acomodaticio que terminó por acuñar el concepto de «oposición responsable», como colofón a nuestro entreguismo.

Como decía La Bruyére:

> *Parece que la primera regla de las corporaciones, de la gente bien situada o de los poderosos estriba en poner todos los contratiempos posibles a los que dependen de ellos en la solución de sus asuntos.*
>
> *A simple vista parece que los príncipes experimentan cierto placer molestando a los demás. Pero no, los príncipes se parecen al resto de los hombres: piensan en ellos mismos, siguen sus gustos, sus pasiones y su comodidad; nada más natural.*

Pues bien, entre las corporaciones financieras, empresariales y los nuevos príncipes de la política se fue fraguando el basamento del nuevo régimen, mucho mejor que el de antes, aunque manifiestamente mejorable. Nada desde que el mundo es mundo ocurre porque tenga que ocurrir. Las cosas suceden porque nosotros lo permitimos. Yo, entre otros muchos. La razón es bien sencilla toda vez que formábamos parte de la élite, del grupo de intelectuales de izquierdas que escribíamos artículos, dábamos conferencias y exhibíamos nuestras capacidades, tanto en el ámbito universitario, como en el social.

Nuestro compromiso parecía firme, pero al final ni siquiera fuimos capaces de solidarizarnos con los colegas de la universidad que habían sido represaliados por apoyar la huelga de estudiantes en nuestro distrito universitario. Pero ahora, más que reconcomerme por todo lo ocurrido en aquellos tiempos de sueños y esperanzas, lo que necesito es reposar mis ideas y, sobre todo, relajarme. Hoy estoy muy cansado y me duele la cabeza.

3 de junio. Al atardecer

La lluvia cae sobre el mar sin patrón fijo, al albur del viento de levante que bate la costa con olas que al romper sobre la orilla muestran su vientre plateado en claro contraste con un horizonte gris, sucio y oscuro, que en la lejanía se funde con el atardecer. Ausencia de luz. A estas horas del día me asalta la nostalgia de otros tiempos, de cuando era joven, desconocía el dolor y mantenía viva mi sed de nuevas experiencias; un tiempo en el que las horas no pasaban, pues no sentíamos el ritmo acompasado del reloj. ¿Qué era el tiempo, entonces, para nosotros? Sabíamos que estaba ahí, que marcaba el ritmo de nuestras vidas, pero no condicionaba nuestro futuro; era el presente en estado puro, claro accidentalismo donde lo importante eran las cosas que nos pasaban, los acontecimientos que vivíamos.

En eso consistía el tiempo, en un transcurrir continuo de elementos nuevos, de circunstancias imprevistas que vivíamos en el día a día y que de algún modo nos permitía reflexionar sobre las consecuencias de nuestros actos. Solo teníamos que dejarnos llevar sin oponer más resistencia que la propia del hastío o del cansancio de nuestros jóvenes cuerpos. Luego, a unos más pronto que a otros, nos llegó el amor; la otra cara del juego donde interactuaban nuestros cuerpos, y al menos a mí, me parecía excitante, nuevo, reluciente y bruñido por el deseo y la búsqueda.

Y, de repente, casi sin darnos cuenta, se nos echó encima otra forma de entender el tiempo. Aparecieron los relojes en nuestras vidas y estos empezaron a cobrarse víctimas que hasta entonces no habían estado a su alcance. Empezó la mayoría de edad, la madurez, la responsabilidad, la construcción de nuevos sueños y esperanzas. Empezamos a creer en otras cosas y con las nuevas creencias comenzaron los problemas y desengaños. Eso fue lo que nos pasó, aunque tengo serias dudas de que el culpable de todo aquello fuera el reloj.

Se ha hecho de noche. La oscuridad se ha adueñado del espacio exterior y del poco tiempo que me queda de vida. Me levanto y observo, por primera vez desde mi llegada, el mueble bar situado en una esquina de nuestra coqueta salita de estar donde reposan varias botellas antiguas, de las que Laura y yo comprábamos para consumo propio y agasajar a los amigos. Algunas están sin abrir, y otras medio vacías. Sin pensármelo me sirvo una copa de coñac. Bebo despacio, observando la oscuridad del entorno, solo quebrado por las farolas del paseo marítimo, mientras me recreo oyendo el ruido del mar. Si el bueno de Larraz me viera con una copa de tan alto voltaje en la mano, miraría para otro lado.

Por la tarde. Ese mismo día

La enfermedad, cualquier enfermedad, sobre todo si es grave, suele colocarnos ante un dilema ineluctable. Ello se debe a que su evolución no se manifiesta de golpe, o de una sola vez, sino que lo hace a través de fases que van mostrando diferentes rasgos y perfiles. El primero es el de la sorpresa; este quizás sea el más desconcertante. Uno incluso puede intuir la gravedad de su dolencia, pero mantiene la esperanza de que, al final, el diagnostico no sea tan grave y que, con la medicación adecuada, todo vuelva a su ser. El segundo es el de la asimilación. Aquí el carácter del paciente juega un papel primordial, pues si se enfrenta a la enfermedad con firmeza y determinación, si mantiene una actitud positiva y no se deja arrastrar por los aspectos más inquietantes y oscuros de la misma, puede creer que su enfermedad sea cosa de días. Ahora bien, si la persona enferma es débil o pusilánime, ello le puede llevar a aceptar con facilidad lo inevitable, e incluso a admitir con resignación lo que tenga que llegar. El tercer perfil es el más duro y difícil de sobrellevar para la mayoría de los enfermos terminales. Es cuando se entra en el proceloso mundo de los paliativos. Ya no hay nada que hacer.

No hay esperanza alguna. Solo cabe esperar el momento decisivo de la muerte y que esta llegue sin dolor o sufrimiento.

Laura pasó por las tres fases y, en todo momento, se mostró hasta el final tal como ella era: una mujer fuerte, decidida y con la fortaleza interior suficiente para afrontar su muerte con entereza y dignidad. Así la recordaré siempre, aunque nuestros hijos nunca entendieron que su decisión de ponerle fecha a su muerte fue libremente decidida por ella.

Quiero creer que si Sara y Daniel se opusieron con todas sus fuerzas a su muerte asistida se debió al amor que por ella sentían. Su empeño por frenar lo que Laura había decidido adquirió tintes absurdos, ya que los propios médicos que la atendían les informaron exhaustivamente, no solo de lo irreversible de su enfermedad, sino del sufrimiento físico y moral que padecería a medida que pasara el tiempo.

El que nunca entendieran que su madre decidió poner fin al dolor en que se había convertido su vida es algo que aún me resulta incomprensible, y el hecho de que yo la ayudara supuso mi definitiva caída en desgracia, pues del rencor pasaron, si no al odio, a algo muy parecido. Con todo, sigo creyendo que fue un error el no haberles contado que su madre había decidido ponerle fecha a su muerte, pero Laura se opuso afirmando que sus hijos se opondrían y darían al traste con su firme decisión.

El caso es que, a partir del momento en que se enteraron de que su madre se había ido para siempre, su actitud cobró una dimensión que sobrepasaba con mucho la religiosidad de Sara, para inscribirse en otro ámbito más complejo y difícil de entender en dos personas que habían sido educadas en un ambiente liberal y humanista, donde la eutanasia no suponía, en ningún caso, un atentado contra la vida.

Al final nos enteramos de que fue un médico tan falsario como interesado, amigo de Sara, quien les inculcó la tóxica creencia de que existían fórmulas alternativas a las de la medicina tradicional que podían eliminar los efectos letales de su enfermedad. Ello, unido a la desesperación de nuestros hijos al ver que los sucesivos tratamientos que le aplicaban a su madre no surtían efecto alguno, hicieron el resto.

De entrada, buscaron la aprobación de Laura para que se pusiera en manos de aquel impresentable. Al no conseguirlo, contrataron a un despacho de abogados para que se opusiera a cualquier iniciativa de su madre o mía que condujera a la aplicación de la llamada «muerte dulce». Y para ello urdieron una estrategia de desprestigio contra mi persona y, contra Lola, mi pareja en aquel tiempo, afirmando que ambos apoyábamos la muerte de su madre y la habíamos inducido a ello, para poder acceder al usufructo y posterior manipulación de sus bienes. Dicha campaña llegó acompañada de demandas y querellas que, por su virulencia y falsedad, llegaron a preocuparme seriamente.

No sería la primera ni la última vez que los familiares de una persona con una enfermedad terminal no se agarraran a un clavo ardiendo para mantener la falsa esperanza de una curación que siempre llegaría asociada, más a la superchería, que a la ciencia médica. Yo podía comprenderlo e incluso justificarlo. Pero lo que nunca entendí es que su radical oposición adquiriera los tintes de irracionalidad que llegaron a alcanzar. De modo que lo que en un principio pudo entenderse como una muestra de amor y rechazo, ante la previsible muerte de su madre, terminó convirtiéndose en un amargo enfrentamiento con Lola y conmigo.

Otra vez la punzada en la espalda me paraliza de cuello para abajo, impidiéndome profundizar en los detalles de aquellas tristes jornadas. Pero tengo por seguro que acabaré haciéndolo. Necesito hacerlo porque hace tiempo que mi conciencia me lo exige como un tributo a Laura, a su determinación en hacer lo que quiso con su torturado cuerpo y con su vida. Lo que llevo escrito es la simple envoltura de lo que quiero contarle a mis hijos. Lo que ocurre es que, a medida que voy recordando aquellos días, tomo conciencia de que no existe un hecho, por muy importante que sea, que alcance a explicar toda la verdad. La razón estriba en que, de algún modo, los hechos están ineluctablemente unidos a circunstancias del pasado, cuyas complejas imbricaciones son siempre difíciles de encontrar, pero que están ahí ancladas en nuestra memoria.

Ya dije que de amor siempre tuvieron
Las cosas insensibles pena y gloria
Ved las sensibles cómo se perdieron,
Y os diré de las aves larga historia.
De las penas que en su alma padecieron
Les nacieron las alas por memoria:
Y en su leve y altivo movimiento
Se convirtió el variable pensamiento.

Luis Vaz de Camöes
(Apéndice a la introducción de *Os Luisiadas*)

De las penas que en su alma padecieron le nacieron las alas por memoria. Alas para volar, para recordar aquel amor, el nuestro, un amor donde no faltaron risas ni lágrimas, pero que aportó un cambio en nuestras vidas y de cuyas penas nacieron alas por memoria. Ahora que Laura ya no está, me toca a mí cabalgar sobre aquellos recuerdos sin saber muy bien si mi memoria será capaz de ser un fiel trasunto de lo ocurrido, o he dulcificado los recuerdos para aliviar mi culpa. Serán cosas de la edad, pero no puedo evitar que me asalten las dudas cada vez que me enfrento a ellos, pues no soportaría equivocarme, y verme obligado a sumarlos a mis muchos errores.

De hecho, si mi profesión me ha enseñado algo es que la verdad mantiene siempre un perfil poliédrico donde la bondad y la maldad, la belleza y la fealdad, la realidad y la mentira se asocian de forma interesada para contarnos historias que nos seducen, aunque ocultan elementos que nos hacen daño y, por ello, no queremos recordar. Es la ley de la compensación, el equilibrio obligado que nos ayuda a vivir.

4 de junio. 5 de la madrugada

Hoy he dormido seis horas seguidas y me he despertado sin dolor en la espalda, que es uno de los indicadores más inquietantes de la evolución de mi enfermedad. Quiero aprovechar esta pausa para escribir sobre Laura y sobre todo para afrontar una de las partes más delicadas de este diario. Quisiera aclarar que voy a exprimir mi memoria hasta conseguir que los hechos se acomoden lo más fielmente posible a lo que pasó en aquellos convulsos y difíciles días. Igualmente diré que, posiblemente, la secuencia de los mismos no se adecue de forma lineal a lo ocurrido, pues como ya tengo dicho, mi memoria adolece de la capacidad para hilvanarlos cronológicamente, como sería mi deseo.

De alguna manera, los recuerdos imponen sus reglas y expresan que nada sucede siguiendo el orden natural de las cosas, sino en virtud del principio cuántico que funciona siguiendo los pormenores de lo pequeño, de lo que no se ve ni se entiende, pero que siguen estando ahí, en la penumbra de la conciencia. También sé que si consigo hilvanar esas pequeñas cosas acabaré encontrando algunas respuestas a las muchas preguntas que me hago.

La enfermedad de Laura evolucionó al principio más rápidamente de lo que los médicos habían previsto, y fue ella misma quien me hizo llegar la primicia, que al poco se reveló como cierta, de que su cuerpo se apagaba. Su inmovilidad creció hasta el punto de que al cabo de dos años y medio, tras los primeros síntomas, llegaron los calambres musculares y los espasmos en brazos y hombros. Cada retroceso acortaba las funciones de su cuerpo, aunque no las de su conciencia. De hecho, su valentía y ganas de vivir fueron dos poderosas herramientas que la conectaban con el mundo exterior, además de sus lágrimas y sonrisas, que prodigaba con inusitada frecuencia a sus hijos.

A los cuatro años de continuo sufrimiento, Laura empezó a mostrar deseos de abandonar la lucha, cansada decía, de vivir una vida que había dejado de serlo, pero mi cobardía, la misma que alimenté desde niño rehuyendo el dolor, me impidió reconocer que yo era el destinatario de sus mensajes. Sí, mi cobardía, mi recurrente escapismo ante el sufrimiento ajeno, o mi tendencia a mirar para otro lado para no ver lo evidente, fueron, una vez más, las que me llevaron al repliegue patológico de mi personalidad, tratando de escurrir el bulto. ¿Y aún sigo preguntándome qué lleva a una persona que estuvo muy enamorada de su mujer y con la que tuvo dos hijos a mostrarse tan pusilánime y escurridiza cuando ella me pidió ayuda?

Ni siquiera ahora, mientras escribo estas líneas, soy capaz de reconocerme a mí mismo. No fue el desamor lo que me llevó a desoír su llamada. Fue el miedo. El temor de enfrentarme al dolor. Mi impotencia para sobreponerme a la angustia hizo que buscara alejarme del sufrimiento ajeno. ¿Qué fue de aquel hombre aparentemente fuerte, independiente y libre? ¿A qué altura moral quedaba la imagen de aquel presuntuoso que aspiraba ingenuamente a cambiar el mundo?

La vacuidad intelectual en que vivía fue suplantada por la mentira de toda una vida de apariencias y medias verdades que no hacían más que ocultar los déficits de mi personalidad. Laura lo sabía y conocía de sobra la orfandad de mi carácter y mi fragilidad de espíritu. En mi descargo, trato de encontrar algo que atenúe mi culpa y lo encuentro en Aristóteles, libro XII de la *Metafísica*.

> *Todas las cosas están ordenadas conjuntamente de cierto modo, pero no de la misma manera, ni su estado es tal que una cosa no tenga relación alguna con otra, sino que alguna tiene.*

En definitiva, todo lo que ocurre en la vida de cualquier ser humano trae causa de una serie de acontecimientos que de algún modo permanecen ordenados en nuestra conciencia para recordarnos que la memoria es la fuente que alimenta nuestro ser y que si, en ocasiones, sucumbe ante el olvido o la manipulamos es porque nos produce dolor y rehuimos vivir con esa carga. ¿Fue eso lo que me pasó? ¿O acaso la fuga de mi madre no condicionó, aunque solo fuera en parte, mi comportamiento con las mujeres? La verdad es que no lo sé y tampoco me siento muy feliz que digamos, buscando excusas; porque eso es justamente lo que hago, buscar excusas, blanquear mi imagen y tratar de dulcificar mi conducta, ciertamente reprochable, con citas eruditas que a nadie engañan.

Salgo a dar un paseo por el malecón del puerto, aprovechando que me encuentro razonablemente bien, pero mientras me aseo y recupero la imagen de mi cuerpo ante el espejo, me pregunto si soy el único responsable de todos mis males, o hay algo que pueda endosarle al azar.

El aire de la mañana despeja mi mente y espolea mi conciencia cuando pienso que nada ocurre porque tenga que ocurrir, sino que es uno quien libremente labra su propio destino. El fatalismo no forma parte de mi forma de ser ni de pensar. Siempre me he sentido libre como cualquiera de las gaviotas que revolotean esta mañana sobre el aire limpio y transparente de la playa, aunque la liviandad de mi cuerpo me advierte de que no caben engaños ni medias verdades que enmascaren lo que ha sido mi vida; una vida marcada por el miedo a perder a la mujer que amaba y no saber valorar lo que ella me ofrecía.

5 de junio. Al amanecer

Nada puede igualar la belleza del amanecer de uno de esos días que la vida te regala para que aprecies su valor. Y me pregunto ¿qué queda de aquel joven que se sentía capaz de todo y al que su orgullo le llevó a creer que su capacidad intelectual le confería el sentirse superior a los demás? ¿Qué fue de aquella generación de hombres y mujeres que se pusieron el mundo por montera y que ahora, para nuestra desgracia, se dedican a dar consejos sin que nadie se los pida?

Los veo, me veo a mí mismo, como marioneta de otros tiempos en que llegamos a sentirnos importantes. Pero ese tiempo pasó y ahora solo nos quedan las sombras de una memoria exhausta cansada de falsas interpretaciones que de nada valen. Somos agua y memoria, residuos de una vida angostada por la realidad que nos tocó vivir. ¿Para qué perder el tiempo? Me pregunto. Solo me quedan algunas semanas de vida y no quiero entretenerme en asuntos banales que me impidan contar lo que necesito contar. Por ello debo centrarme en el que fue el segundo amor de mi vida.

Ya hablé de pasada sobre Lola. ¿Pero quién era ella y qué lugar ocupó en mi vida? A partir de este momento debo cuidar mucho el sentido de mis palabras porque no era una más de las mujeres con las que anduve en aquellos años. No. Ella era y sigue siendo diferente. Nos encontramos casualmente en la cafetería de la facultad. Solía sentarse en una mesa junto a uno de los ventanales que daban al campus para tomarse invariablemente un café descafeinado con leche y un cruasán, mientras leía tranquilamente el periódico.

Tampoco era de esas mujeres que se hacen notar, pues podías verla allí todos los días, justamente a las ocho y medio de la mañana, y durante un año seguido, sin advertir su presencia. Esa capacidad para pasar de forma inadvertida es algo que algunas personas tienen, sin que tengan que hacer nada para conseguirlo.

De hecho, su actitud no era una pose, ni algo que ella buscara para diferenciarse de los demás, sino algo connatural a su personalidad; algo que en mi opinión respondía al perfil de ese tipo de personas que tienen vida propia y van a su aire, sin importarles, mucho ni poco, lo que piensen los demás. Y decía que nos encontramos casualmente, porque aquella mañana la cafetería estaba llena de gente y cuando un tipo se levantó para marcharse, yo aproveché la oportunidad para ocupar su asiento y sentarme frente a ella.

Tras depositar mi bandeja sobre la mesa le di los buenos días, más por costumbre que con ánimo de entablar una conversación, pero ella ni se inmutó. Tuve la impresión de que no me había oído y volví a reiterarle mi saludo, aunque esta vez con mayor énfasis. Insisto en el hecho de que mi único propósito era ser amable, y esa vez, movida por mi insistencia, levantó su mirada del periódico para devolverme el saludo, mientras recogía sus cosas para irse. *No se marchará usted por haberle deseado que tenga un buen día.* Le dije mirándola a los ojos. Ella me devolvió la mirada y contestó: *Disculpe, no me había dado cuenta.* Y se marchó.

Ni siquiera me concedió la posibilidad de responderle. Era como si la realidad de su mundo fuera tan ajeno al mío que me produjo una extraña sensación de distanciamiento y lejanía.

Su lugar lo ocupó una jovencita que, de inmediato, rompió el hechizo que aquella mujer me había producido. Me detuve a pensar sobre aquel anecdótico encuentro y deduje que la mujer tendría alrededor de cincuenta y cinco años, pelo castaño claro, ojos color marrón, metro setenta de estatura y complexión delgada. Vestía traje pantalón de color celeste y al andar se apreciaba que no alardeaba de su esbelto y elegante cuerpo. A partir de aquel día repetí horario para volver a verla, pero no tuve suerte. Parecía que se la hubiera tragado la tierra. Mi curiosidad me llevó a insistir hasta que un lunes, después de las vacaciones de Semana Santa, me la volví a encontrar.

Habían pasado algunos días desde que la conocí, si es que se puede hablar en esos términos, pues de hecho solo habíamos intercambiado dos frases, y la mía no fue la más acertada. Aquella mañana la cafetería estaba casi vacía y ella ocupaba el mismo asiento en la mesa donde la vi por primera vez, pero en esa ocasión fue ella la que me dio los buenos días y yo le correspondí con una sonrisa. Me presenté y ella también lo hizo, aunque en términos ciertamente curiosos. *Me llamo Lola,* dijo, *y soy la responsable de que todos me devuelvan los libros que les presto y en el mismo estado que los reciben. ¿Entonces...?* No me dejó terminar la frase. *Efectivamente, soy la directora de la biblioteca y del Servicio de Documentación de la facultad. Así que cuando necesites algún libro, por raro que sea, no dudes en hablar conmigo.*

Aquel día empezó una hermosa relación entre nosotros, algo que me reconcilió con el mundo e hizo que me sintiera bien, tras un largo periodo de desencuentros con Laura. Desde aquel día y hasta que lo dejamos, hará cosa de cinco años, vivimos una historia de amor solo comparable a los primeros tiempos que pasé con Laura. No había día que no nos llamáramos para decirnos que nos queríamos con frases tiernas que ambos habíamos olvidado.

Ella venía de un matrimonio desgraciado en el que su marido, enfermo de celos por la superioridad intelectual de ella, se dedicó a hacerle la vida imposible: primero con palabras y al poco tiempo con amenazas, hasta que llegó el día en que le levantó la mano. Ella puso punto final a su relación, no sin antes denunciarlo en el juzgado por maltrato físico y psicológico. De hecho, venía tan golpeada por la vida, que buscó refugio en su autoestima y fortaleza interior; de ese modo consiguió que su reciente pasado quedara encapsulado en su memoria y pasara a ser historia. *Nada ni nadie,* me dijo un día, *conseguirá que vuelva la vista atrás para recordarme aquel tiempo en que vivía abrumada por el miedo y sumida en el rencor.* Yo le conté mi vida, sin ahorrarle detalles, y le prometí volver a ser el hombre leal y enamorado que un día fui.

Pero la vida no siempre te ofrece lo que buscas, ni te permite ahorrarte el peaje que los dioses se cobran por transitar desde el pasado hasta el presente. Y el precio a pagar fue tan alto que, de no ser por Lola que, con su habitual serenidad, me alentó para que fuera en ayuda de Laura cuando esta me lo pidió, nunca habría conseguido la fortaleza interior necesaria para asistirla en sus últimos días. Siempre he creído que el amor implica sufrimiento, pero con lo que no contaba era que mi amor por ella se pusiera nuevamente a prueba en circunstancias tan difíciles y duras para Lola.

Y justo cuando empezábamos a recuperar el amor que reclamaban nuestros corazones y comenzaba para nosotros una nueva vida, fue cuando se desató la tormenta. *Todo cambia y nada permanece,* me repetía Lola a cada instante, parodiando al filósofo. Pero yo sabía que hay veces que las cosas se tuercen sin que uno pueda evitarlo, al punto de que me asaltó una especie de pálpito, un aroma a desgracia, tras haber creído durante más de tres décadas justamente lo contrario. Para Lola nuestro amor era una nueva oportunidad que la vida nos ofrecía.

Fue ella quien encontró en mí virtudes y valores que yo creía olvidados, como mi fragilidad interior, que ella interpretaba en clave femenina como algo positivo, o mi virilidad, que también veía a través de una nueva luz, de una mirada que me hacía sentir bien conmigo mismo y con los demás. También me ofrecía su talento natural, su carácter tranquilo y apacible y la pasión interior que destilaba su bello y estilizado cuerpo. Un cuerpo que ella te ofrecía desde el amor, pero bajo una exigencia irrenunciable: la lealtad. *Se acabaron las mentiras y los engaños de otros tiempos*, decía. *Y si en algún momento te enamoras de otra mujer, puedes irte con ella, pero con una condición: que no vuelvas nunca más*. Y a renglón seguido, añadía: *Dime que lo has entendido*. A lo que yo asentía sin ningún tipo de reservas. Aquel era nuestro pacto no escrito, pero verbalizado con total sinceridad.

A pesar de que nos amábamos como dos adolescentes, no obstante haber cumplido cerca de los sesenta, Lola decidió que, durante unas semanas, cada uno de nosotros debería vivir en su propia casa hasta hacer la mudanza y ella tuviera la certeza de que nuestra relación iba en serio. De modo que Lola siguió viviendo en su apartamento, próximo a la facultad, mientras yo excepcionalmente compartía casa con Laura y nuestros hijos. Ciertamente aquello no era, ni mucho menos, lo más apropiado para una pareja que se quiere, pero Lola impuso su criterio, y yo me di por vencido. ¿Era su forma de ponerme a prueba?

La verdad era que mi currículo no avalaba precisamente que me otorgara sin más su confianza. Yo salía de casa muy temprano, desayunaba con Lola en el bar de la facultad y, tras dar mis clases y organizar el seminario con los alumnos de doctorado, almorzábamos juntos, y luego me quedaba en su coqueto apartamento hasta el anochecer. Cuando Laura me oía entrar de vuelta a casa, más tarde que de costumbre, se hacía la distraída, pero nunca dijo nada. De sobre sabía que lo nuestro hacía tiempo que se había acabado, aparte de que yo le había contado lo mío con Lola y la estable relación que manteníamos. De hecho sobrellevábamos la anomalía de vivir en la misma casa más por exigencias del momento, que por cualquier otra consideración; aunque ambos éramos muy conscientes de que aquella situación era insostenible y tenía los días contados. Laura se limitaba a vivir su vida y a seguir de cerca los estudios de nuestros hijos, mientras yo entraba y salía con su aquiescencia y dormía en el cuarto de invitados. Hacía dos años que Laura no había publicado prácticamente nada, salvo algún que otro artículo en revistas especializadas, y alguna que otra conferencia. Y así transcurrían nuestras vidas hasta que la grave enfermedad de Laura llamó a la puerta, y empezó su heroica lucha por limitar sus consecuencias. A partir de aquel momento todo cambió.

Ella supo a lo que se enfrentaba desde el primer momento. Conocía todos los detalles y la posible evolución de su enfermedad. Pero no se amilanó, ni se dio nunca por vencida. Yo, con su anuencia, la acompañaba a todas las revisiones médicas y ambos compartíamos tanto los buenos como los malos momentos, ya que la evolución de su dolencia era tan errática que, incluso las distintas fases de la misma, resultaban difíciles de secuenciar por los propios médicos que la atendían.

El hecho de que yo durmiera en su casa y la acompañara al hospital cada vez que ella lo necesitaba era difícil de entender para algunos amigos que conocían nuestra situación extramatrimonial y mi relación con Lola, aunque no lo era para mí, ni tampoco para Laura, pues entre nosotros existía una especie de cordón umbilical cuyo líquido amniótico nos permitía reconocernos en ese lado oscuro del amor; un amor cuyas fronteras nunca serían perceptibles por quienes desconocían lo que nosotros sentíamos. Otros preferían pensar que éramos una de esas parejas separadas, pero bien avenida, por la forma de comportarnos y la complicidad que manteníamos.

Algo que, incluso para nosotros, no dejaba de ser un sentimiento nuevo y desconocido que, en mi caso, se fue activando en silencio, poco a poco, hasta el punto de que las distancias y diferencias entre nosotros acabaron convirtiéndose en ámbitos compartidos de comprensión y respeto.

7 de junio. 10 de la mañana

De algún modo, los rescoldos del amor que habíamos compartido se avivaron a partir de su enfermedad, hasta convertirse en un tierno y fraternal compañerismo. Ella me buscaba con la mirada preguntándose si podría contar conmigo cuando llegara el momento, aunque ambos demorábamos esa conversación como, si al hacerlo, detuviéramos el tiempo y con ello el fatal desenlace. Yo sabía que Laura lucharía hasta el final y que ese final sería algo que solo a ella le competía decidir.

Ahora, mientras escribo estas líneas, me pregunto cuál es la delgada línea roja que separa el amor de la amistad. Sobre todo, en ocasiones como aquella en que nuestro amor había dejado de serlo para convertirse en un nuevo sentimiento difícil de definir.

Yo vivía con Lola, la mujer de la que estaba enamorado y con la que compartía una pasión madura, solo al alcance de quienes se quieren y desean vivir juntos, pero al mismo tiempo, quería mucho a Laura. Y la quería de verdad; sobre todo en aquellos momentos por los que estaba pasando. Claro que también quería a mis hijos. Daniel era ya un hombre de casi diecinueve años que estudiaba Matemáticas en la Complutense y Sara, a sus veinte recién cumplidos, Filología moderna en la Autónoma.

Ambos eran buenos estudiantes y sentían pasión por su madre, a la que consultaban sus dudas tanto en los estudios como en lo relacionado con sus vidas. La proximidad con su madre se debía al tiempo y dedicación que ella les había regalado durante su infancia y adolescencia, mientras yo vivía ensimismado, buscando el éxito profesional y engolfado en una promiscua vida sexual.

Pensar que mis dos hijos, por el hecho de ser adolescentes, desconocían los problemas de su entorno familiar sería tan absurdo como negarles su capacidad de raciocinio. Ellos, al igual que yo cuando era niño, oían nuestras discusiones y observaban todo lo que ocurría a su alrededor. También sabían que su madre nunca les fallaría y que si tenían un problema podrían acudir a ella, mientras que conmigo presentían, además de mis ausencias, su desamparo.

¿Cómo no entendí que a esas edades los hijos buscan en sus padres la estabilidad y la seguridad emocional que necesitan y que si uno les falla, se arriman al que más ha invertido en cariño y comprensión? Eso ha sido así desde que el mundo es mundo. Y todos, incluido yo, lo sabemos. ¿Cómo no iba a saberlo? Otra cosa es que no quisiera verlo.

Me resultaba mucho más cómodo que Laura se encargara de la intendencia familiar, para así disponer yo de más tiempo libre. Pero esa actitud mezquina e irresponsable terminó por pasarme factura. Lo que desconocía era el alto precio que tendría que pagar y cómo el tiempo acabaría imponiendo su veredicto. ¿Pero quién piensa en esas cosas cuando tu mente está en otro lado y no es capaz de distinguir entre lo que está bien o está mal, o si antepone su egoísmo a cualquier otro aspecto de su existencia? Es evidente que disipé mi vida. De hecho la tiré por la borda y cuando eso ocurre no hay vuelta atrás y, por más que te empeñes, no hay forma alguna de reparar el daño causado.

Al principio mis hijos mantuvieron dudas y reparos sobre cuál debería ser su relación conmigo. Se preguntarían, a buen seguro, qué podía ofrecerles yo, salvo una escasa presencia y mi incapacidad para escucharles, desoyendo la voz interior que me decía que no hay nada peor para un adolescente que sentirse abandonado y no encontrar respuestas a sus muchas dudas y preguntas.

Sara fue la primera en tomar partido y lo hizo por su madre. De hecho siempre había existido una fuerte conexión entre ellas que se evidenciaba no solo en su forma de ser, entre pausada y reflexiva, sino porque, además, su condición femenina suponía un elemento de preocupación añadida para una adolescente que se encontraba a las puertas de la pubertad. Yo las veía hablar entre ellas e intercambiar confidencias que les hacían reír cuando yo intentaba inmiscuirme en su conversación. Llegados a este punto, debo decir que Laura jamás jugó el papel de madre que de forma torticera o solapada tratara de enfrentar a sus hijos contra mí, aunque tampoco cabía pedirle que me ensalzara cuando yo era incapaz de ejercer las funciones mínimas que mi condición de padre exigía.

Antonio Machado decía que *Entre la realidad y el sueño hay una tercera cosa: adivínala*. Nos retaba el poeta. Posiblemente esa tercera cosa fuera el amor. Y más en concreto Guiomar. Su musa y pasión. La mujer de su vida. Pues bien, para nuestros hijos, siguiendo la estela de Machado, entre la realidad y el sueño, la tercera cosa, además del amor de sus padres, que buscaban era sentirse seguros y protegidos. Y esa seguridad tenía nombre, y se llamaba Laura.

Entretanto yo vivía alejado del mundo familiar y distanciado del amor de los míos. ¿Cómo decirlo? Vivía en una realidad paralela, en una burbuja de aire viciado por la mentira y la deslealtad. Y aunque me lo recriminaba a cada instante, tardé mucho tiempo en escapar del bucle enfermizo en que vivía. Así era yo. Y por eso acabé perdiéndolo todo. La cuestión podía resumirse en unas pocas palabras. Mis hijos necesitaban un padre con quien hablar y nunca estaba, y Laura les regalaba la lealtad y el amor que necesitaban.

Daniel, desde muy niño, hizo grandes esfuerzos para llamar mi atención, reclamando cariño. Necesitaba hablar conmigo, hacerme preguntas y encontrar respuestas a sus muchas dudas e inquietudes. Era un niño dócil y complaciente que disfrutaba encerrándose en su cuarto para estudiar, leer o ver películas infantiles. De carácter reservado e introvertido siempre buscó la forma de pasar desapercibido ante su madre y hermana, a las que quería y admiraba, para no evidenciar ante ellas sus muchas limitaciones y carencias.

Lo que nadie podía saber, entonces, era que aquel complejo de inferioridad que sentía acabaría jugando un papel muy importante en su vida, pues cuando llegó el momento de afrontar y, en su caso, apoyar la decisión de Laura sobre su muerte asistida, se plegó al criterio de su hermana para no verse obligado a adoptar en solitario otro distinto al de ella.

Nunca me cansaré de decir que el carácter marca el destino de las personas, y el de mis hijos, uno por exceso y otro por defecto, puso las cosas tan difíciles que, ahora, cuando todo ha pasado y nada tiene ya remedio, me pregunto si las cosas habrían sido distintas si yo hubiera hecho frente a mi fragilidad existencial y hubiera sido el padre que mi mujer y mis hijos esperaban. Tampoco tengo claro si las cosas ocurren porque tengan que ocurrir, o podemos cambiar su rumbo si queremos. El binomio entre fatalismo o libertad, los dos extremos que han protagonizado gran parte del pensamiento filosófico, plantean el dilema de si el hombre es la medida de todas las cosas o, simplemente, somos víctimas del «*fatum est scriptum*»: el destino está escrito y resulta inevitable.

Cabe decir que, a lo largo de la historia, las religiones, han hecho muy poco para defender el libre albedrío como elemento consustancial al ser humano. Por el contrario, siempre han tratado de someterlo a la voluntad de Dios, o de los dioses, para que nadie pudiera escapar a lo que está escrito en las estrellas. *Dios lo ha querido* es la frase preferida para todo creyente que se vea abocado a una desgracia. Es Dios, afirman, quien con renglones torcidos o derechos escribe el destino de la gente, por lo que cabría decir que ello supone un gran alivio para el ser humano pues, de ese modo, nunca sería responsable de lo bueno o malo que le pueda ocurrir. Llegados a este punto, ya me hubiera gustado a mí endosarle a Dios, además de mis muchos errores, las consecuencias de los mismos, de no ser porque mi agnosticismo existencial me lo impide.

Por tanto, no es que niegue a un ser supremo que rija el universo, pero sí la posibilidad de que podamos vislumbrar su existencia. Aunque, curiosamente, mi sentido judaico de la culpa me aproxima, aun sin yo quererlo, al hecho religioso, poniendo en entredicho cuanto acabo de decir. Con otras palabras, si hay algo que tengo claro en este momento de mi vida es que nadie me obligó a hacer lo que hice. Y que, por tanto, todas mis decisiones son fiel trasunto de mi libertad y de mi leal saber y entender.

8 de junio. 4 de la madrugada

Me despierto agobiado por el calor. ¿O es que tengo fiebre? Me levanto y en el botiquín del cuarto de baño encuentro el termómetro. Al cabo de dos minutos lo retiro de mi axila y compruebo que tengo fiebre alta, 38,5 °. Me miro en el espejo y observo los grandes surcos negros que circundan mis ojos alumbrados por la fiebre. Es la segunda vez que me acosa de este modo. Hasta ahora he venido soportando febrículas diarias de 37 °, pero la subida de más de un grado es señal de una escalada que no augura nada bueno.

Me tomo un paracetamol de un gramo, acompañado de un té verde en la cocina y me vuelvo a acostar. Pero un fuerte malestar se apodera de mi cuerpo y me refugio entre las sábanas dejando pasar el tiempo a la espera de una tregua, de un respiro que me permita regresar a mi viejo sillón de cuero negro junto a la mesa camilla donde reposan los enseres más próximos que traje de mi casa de Madrid.

Ese reducto, el de mi mesa camilla, supone un haz de luz en mi vida, la puerta que me permite reencontrarme con mis viejos recuerdos y vivencias. Me dejo llevar porque es lo único que puedo hacer, y así, encogido sobre mí mismo, es como me encuentra María. Me toca en un hombro, quizás para saber si estoy vivo, mientras me pregunta. *¿Se encuentra usted bien?* Le contesto que sí y cuando se marcha a la cocina para hacer café me pongo de nuevo el termómetro, pero esta vez mi temperatura corporal se ha estabilizado en los 37 °, lo cual me tranquiliza, pues supone una tregua, un nuevo día para vivir y recordar. Me ducho con agua caliente y me afeito. Luego me visto y me refugio en mi estudio, donde me espera una taza de café bien cargado y un cruasán con mantequilla.

Yo también he soñado esta noche. He soñado que tenía treinta años menos y que caminaba, ligero como un pájaro, por una pradera de hierba alta y verde sobre la que se erguía un sol radiante. A lo lejos veo mi casa flanqueada por álamos centenarios y a Laura que me espera en la puerta con una sonrisa en los labios. No siento dolor alguno en mi cuerpo ni en mi alma. Solo el placer de sentirme sano y enamorado. De repente, todo el paisaje se nubla y no alcanzo a ver ni mi casa ni a Laura.

Me pongo a gritar, reclamando que todo vuelva a ser como antes, que vuelva la luz a mi vida y la esperanza a mi corazón. Pero nada cambia. Solo sé que ahora no volveré a ver la luz y que a mi cuerpo ha vuelto el dolor.

8 de junio. 6 de la tarde

Recuerdo el día en que Lola, cansada de sobrellevar la pesada carga de permitir que yo durmiera en casa de mi exmujer con los niños y viendo que habían pasado varias semanas sin que se produjera ningún cambio en nuestro singular modo de vida, me interpeló un día para decirme que dos personas que se quieren deberían vivir juntas y que, por tanto, tendríamos que ponerle fin al régimen de excepcionalidad que hasta entonces habíamos mantenido. *Puedo entender*, me dijo, *que te sientas obligado a cuidar de Laura y de tus hijos, pero creo que ha llegado el momento de afrontar lo nuestro. Te quiero demasiado y tú lo sabes. Así que tendríamos que vivir juntos y no demorarlo más. Y, por favor, no lo entiendas como un ultimátum. Es que no consigo saber cuál es mi sitio en todo esto.*

Sus palabras me llegaron tiernas y sinceras. Y más que un reproche, me sonaron a una llamada de atención, al preaviso de una mujer enamorada que busca ser correspondida. Nuestra situación era insostenible y yo lo sabía, pero no quise recordarle que fue ella quien, inicialmente, insistió para que viviera en la que había sido mi casa. Por eso le prometí que hablaría con Laura y lo resolveríamos. Lola había sido, y ella lo sabía, el segundo amor de mi vida, la mujer de la que estaba enamorado y que había sabido dotar de estabilidad a nuestra relación. Así que no estaba dispuesto a perderla, máxime cuando le asistía la razón y que el paso del tiempo no ofrecía solución alguna a lo nuestro.

Me tomó algunos día decidirme a hablar con Laura pues, además de sentirme culpable de nuestra inevitable ruptura, debía encontrar una salida justa y acordada con ella y con mis hijos, con los que también tenía una deuda que saldar. Al fin encontré el momento más adecuado para afrontar una conversación que se me hacía cuesta arriba, y la ocasión llegó de la mano de una de las revisiones periódicas de Laura y a la que yo le acompañé, como hasta entonces había sido mi costumbre.

Su enfermedad, dijo el médico dirigiéndose a Laura, *atraviesa por una fase de estabilidad que se podría mantener durante meses o quien sabe si de años. En realidad, de lo que estamos seguros es que su evolución suele ser tan errática como impredecible.*

Sus palabras no vaticinaban nada nuevo, pero le ofrecían a Laura una tregua en la que depositar sus esperanzas de que la enfermedad tuviera un desarrollo menos virulento del previsto. En aquellos momentos críticos donde proliferaban los malos augurios, dicha noticia supuso un alivio, una bocanada de aire fresco en el pesimismo que se había instalado en todos nosotros y, especialmente, en Laura.

A la salida del hospital ella quiso que la llevara a dar un paseo en coche por la Casa de Campo, un lugar que habíamos frecuentado muchas veces y a donde íbamos a comer los domingos con los niños. Ese día había amanecido nublado y anunciaba lluvia. Aparqué junto a uno de los bares que dan al lago y Laura me dijo que no le apetecía bajarse, que prefería ver caer la lluvia sobre las aguas estancadas del que fuera en su día lugar de recreo para reyes y aristócratas.

Durante un tiempo permanecimos en silencio. La paz del lugar y el ruido apagado de la lluvia propiciaban la confidencia, la conversación que teníamos pendiente y que, por alguna razón, habíamos demorado. *He hablado con Lola y...* Ella puso sus dedos en mis labios y no me dejó continuar. Luego dijo: *No tienes que decirme nada, lo entiendo perfectamente.* No recordé las palabras que había memorizado y que pensaba utilizar para dulcificar mi despedida y poner punto y final a nuestra relación, porque ella era la mujer a la que había amado, y a la que seguía queriendo.

Al poco dejó de llover y la llevé a casa. Antes de despedirme, ella me miró y dijo: *Puede que algún día te necesite, y lo único que voy a pedirte es que, cuando ese día llegue, vengas en mi ayuda. Me lo debes.* Tendrían que pasar algunos años antes de que Laura me llamara. Y cuando lo hizo, no dudé en acudir en su ayuda. En efecto, tal como ella dijo, se lo debía.

9 de junio. 2 de la madrugada

Me despierto sobresaltado, aunque no tengo fiebre. Pero esta vez no es Laura, sino Lola quien inesperadamente se me aparece. Viste una falda estampada de colores vivos y un polo ajustado de color negro que realza su pecho. Lola es de esas mujeres que tratan de pasar desapercibidas y que, sin ser coquetas, le gusta agradar a su pareja haciéndole sentir que su amor les pertenece en exclusiva.

A ver, por qué te empeñas en negar, dice mirándome fijamente a los ojos, *que nunca te gustaron las mujeres fuertes de carácter, autónomas e independientes. Negarlo no te va servir de nada. Reconócelo y punto. Tu amor con Laura no fracasó por tu deslealtad con ella, o porque mantuvieras relaciones con las mujeres que te salieron al paso. Lo hacías para escapar precisamente de ella, para huir de la autoridad moral que Laura representaba en tu vida y que, en tu fuero interno, rechazabas. A ti solo te hacían felices mujeres dóciles en apariencia, y acomodaticias como yo. Por eso te enamoraste de mí. Porque yo no te retaba intelectualmente, ni buscaba ningún tipo de superioridad sobre ti. Eso fue lo que nos unió.*

Nada más terminar su discurso Lola, al igual que Laura, desapareció de mi vista tan de repente que ni siquiera tuve oportunidad de contestarle. Es cierto que Lola entendía muy bien a los hombres que como yo andaban necesitados de amor y a quienes ofrecía paz y tranquilidad de espíritu. También conseguía, y quizás ese fuera su mayor mérito, que quienes vivían con ella se sintieran protagonistas y únicos receptores de su amor y ternura. No lo hacía por cálculo para retener a su amado, sino porque a Lola le gustaba agradar para sentirse querida.

Por el contrario, Laura era de otra pasta y su amor no pasaba por agradar a su pareja, sino por establecer una relación basada en el respeto, la lealtad y el amor entre iguales. De ahí, que para ella el amor jamás debería sobrepasar los límites de la libertad; lo cual le llevaba a mostrarse especialmente dura e inflexible con cualquier versión edulcorada del amor, o todo tipo de sobreactuación.

En el fondo, ambas defendían dos formas de entender el amor y dos caminos distintos para encontrar la felicidad. En suma, dos alternativas que, sin pretenderlo, buscaban una misma cosa: la convivencia. Porque el amor, ante todo, es convivencia. Eso lo sabíamos tanto Laura, Lola, como yo. Tres personas muy distintas que buscaban desesperadamente el amor como algo consustancial a sus vidas, pero que, sin saberlo, estaban condenadas al fracaso.

Ahora, a mis años, y en mi estado, aún sigo preguntándome qué es el amor, qué misterios encierra y en qué consiste esa atracción fatal que los seres humanos sentimos cuando alguien especial llama a nuestra puerta. Unos dirán que el amor es incompatible con el matrimonio, que este lo encapsula y secuestra, proporcionando al ser humano un sucedáneo de felicidad y, todo lo más, la perpetuación de la especie. Es como una llamada al orden que nos hace la naturaleza, el equilibrio moral que garantiza la convivencia. El espejismo consiste en mantener un suerte de canon amoroso, similar al de una pareja que se quiere y respeta, unos niños que se crían sanos y felices, una bonita casa limpia y ordenada, un buen colegio, la sanidad garantizada, unos ahorros y, como colofón de lo dicho, su obligada resultante: una familia feliz.

Pero cuando conseguimos todo esto, cuando creemos haber culminado nuestros sueños, aparece la rutina, el brillo desaparece de nuestras vidas, lo opaco gana espacio, y el amor sobrevive a duras penas, aunque sigamos defendiéndolo porque si no, ¿qué sería de nosotros? ¿A dónde nos llevaría la ruptura tras un logro tan duramente conquistado? Y llega el momento en que aparecen terceras personas que, en nuestro interior, nos hacen pensar, e incluso preguntarnos, si seríamos felices con ellas. Personas que nos gustan y que deseamos. Luego están los que no creen en el matrimonio, aunque se casan y siguen el modelo anteriormente señalado; solo que estos afirman que nunca debemos renunciar a un nuevo amor, si este aparece en nuestras vidas, pues lo contrario sería abdicar de la felicidad a la que tenemos derecho. Sin embargo, su relato carece de verosimilitud por cuanto la presunta alternancia amorosa de la que hacen gala se sustenta más en el egoísmo del sujeto que esto afirma, que en cualquier otra consideración. Basta con preguntarse sobre el incierto futuro de los hijos de personas separadas o divorciadas, para acertar en el diagnóstico del egoísmo anteriormente apuntado.

Y al final cabe preguntarse si lo mejor no sería permanecer soltero y prescindir de todo vínculo que suponga una atadura con la persona amada, sin verse, por tanto, obligada a engendrar hijos, ni emparejarse de forma estable. Yo en mi largo caminar, y desde el egoísmo del que siempre hice gala, recuerdo a Machado cuando nos dice en su libro *Soledades, Galerías, Otros poemas.*

He andado muchos caminos,
he abierto muchas veredas;
he navegado en cien mares
y atracado en cien riberas.

En todas partes he visto
Caravanas de tristeza,
soberbios y melancólicos
borrachos de sombra negra,

y pedantones al paño
que miran, callan, y piensan
que saben porque no beben
el vino de las tabernas.

Cierro el libro y me refugio en la cama. Está a punto de amanecer y me dejo llevar por el sueño. Otro más que no alcanzo a recordar. Quizás mañana.

9 de junio. 11 de la mañana

Me despierto con un fuerte dolor de cabeza. Es lo único de mi cuerpo que se queja, aunque no conozco su alcance. Me tomo un paracetamol y me refugio en la butaca de mi mesa camilla. Abro el ordenador y busco en la Universidad Pompeu Fabra el listado del profesorado emérito en la rama de Ciencias Sociales. Allí aparece su nombre. Pedro Hidalgo Ventura. Tras consultar por mail al secretariado de la universidad y acreditarme con mi nombre, apellidos y estatus académico, me facilitan lo que pido: la dirección y el correo del profesor Hidalgo.

Antes de escribirle me ducho, afeito y pongo ropa limpia. No sé muy bien por qué, pero presumo que si a mi aseo personal le añado una buena taza de café solo y bien cargado, el dolor de cabeza desaparecerá como por ensalmo. Y supongo bien porque, al poco, mi cabeza comienza a resetearse y a recuperar la normalidad perdida. Luego escribo:

> *Querido Pedro, alguien de la universidad me ha facilitado amablemente tus coordenadas y espero que mi intrusión vial mail no suponga molestia alguna en tu, imagino, tranquila vida. Antes de nada te confesaré que padezco una rara y grave enfermedad, en fase terminal, y ando a vueltas con la memoria, tratando de recuperar ciertos episodios del pasado, de cuando éramos jóvenes y la vida nos alcanzaba para todo.*
>
> *Te diré, igualmente, que no abrigo ninguna inquietud sobre la pregunta que voy a hacerte y de la que espero una franca y rápida respuesta. Nuestra querida y amada Laura murió no hace mucho y antes de morir me confesó que habíais mantenido una relación sentimental. Solo busco la confirmación de ese hecho, porque me gustaría rendirles un justo y merecido tributo a quienes la amaron y formaron parte de su vida. A la espera de tu respuesta, recibe un fuerte abrazo de tu viejo amigo.*

10 de junio. Al amanecer

No sé, y tampoco me preocupa mucho, cómo reaccionará Pedro a este correo que, en el fondo, se presta a ser interpretado como un ajuste de cuentas entre dos personas que llevan mucho tiempo sin verse, ni hablarse, en lugar de considerarlo «un justo tributo», tal como indico en la carta, a la persona que en su día pudo haber sido su amante. No negaré que mi pregunta oculta un enfermizo interés por saber qué hubo entre ellos, por más que lo disimule, utilizando cierta ambigüedad calculada. Lo que bajo ningún concepto quisiera es que mis hijos pensaran que mi propósito es bajar a su madre del noble pedestal que ocupa y, menos aún, ensuciar su imagen.

Lo hago solamente para que mis hijos y yo conozcamos la verdad. Necesito saber, antes de abandonar este mundo, que lo que Laura me confesó aquel día en Lisboa, sobre su relación con Pedro, era cierto y no un globo sonda para llamar mi atención. En todo caso, si hay alguien que merezca ser reprobado, ese alguien soy yo; el hombre que por derecho propio, y por mi conducta desleal, siempre ocupará el lugar más despreciable en esta historia.

Abro la ventana de mi estudio y dejo entrar el viento de levante mientras oigo el continuo batir de las olas en la playa. Los días empiezan a ser ligeramente más cortos, aunque oficialmente eso no ocurrirá hasta el veintiuno de este mes. La humedad se cuela en la habitación de la mano de un fuerte olor a salmuera, mientras en el horizonte se abre paso una tenue línea roja que anuncia un nuevo día. Nadie que esté sano sabrá valorar nunca lo que supone para un enfermo terminal ver amanecer. Yo lo recibo como un regalo, como la expresión más grande y generosa que me ofrecen los dioses, o la naturaleza, para que siga recordando, y me pueda reconciliar conmigo mismo.

Quizás no debería decirlo, pero siento la necesidad de aligerar la pesada carga que mi memoria ha ido acumulando a lo largo de los años y no, precisamente, con bellos recuerdos, aunque estos tampoco han faltado. Igualmente debería pedirle perdón a algunas personas que amo, empezando por Laura, mis hijos y Lola. A Laura, por haberle sido infiel y humillado públicamente. A mis hijos, por no haber estado con ellos cuando más me necesitaban. Y a Lola, porque acabé haciéndole daño de forma innecesaria. Puede que este último episodio sea para mí uno de los más difíciles de explicar, y quizás esa haya sido la razón por la que me he demorado tanto tiempo en hacerlo. Hoy siento la imperiosa necesidad de contarlo y lo haré, no sin antes confesar que ella no se merecía que el hombre al que había rescatado de la soledad y la amargura, tras su separación de Laura, le hubiera ocultado su amor por ella, y la forma en que lo hizo, pues debería haber sido lo suficientemente transparente y sincero, para evitar así el desengaño que ello le produjo.

Creo haber dicho, aunque no sé si con las mismas palabras, que Lola supuso un bálsamo de paz y tranquilidad en mi vida. Ella, tal como ya conté anteriormente, venía de otra relación sobre la que solía mantener cierta reserva, hasta que un día, antes de que viviéramos juntos, me contó que su pareja la maltrataba y que ella lo soportó durante un tiempo, hasta que no pudo más y lo denunció. Pero aquello, más que frenar el carácter violento de su pareja, lo acentuó. A partir de aquel día su vida entró en una espiral de inseguridad y miedo que no consiguió acotar la policía ni la Asociación de Mujeres Maltratadas donde, en un principio, se refugió.

Aquel tipo mezquino y despiadado la seguía persiguiendo con el solo propósito de hacerle daño, pero afortunadamente encontró la horma de su zapato el día en que, bebido, cruzó sin mirar la calle en que vivía, y lo atropelló un coche que se dio a la fuga, dejándolo paralítico para el resto de su vida. Nada de todo esto perturbó su ánimo en lo más mínimo, o al menos eso creía, pero la procesión iba por dentro. Con todo, Lola siguió trabajando en lo suyo por las mañanas, mientras que por las tardes colaboraba desinteresadamente con la Asociación que la acogió.

Su vida parecía volver a la normalidad, pero algo se había roto en su interior. Su delicada sensibilidad había sufrido una grave alteración que la hacía más vulnerable de lo que pensaba sobre todo aquello que le recordara su dolorosa experiencia anterior. Y si había algo que ella rechazaba sin reservas era la mentira, el alcohol, las voces, los gritos o la oscuridad de la noche. De algún modo, se sentía prisionera del dolor que le había infringido aquel individuo que la marcó para siempre.

Luego, bien apretada en tus cadenas,
a quién nació para verdugo mío,
llena de triste lágrimas y penas
presa me diste, y tiene mi albedrío;
y es tan duro y cruel su señorío

que no pueden mover
su corazón mis suspiros ni ojeras
Sexta jornada. Decameron.
Boccaccio

Era consciente y conocía muy bien, al poco de empezar a vivir con ella, su fragilidad interior, su extrema vulnerabilidad y, sobre todo, el sentimiento de dolor y pena que hubo de sufrir mientras la mantuvieron presa en aquella cárcel doliente. He de decir que también yo conocí los demonios interiores que me condujeron a la soledad y a la vergüenza, con la clara diferencia de que a ella le hicieron daño y yo lo provoqué, y que ella amaba la verdad mientras que el que esto escribe vivía instalado en la mentira. ¿Y cuantas cosas más?

Sería difícil saberlo, pero cuando nos fuimos a vivir juntos desconocíamos que su mundo y el mío eran la prueba palpable de nuestros mutuos fracasos y que ni los besos o caricias que nos prodigábamos, o el amor que nos teníamos, serían capaces de amortiguar la pesada carga de un pasado, tan lejano como próximo. Pero el hecho de no haber tenido entre nosotros desencuentros sobre temas importantes o discusiones subidas de tono nos hacía pensar que nada ni nadie podría frustrar nuestro deseo de ser felices lo que nos quedara de vida. En aquel tiempo, ambos habríamos jurado que el futuro nos pertenecía y que el dolor del pasado, aunque formara parte de nuestras vidas, era historia; una historia para olvidar y un futuro por ganar. Ese era el lema que nos unía. Y solo el destino, pensábamos, podía truncar nuestros deseos y esperanzas. ¡Oh! ¡Dios! El destino y sus caprichos.

Con todo, los años pasaron y cabría decir que poco a poco fuimos capaces de rehacer nuestras vidas. Ella era un amor en todos los sentidos. Su comprensión y buen carácter forjaron una alianza entre nosotros que yo me propuse alimentar, pagando con la misma moneda. Dejé atrás mi enfermiza adicción a las mujeres y solo tenía ojos para ella. Nadie en aquellos años consiguió distraer mi atención de Lola, la mujer que amaba. Era tan dulce y frágil, y yo tan atento y entregado, que nada hacía presagiar que algo ineluctable vendría a truncar nuestras vidas.

11 de junio. 5 de la madrugada

Mientras el agua caliente de la ducha devuelve mi cuerpo a la vida, recuerdo que mis hijos, a medida que crecían, acumulaban rencor contra mí. Dejo el pijama empapado de sudor sobre el cesto de mimbre que acoge la ropa sucia y me visto con algo ligero que encuentro en uno de los armarios, ahora casi vacíos. Mientras sube el café, me refugio en mi estudio y cojo deliberadamente uno de los álbumes de fotos, de cuando Laura y yo vivíamos juntos. Los cuatro aparecemos apoyados en una baranda a orillas del lago Como.

Laura, en su línea habitual, aparenta pasar del reclamo de quien amablemente nos la hace, y nuestros hijos, siguiendo la estela de su madre, parecen distraídos, ajenos al momento y al lugar. Solo yo miro al objetivo mientras improviso una falsa sonrisa, buscando amenizar aquel cuadro familiar, triste y desestructurado. Aún faltaban cerca de diez años para que empezaran los primeros síntomas de la enfermedad de Laura, pero su desafecto conmigo y el pasotismo de mis hijos se dibujaban claramente en el rostro petrificado de sus ojos y mejillas.

No era necesario que su madre les hablara mal de mí, diciéndoles que estaba siempre ausente, que prefería el trabajo a la familia, que no me preocupaba de ellos, o les contara que nunca asistí a sus fiestas de fin de curso cuando el resto de los padres sí lo hacían, porque todo eso era tan evidente como cierto. Y por ello el foso de mis hijos conmigo se fue agrandando hasta el punto de que cuando quise rectificar ya era demasiado tarde. Y es que los hijos no se reciclan cuando tú quieres o cuando decides recuperar el tiempo perdido con regalos o lisonjas, sino que acrecientan su rencor cuando a lo largo de los años se han sentido solos o desatendidos. ¿De qué me sirvió haber vivido en primera persona la traumática huida de mi madre entre gritos y voces que rompieron el silencio de la noche? Yo creía haber enterrado aquellos tristes recuerdos en el fondo de mi corazón, pero esos amargos momentos nunca se olvidan. Siempre afloran y permanecen dentro de ti en forma de recuerdos. En mi caso, desde que pude comprobar que los besos de mi abuela nunca podrían sustituir a los de mi madre. Y aquel dolor dio paso al rencor, el mismo que años después mis hijos sintieron hacia mí. Con el tiempo he acabado entendiendo que no es posible enterrar el pasado porque permanece anclado en nuestra memoria, y por más que uno trate de olvidarlo, siempre vuelve para recordarnos lo que somos y en lo que nos hemos convertido.

¿Hay que concluir, entonces, como decía Heráclito, que *Nada permanece y todo cambia,* o debemos quedarnos con Parménides cuando afirma que *Todo lo que hay ha existido siempre. Nada puede surgir de la nada. Y algo que existe, tampoco se puede convertir en nada*?

En el primer supuesto la realidad no puede reducirse a una unidad idéntica, mientras que en el segundo sí. Yo me quedo con Heráclito y su planteamiento binario de las cosas; el que estas sean una y su contrario. Por ejemplo: la vida y la muerte, lo bello y lo feo, el frío y el calor, etc. Es un camino que se abre a la libertad. ¿Cómo se puede pensar, me pregunto, que todo se reduzca a una unidad estática, en la que las cosas son o no son?

La vida para mí es cambio y si no fuera así no habría lugar para el perdón o la redención del ser humano. ¿Dónde quedaría la libertad para reorientar nuestras vidas o iniciar nuevos caminos? Una realidad estática reduce nuestra vida al conformismo, al fatalismo, pues si las cosas son las que son, qué lugar ocupan la culpa y el perdón. Mi realidad es la de un cuerpo que muere y a quien no le importa morir. Pero antes de irme quiero reconciliarme, primero conmigo mismo y luego con la gente que quiero. Mi ideario se reduce a ser mejor persona cada día y a caminar por cualquiera de las autopistas que conducen al cielo de los gentiles o de los judíos, que para el caso es lo mismo, y así dormir eternamente sin conciencia de lo vivido.

Laura se me aparece de repente vestida con el pijama blanco que solía utilizar en verano y me sonríe, antes de decir: *Llegas tarde al discurso de la expiación. Demasiado tarde. Y tú lo sabes. Nos hiciste mucho daño, sobre todo a nuestros hijos, que nunca tuvieron un padre. ¿Y nos vienes ahora con tu Dios del perdón y el rostro de un penitente arrepentido?*

Se marcha sin que le pueda contestar por boca de Heráclito. Y me pregunto ¿qué sentido tiene arrepentirse de los pecados cometidos, cuando se es viejo y nadie espera ya nada de ti? Me doy cuenta de que por primera vez hablo del pecado, no como una transgresión religiosa, sino de quien se aparta, desde una perspectiva moral, de aquello que es justo. Y yo he quebrantado el código ético del que hablaban los filósofos griegos y no tengo, por tanto, ningún derecho al perdón, por más que me encuentre a las puertas de la muerte.

12 de junio. Al atardecer

Lola fue buena conmigo, me quiso y me entendió, igual que yo a ella. Tampoco le oculté nunca nada sobre mi vida anterior. Ella venía dolida y traumatizada por su exmarido, y yo de una amarga ruptura con Laura. ¿Fueron nuestros mutuos fracasos lo que nos unió? ¿Era el amor o la necesidad de consuelo lo que alimentaba nuestra relación? ¿O ambas cosas a la vez? No lo sé. Lo que sí sé es que el amor no necesita del consuelo para garantizar su existencia. Se basta a sí mismo. Es más, creo que este último solo es un paliativo del amor, un alivio, un descanso, pero nunca su razón de ser. El amor no necesita apoyaturas, pues su fuerza y aliento al ser fuente de vida se hace sentir siempre en cualquier circunstancia, momento o lugar.

Y entonces, ¿qué espacio ocupa ese amor apacible y tranquilo que te ayuda a vivir, construir una familia y morir en paz? Creo que si a alguien se le preguntara si prefiere un amor apasionado, convulso y de corta duración, o un amor amable y respetuoso donde todo transcurra normalmente, elegiría lo segundo. Por eso, tanto Lola como yo, mientras vivimos juntos decidimos transitar por la senda de lo tranquilo, tras las muchas convulsiones de nuestras mutuas experiencias.

Me duele la cabeza. Así que dejo en reposo mi diario y observo cómo los días se alargan y crecen en luminosidad; una luz que se proyecta sobre el mar y le presta un aire nuevo y distinto. Pareciera que el silencio diera paso al ruido y aderezara el alumbramiento de una nueva vida. Hasta la luz permanente y sincopada del faro palidece ante la presencia continuada de una extraña luminosidad que se funde despacio con la noche.

Abro el correo y me encuentro con un *mail* de Pedro Hidalgo.

> *Hola, viejo amigo. Espero que estés bien y que lo que me cuentas sobre tu salud vaya mejorando. Yo ando con goteras pero me defiendo. En fin, qué le vamos hacer, los años pasan y nosotros menguamos. Ley de vida. Al margen de todo esto he de confesarte que me ha sorprendido tu mail y los alambicados términos que utilizas para hacerme una pregunta que nadie en su sano juicio le haría a quien considera su amigo. En primer lugar, porque toda cuestión que haga referencia a la intimidad de las personas debe ser sagrada. Y ni tú, ni nadie, tiene derecho a vulnerar dicho principio. Así que, sintiéndolo mucho, no voy a entrar en asuntos del pasado que solo interesan a quien mezquinamente se permite el descaro de cuestionar algo que formó parte de una hermosa amistad. Y en segundo lugar, porque esa pregunta se la debieras haber hecho a Laura y no a mí, al cabo de tantos años. Cuídate.*

Me he sentido avergonzado mientras la leía. Pedro lleva razón y no me explico cómo me atreví a preguntarle sobre una presunta infidelidad de Laura, cuando el único que debería ser prudente en esta cuestión debería ser yo. ¿Han sido los celos los causantes de tan malintencionada pregunta, o la obscena curiosidad por conocer los detalles de la relación que Laura me confesó y que avalaban sus cartas? Mi actitud al escribirle respondía al perfil de un tipo enfermizo que buscaba hurgar en el pasado para escapar de lo que, a pesar del tiempo transcurrido, aún me sigue atormentando. Ya sé que mi comportamiento responde a un machismo difícil de justificar en los tiempos que vivimos. Tampoco voy a decir que aquel episodio no me importó. Me importó y mucho. Solo que no tengo legitimidad alguna para enfadarme por la deslealtad de Laura, cuando yo era el vivo ejemplo de la infidelidad conyugal. Como si las mías no contaran y las de Laura sí. Reconozco que este asunto todavía me sigue avergonzando, pues en lugar de ser la prueba de mi amor por ella, era la representación altiva y deleznable de un intento de posesión, a la que ni yo, ni nadie, tenía derecho.

Me quedo con mal sabor de boca tras leer la carta de nuevo. Si lo hubiera pensado mejor no la habría escrito. Me imagino a Pedro preguntándose por la razón de mi carta y concluyendo que es la típica pregunta de un personaje frívolo y merecedor de todos los males que le ocurrieron.

En fin, no me siento con fuerzas para profundizar en mi vergüenza. Tampoco me queda mucho tiempo y debo aprovecharlo antes de que mi cuerpo se niegue a seguir, y me pierda en la oscuridad.

15 de junio 4 de la madrugada

Tal como Laura había anunciado, el día que tenía que llegar, llegó, y a partir de aquel momento los acontecimientos se precipitaron y lo que yo me temía acabó ocurriendo la mañana de un lunes del mes de noviembre. Su llamada me sobrecogió. Estaba perdiendo la función del habla, pero aún se podía entender lo que decía. Me pidió que fuera a verla cuanto antes. Le dije que iría al día siguiente a no ser que me necesitara ese mismo día. *No. Puedo esperar*, me contestó. *Pero ven a media mañana cuando no estén nuestros hijos. Así podremos hablar con mayor tranquilidad.*

De inmediato entendí el motivo de su llamada. Su petición de ir a verla en horario de media mañana, que era cuando nuestros hijos se encontraban en clases, anunciaba bien a las claras que me iba a pedir lo que, desde hacía tiempo, me temía. Mi estado de ansiedad se fue acrecentando a medida que pasaban las horas, mientras sentía en mi interior la necesidad de escapar, de huir de la responsabilidad que se me venía encima. Una vez más el miedo se apoderó de mí y esa noche no pude dormir. Lola se dio cuenta de que algo pasaba y aunque no era mi intención contárselo sin tener antes la certeza sobre lo que Laura fuera a pedirme, no tuve más remedio que decírselo.

Recuerdo que Lola se enfadó mucho conmigo y me recriminó que antepusiera mis preocupaciones a la angustia que estaría pasando Laura. Pero los miedos volvían a atenazarme, impidiéndome actuar conforme a la gravedad de la situación. No podía evitar que un sentimiento de estupor y agobio me asaltara cada vez que un acontecimiento inesperado llamara a mi puerta. Es cierto que con los años se fue diluyendo mi actitud de rechazo ante el sufrimiento y fui fortaleciendo mi carácter ante las situaciones difíciles que la vida me iba presentando, al punto de que ahora no me reconozco en ese aspecto. Puede que ello sea debido a que cada vez me refugio más en la memoria, y solo me emocionan los recuerdos.

Laura reposaba sobre un sillón articulado que le permitía situar su cuerpo en distintas posiciones con solo presionar un botón situado al alcance de su mano. Me recibió con una sonrisa apagada, mientras se colocaba en posición vertical. Vestía pantalón azul, camisa blanca y un jersey color beige claro. Mantuvo su sonrisa cuando yo me incliné para besarla en la mejilla y luego cruzó sus manos para transmitirme confianza y tranquilidad. Tras mirarme a los ojos, dijo: *Te ruego me disculpes por no poder expresarme con la fluidez que quisiera, pero creo que ha llegado el momento y quiero que me ayudes a morir. Sé que mi petición la esperabas con preocupación y créeme si te digo que de haber podido te habría ahorrado este trance que, a buen seguro, será más fácil para mí que para ti.*

El intenso brillo de sus ojos hizo que fluyeran sus lágrimas ancladas en el recuerdo de otros tiempos de bonanza y felicidad. Se contuvo a duras penas, y siguió hablando: *Tendrás que ir a Suiza para hacer los trámites antes de que los acontecimientos se precipiten. Uno de mis médicos, con el que tengo más confianza y he hablado del asunto, me ha dicho que en tres meses como mucho, estaré incapacitada para abordar el protocolo establecido en el país helvético.*

Una profunda emoción me embargó. Ahora, mientras escribo estas líneas pienso que en aquel momento la amé como nunca hasta entonces había querido a nadie. La habría cogido entre mis brazos y la habría llevado, en un viaje a través del tiempo, treinta años atrás, para empezar de nuevo y volver a sentir el amor de cuando éramos jóvenes. Me habría gustado decirle que la amaba con todo mi corazón y rogarle que me perdonara. Pero una vez más llegaba tarde.

Recuerdo que su fragilidad corporal me conmovió, pero su fuerza interior era la muestra inequívoca de su clara determinación. Algo que yo nunca tuve. Al fin acerté a decir las palabras que ella esperaba, las únicas posibles en aquel momento donde la emoción impregnaba las paredes de aquella habitación. *Puedes contar conmigo,* le dije con voz entrecortada. *Haré lo que me pidas. Pero no es necesario ir a Suiza. Hace poco que el Congreso de los Diputados ha aprobado la Ley que regula la eutanasia en España y podríamos acogernos a ella.* Pero Laura negó con la cabeza mientras cogía mi mano antes de continuar. *Ya lo he pensado, pero no quiero que mis hijos se enteren de que quiero poner fin a mi vida. Además de no entenderlo se opondrían con todas sus fuerzas y frustrarían mi decisión. Necesito que lo hagamos los dos solos. Te lo ruego.* Volvió a sonreírme buscando mi asentimiento, que le concedí sin mayor dilación.

Ten por seguro que haré lo que me pidas. Su tono de voz, entre tenue y apagado, me lo agradeció con una sola palabra: *Gracias.* Luego, añadió: *En el cajón de la mesilla de noche verás dos sobres; en el primero encontrarás 10.000 euros en metálico. Es la tarifa que, según me han dicho, cobra la Asociación Dignitas por ayudar a morir. Ahí encontrarás también el nombre de la persona con la que has de ponerte en contacto, su correo electrónico y los números de teléfono a los que llamar. En el otro está el diagnóstico y el estado actual de mi enfermedad firmado por los doctores que me han atendido hasta ahora. Llévalos a Suiza y ellos te indicarán los pasos a seguir. Diles que mi enfermedad está muy avanzada y no estoy en condiciones de ir a Zúrich, por lo que les ruego me faciliten los trámites y puedan atenderme aquí, en Madrid. ¿De acuerdo?*

Le dije que así lo haría y por un momento observé cómo las facciones de su rostro, hasta entonces pálidas y tensas, se relajaron para ofrecerme de nuevo una sonrisa, esta vez más dulce que las anteriores. Me aproximé para besarla y ella me ofreció su mejilla. Cuando salí de la habitación me refugié en el cuarto de baño para llorar y me sentí empequeñecido ante el comportamiento firme y ejemplar de Laura, la mujer fuerte que yo conocí y que aún era capaz de controlar y organizar su propia muerte, sin dramatismos ni flaquezas.

Nada más salir algo se quebró en mi interior, incitándome a volver para decirle que la quería, pero me contuve pensando que mi proceder no era en absoluto apropiado en aquellos momentos difíciles. Además, ¿por qué le iba a conceder crédito a mis palabras ni a la emoción que en aquel momento sentía, cuando aún tenía recientes las huellas del pasado? ¿Qué credibilidad cabía concederle a una persona que se desmoronaba ante lo inevitable, cuando tenía enfrente la imagen de una mujer doliente que se enfrenta a la muerte con valor y determinación? También me habría gustado pedirle perdón, pero ya era demasiado tarde para eso.

Cuando llegué a casa me derrumbé anímicamente y busqué refugio en el llanto. Lola me acogió entre sus brazos, pero al instante notó mi desapego y el deseo de estar solo. En cierto modo, mi actitud suponía un rechazo, y ella lo percibió como un agravio; uno de los muchos que había recibido en su vida. Cuando ya más tranquilo le conté a Lola los detalles de mi conversación con Laura, y cómo su ánimo y fortaleza me habían conmovido, entendió que al calor de mis palabras emergía un amor antiguo, el amor de mi juventud, el que siempre sentí por la mujer fuerte y distante que aún seguía manteniendo viva su capacidad de seducción, su atractivo personal. Aquel día no fui consciente de que no pasaría mucho tiempo antes de acabar perdiendo a las dos únicas mujeres que había querido en mi vida.

Nadie puede controlar su vida y menos aún los hechos que la condicionan. Vivimos sujetos al azar de sucesos que ocurren sin que los hayamos previsto ni querido, pero que sencillamente pasan. La noticia me llegó a través de un amigo de la facultad, próximo al decano, y se podría resumir así: la Universidad de Lovaina me ofrecía un contrato de dos años como profesor emérito para impartir clases a alumnos de doctorado, con el compromiso de publicar, a mi elección, un libro sobre Tácito u Ovidio, dos autores clásicos tan distintos como interesantes para alguien que, como yo, había escrito varios ensayos sobre ambos autores.

Lola me animó mucho para que aceptara, cuando aún estaban pendientes mis gestiones sobre la muerte asistida de Laura y sin que yo estuviera dispuesto a renunciar al firme compromiso contraído con ella. Me pareció advertir cierta frustración en Lola, no tanto por mi rechazo a la mencionada invitación, como por el énfasis y determinación con que me negué. ¿Me había puesto a prueba Lola para medir mi grado de compromiso con Laura, y de paso con ella? No lo sé. Lo que sí hice fue ponerme a la tarea de iniciar los trámites con la gente de Suiza.

En lugar de llamar a los teléfonos de contacto de la Asociación, preferí enviar un mail, donde concretaba los motivos para solicitar sus servicios y enviaba copia escaneada del certificado médico que acreditaba la irreversibilidad de su enfermedad. Me contestaron a vuelta de correo, diciéndome que la persona interesada debería viajar a Zúrich para obtener el visto bueno de un médico y dar su consentimiento por escrito, aunque si la enferma no podía viajar por estar impedida, ellos podrían enviar a un doctor que confirmara la veracidad del citado informe y avalara que su dolencia no tenía cura.

A su vez dejaban meridianamente claro que era la propia solicitante quien debía administrarse personalmente el compuesto que pondría fin a su vida, sin ningún tipo de ayuda. Subrayaba esto último con especial énfasis. Igualmente insistían en el hecho de que la interesada tendría que acudir presencialmente a su «última hora», en el piso de la organización sito en el número 84 de la calle Gertudestrasse. Por último apuntaban que ellos no cobraban una cantidad fija por el servicio, aunque aceptaban donativos para cubrir sus necesidades.

Con esos datos en la mano volví a media mañana a casa de Laura. Me la encontré incorporada sobre su cama articulada y esta vez no me dedicó ninguna sonrisa. Parecía más distante y apagada que la última vez. Procedí a leerle el extenso *mail* que los responsables de Dignitas me habían enviado, y haciendo un gran esfuerzo me contestó: *Gracias por gestionar tan rápidamente mi deseo. Estoy cansada y tengo muchas ganas de acabar cuanto antes.* Sus palabras entrecortadas y en un tono de voz casi inaudible me conmovieron. Pero esta vez no estaba dispuesto a derrumbarme, sino a escuchar sus instrucciones. *Creo que mi desplazamiento hasta Suiza sería un auténtico calvario, por lo que preferiría que, de ser posible, lo hiciéramos aquí. Y a no dudar lo antes posible. Pero hay un asunto que antes debemos resolver.*

Por un instante me asaltó la inquietud, algo que solía ocurrirme en los momentos críticos. *No quiero que nuestros hijos se enteren de mi decisión y he pensado que para ello deberíamos hacerlo en los últimos días de la Semana Santa, pues me han dicho que durante ese fin de semana se irán de vacaciones. ¿Me prometes que no se enterarán? Claro que sí,* le contesté emocionado no solo por su confianza, sino porque su confidencia me convertía en su cómplice; además era la última petición de la mujer que amaba.

También era la primera vez que me veía involucrado en algo que hacía referencia a mis hijos; lo que en verdad suponía mucho para mí. He de decir que entonces no fui capaz de entender que algo tan crucial como la muerte de una madre hubiéramos de ocultárselo a nuestros hijos. Ella se dio cuenta de mis dudas y se vio obligada a darme una explicación: *Los conozco demasiado bien como para saber que, además de no entenderlo, se opondrían rotundamente.* Luego cerró los ojos y se dejó llevar por el silencio hacia territorios que solo ella conocía.

16 de junio. A media tarde

Juan ha venido a verme. Parece que trae buenas intenciones, aunque con él nunca se sabe. Le pido que se siente en una de las sillas, frente a mi mesa de trabajo, y le pregunto si quiere tomar algo. No me dice que sí, pero hace un gesto con la cabeza que así lo indica. Le invito a que vaya al pequeño mueble bar del saloncito y se sirva lo que quiera. Vuelve con una copa colmada de coñac y se me queda mirando, antes de decir. *Perdone que le diga, pero no tiene usted buena cara. Es porque no me queda mucha vida por delante.* Le contesto, y añado: *Pero no te preocupes por mí. ¡A ver! ¿A qué has venido? Si es que se puede saber.* Juan recompone su cuerpo en la silla y dice: *Bueno... a nada en concreto. María me comentó que no se encontraba usted bien, y he querido hacerle una visita. Pues te lo agradezco de veras, porque pensaba llamarte esta misma mañana*, le contesto, mientras observo la inquietud reflejada en su rostro ennegrecido por el sol. *El motivo es que si no recuerdo mal, siempre te gustó mi coche que, por cierto, aún ronronea como si fuera un gatito. Así que he pensado vendértelo por un euro, antes de volverme a Madrid. Te haré un papel para que no tengas problemas con Hacienda y lo puedas inscribir a tu nombre. ¿De acuerdo?*

Observo que Juan, totalmente desconcertado, no sale de su asombro. Lo más probable es que haya venido para tomarse algunas copas de coñac gratis, o conocer los detalles de la muerte de Laura, pero lo que no esperaba es que le regalara mi coche. Se restriega las manos por su cara y me mira agradecido, sin saber muy bien que decir. Lo suyo nunca ha sido dar las gracias. Su orgullo no se lo permitiría. En contrapartida me propone dar un paseo en su barca el día que me apetezca. Le agradezco el detalle y quedamos en que ya le avisaré. Antes de marcharse se detiene en la puerta y me interpela: *¿Y cuándo cree usted que podría tener el papel de venta preparado?* Le digo que vuelva mañana, y solo entonces decide irse.

La actitud, entre despectiva y arisca de Juan, nunca me gustó, ni tampoco la estrecha relación de amistad que mantuvo con Laura. Él la admiraba y a ella probablemente le gustaba hablar con él por el hecho de provenir de alguien ajeno al círculo de intelectuales con los que normalmente se relacionaba. Tampoco descarto que Juan se hubiese enamorado y buscara su compañía, no solo para estar con Laura, sino para aprender las historias que le contaba sobre el Mediterráneo, desde Tartessos, pasando por los fenicios, hasta el Imperio romano y sus enfrentamientos con Cartago. A Laura le gustaba ejercer su magisterio con Juan, porque quizás lo necesitara como un antídoto a su potente capacidad intelectual, o porque buscara ejercer su magisterio en un ámbito ajeno al suyo.

Pero volviendo al asunto del coche, la verdad es que no entraba en mis planes quedarme con él, y pensé que a Juan le iría muy bien. Sin embargo, su urgencia en pedirme el documento de venta cuando le hablé de regalárselo lo situaba, una vez más, a la altura moral del personaje. Alguien, en mi opinión, tan mezquino como oscuro, que solía moverse como pez en el agua entre la mentira y el interés más descarnado.

Hoy se ha mantenido la mañana a caballo entre un ligero viento de poniente, y un cielo encapotado y gris que se proyecta sobre el horizonte lejano. Siempre me han gustado los días grises, porque invitan al recogimiento interior, a la reflexión y al recuerdo. Aunque puesto a recordar, he de confesar que de mi madre apenas guardo memoria, algo que me aflige en el fondo de mi alma porque sigo sin entender la razón de su abandono, y que no quisiera saber nunca más de mí. De mi padre sí conservo muchos recuerdos, no demasiado gratos, por cierto, ya que su afán por decidir mi futuro y su carácter bronco y autoritario nunca me gustaron. De hecho, chocaban frontalmente con mi forma de ser. Ya me hubiera gustado que él llenase el vacío que mi madre me dejó, pero estoy convencido de que nunca se lo propuso, pues si había algo que le gustaría olvidar de su etapa matrimonial fue que mi madre lo dejara.

¿Cómo olvidar el día que terminé el bachillerato con buenas notas y él, para festejarlo, me llevó a almorzar a uno de los restaurantes de lujo que solía frecuentar? A los postres sacó del bolsillo una cajita envuelta en papel blanco adornada con un lazo azul, y la puso sobre la mesa. *Este es un regalo por tu aplicación en los estu-*

dios, me dijo con su seriedad acostumbrada. *Abre la caja*. Yo obedecí y, ante mi sorpresa, me encontré con mi primer reloj de pulsera. *Un Omega*, exclamé. Y *chapado en oro*, apostilló mi padre, que añadió: *¡A ver póntelo!* Me lo puse y como si tuviera un imán no podía dejar de mirarlo. Me fascinaba ver cómo avanzaba el minutero y, sobre todo, el brillo galáctico que desprendían sus bordes dorados.

Tampoco olvidaré lo que añadió después con el tono autoritario que solía utilizar en las ocasiones que consideraba importantes. *He hablado con el director del colegio y me ha dicho que eres un chico muy dotado para las matemáticas y para las ciencias en general. Así que he pensado reforzar tus capacidades con un profesor que el mismo director me ha recomendado. De ese modo estarás mejor preparado para estudiar alguna ingeniería como la de Caminos, que es la más solicitada por la Administración, y la mejor pagada.*

A mi alegría por el regalo le sucedió mi consternación por lo que acababa de decir. Me quedé sin habla, pues no era capaz de entender que mi padre se atribuyera el derecho a decidir sobre mi futuro, sin tan siquiera preguntármelo. Es más, yo ya tenía claro, tras mi experiencia con la disección de cadáveres en la Facultad de Medicina a la que asistí con un grupo de compañeros del colegio, que lo mío sería la literatura clásica. En aquel momento me callé por las circunstancias del lugar, pero me juré a mí mismo que nadie iba a torcer mi vocación. Ni por supuesto mi padre.

Pero el mayor desencuentro que tuve con él fue el día que me citó en casa de una de sus amigas para presentarme a su hija, una niña tímida y timorata, tan sorprendida como yo, para que, según dijo: *Pudiera conocerla y salir con ella. De ese modo*, concluyó, *podrás fortalecer tu identidad varonil.* No soy capaz de entender qué le llevó a pensar que mi escasa relación con chicas de mi edad fuera algo que pusiera en entredicho mi condición sexual y, menos aún, que le diera derecho a entrometerse en mi intimidad. ¿Llegó a pensar que era homosexual? No me extrañaría en absoluto, conociendo su homofobia y la continua utilización de los curas y homosexuales como elementos recurrentes en su lenguaje zafio y descarnado.

A su muerte acudieron algunos pocos familiares y un puñado de empleados de sus empresas que pusieron en evidencia la soledad y desazón en que vivía, tras la fuga de mi madre. Algo que nunca pudo superar, aunque lo intentó, echándose novias que le duraban semanas o meses, como muestra irrefutable de su frustración. Con el tiempo quise borrarlo de mi memoria, pero su imagen siempre volvía para recordarme aspectos de su vida parecidos a los míos. ¿O acaso su promiscuidad con las mujeres no fue algo recurrente en mi vida? Incluso hubo momentos en que llegué a pensar que solo un psiquiatra podría encontrar la causa de mi disipada conducta, ya que la genética no creo que haya jugado un papel relevante en este asunto.

Lo cierto es que la realidad acaba siempre por imponerse y, por mucho que nos empeñemos, nadie puede cambiarla: lo más que cabe es convivir con ella, y aceptarla, como se acepta una enfermedad, por dura que esta resulte. Esa es, por tanto, mi realidad y mi peor recuerdo: el de una madre que huye en plena noche entre gritos y voces sin despedirse de su hijo, y el de un padre autoritario, malhumorado y desabrido.

17 de junio. 7 de la mañana

La aplicación del tiempo de mi teléfono móvil marca veinte grados de máxima y once de mínima, mientras en el exterior ruge un fuerte viento de levante que sitúa la humedad en setenta y seis grados. Bajo las persianas y tras asearme y hacer café me refugio en mi estudio. Enciendo el calentador y me quedo absorto, mirando cómo rompen las olas en el espigón del puerto.

Releo a Epicuro, el filósofo incomprendido y criticado de los filósofos griegos, y me detengo en *El ensayo* de J. A. Cardona, cuando dice que *aunque el pensamiento epicúreo no encaja íntegramente en esta especie de eslóganes, que a renglón seguido transcribimos, los mismos pueden servir para hacerse una primera idea de las prioridades de esta escuela.*

Que no hay que temer a los dioses. Que la muerte no es motivo de preocupación. Que lo bueno se consigue con facilidad, y que el dolor se puede soportar.

Una filosofía para la vida, el hálito condensado de un pensamiento nuevo y vivo que aletea como un mantra repetitivo sobre el alma del ser humano, para recordarnos que los dioses no condicionan ni labran nuestro futuro. Que somos nacidos libres y que nadie puede decidir por nosotros. Claro que los dioses ocupan su lugar en el mundo y deben ser respetados, pero somos los seres humanos, como decía Antonio Machado, quienes hacemos *camino al andar.*

Que los pasos que damos no los marcan los dioses ni el azar, sino nosotros en el pleno ejercicio de nuestra libertad. Me reconforta leer en estos momentos de mi vida que los dioses no están ahí para amenazarnos ni condenarnos, sino para apiadarse de la gente, por lo que debemos vivir sin miedo a su poder y confiados en su magnanimidad.

Que la muerte no debe atemorizarnos es una verdad que debemos hacer nuestra e interiorizarla como tal. Llega cuando tiene que llegar y su destino, tan humano como la luz que nos vio nacer, nos alcanza a todos por igual. No hay privilegios que valgan. Su desenlace nadie puede detenerlo, por mucho poder o dinero que se tenga. Y creo no mentir si afirmo que la veo venir sin temor ni inquietud, como quien ve llegar la lluvia por las nubes que la anuncian. La siento como algo ineluctable, y sé que, al final, todo se reduce al silencio, a la quietud, a la ausencia.

Más trabajo me cuesta reconocer que lo bueno se consiga con facilidad, pues sigo creyendo que somos salvajes insuficientemente reciclados en el crisol de un mundo a la deriva y no parece, por tanto, que lo bueno esté al alcance de nosotros. Me resulta más creíble si lo vemos formando parte del orden natural de las cosas.

Ante el dolor solo cabe la resignación y llevarlo con entereza y, si ello no es posible, sortearlo heroicamente mediante una muerte buscada. Eso fue lo que me pidió Laura y lo que yo le iba a dar. De hecho se lo debía.

No habían pasado cuarenta y ocho horas desde que yo enviara un mail al correo de Dignitas, cuando recibí su respuesta, diciendo: Acusamos recibo de su escrito y tomamos buena nota de su petición. La semana que viene el doctor Berelli girará visita a Madrid, en la dirección que nos indique, para visitar a la interesada y evaluar su estado. Quedo a la espera de sus prontas noticias.

Atte. Alfred Val.

A vuelta de correo le envié la dirección de Laura, al tiempo que le subrayaba la necesidad de que su visita se realizara, por razones familiares, a las once de la mañana. Finalizaba diciendo que le esperaría en el portal del inmueble. Al contárselo a Laura advertí su abatimiento por la demora que podría suponer la cuestión burocrática, *Quiero acabar con esto cuanto antes,* me dijo.

Recuerdo que los días anteriores a la llegada de dicho doctor transcurrieron con una enorme inquietud, acorde con nuestro estado de ánimo. Yo deseaba de todo corazón que Laura encontrara cuanto antes la paz que buscaba. Mientras tanto, Lola, con su serenidad habitual, trataba de tranquilizarme diciendo que un suicidio asistido tendría que pasar necesariamente por una serie de controles y garantías para evitar posibles abusos.

Y el día que tenía que llegar, llegó. El doctor Berrelli era un hombre grueso de unos sesenta años y una perenne sonrisa de diseño en los labios. Puede que ese fuera un truco para tranquilizar a sus clientes, o quién sabe si una deformación profesional para tranquilizarse a sí mismo. Tras presentarme y saludarle abrí la puerta y él me siguió hasta la habitación donde estaba Laura. Ese día, Montse, la enfermera que la cuidaba en horario de mañana, le había lavado el cabello y vestido con un inmaculado pijama blanco de seda.

Se encontraba arropada por una colcha azul celeste y recostada sobre un gran cojín del mismo color. Su apariencia no era la de una mujer que buscara la muerte, sino la de una señora distinguida que esperara una visita. El aspecto aristocrático provenía de su prestancia, de su distanciamiento gestual ante un trance que a cualquiera le habría supuesto la humillación de la entrega, pero que

Laura convertía sin esfuerzo en un acto de valor. Definitivamente ella estaba hecha de otra pasta, su fortaleza interior la mantenía dignamente erguida ante la adversidad.

Berelli se sentó en una silla, frente a ella y, por un momento, permaneció en silencio, observándola con mucha atención. *¿Cómo se encuentra usted?*, le preguntó sin abandonar su sonrisa impostada. *Necesitada de ayuda*, contestó Laura con un hilo de voz. *Entiendo. ¿Puede usted sostenerse en pie*, volvió a preguntarle. *Solo con ayuda y mucha dificultad*, dijo Laura. *¿Alguna movilidad en las manos?* Laura las movió con dificultad para mostrar su potencial, mientras decía: *Si es para firmar mi consentimiento, puedo hacerlo. Esa es una buena noticia por un doble motivo*, contestó Berelli, que añadió: *Porque sin su expreso consentimiento nosotros no podríamos actuar, y porque usted sola, quiero decir sin la ayuda de nadie, deberá tomarse el compuesto. Lo contrario nos colocaría en un ilícito penal. Sepa usted*, añadió, *que en Suiza se castiga con penas de hasta cinco años de cárcel a quienes por motivos egoístas, instiguen al suicidio. Por ello nuestra Asociación se limita a entregarle el compuesto a la persona afectada, quien deberá ingerirlo sin la ayuda de nadie*. Hizo una pausa antes de continuar. *De no hacerlo así dejaría de ser un suicidio asistido, y se convertiría en un asesinato. La otra cuestión importante, la de la irreversibilidad de su enfermedad, está perfectamente acreditada por los informes médicos que nos hizo llegar. ¿Entonces?*, preguntó Laura. *Si nos firma el documento que he traído, señaló un sobre que había depositado en la mesilla de noche, solo nos faltará saber qué día vendrá a visitarnos para proceder en consecuencia. ¿No podríamos hacerlo aquí*, preguntó Laura desconcertada. *Eso es imposible, señora. Tendrá usted que viajar a Zúrich.*

Cuando Berelli se hubo marchado Laura se derrumbó. Fue la primera vez que la vi tan afectada. La noticia de que tendría que ir a Suiza no formaba parte de sus planes. Quería morir en su casa, sin la presencia de sus hijos, y ser incinerada. Pero viajar al país helvético era algo que no habíamos previsto y que, a buen seguro, necesitaba de una intendencia que debíamos resolver con la minuciosidad requerida. ¿Cómo voy a hacerlo sin que mis hijos se enteren? Me preguntó con lágrimas en los ojos. *Yo me encargo de todo.* Le contesté con una seguridad que no sentía.

Tras múltiples gestiones y descartado el viaje en avión comercial por razones técnicas, ya que Laura necesitaba ir recostada y sujeta a ciertas necesidades debidas a su incontinencia urinaria, la única opción válida que se me ocurrió fue la de alquilar una furgoneta, retirar las dos filas de asientos traseros y colocar en su lugar una pequeña cama portátil donde ella pudiera recostarse. La intendencia de agua, alimentos y una cuña para sus necesidades irían en un pequeño depósito de aluminio al costado de su cama. Resultó inestimable la ayuda que nos prestó Antonio, el dueño de la furgoneta, un hombre de treinta años quien, por un precio realmente económico, no solo se encargó de realizar los cambios necesarios en su vehículo, sino que introdujo algunos detalles, como un florero con rosas rojas y un casete con música clásica que reducía el ruido del motor e invitaba al sueño. Sin él y sin su entrega aquel viaje no podría haberse realizado.

18 de junio. Al amanecer

Mi padre murió de un infarto a las once de la noche de un sábado mientras veía la televisión. Al parecer la empleada del hogar que atendía las faenas de la casa se marchó como todos los viernes por la tarde y se lo encontró el lunes siguiente, sentado en su sillón con los ojos extrañamente abiertos y la televisión encendida. Solo se dio cuenta de que estaba muerto cuando le preguntó qué deseaba comer y él no contestó. Su buen criterio le llevó a llamar al 091. La autopsia determinó que había muerto de un infarto y que no se dio cuenta de que se moría; lo que los médicos suelen llamar muerte súbita.

Lo incineré siguiendo sus deseos y sus cenizas aún aguardan destino en mi casa para ser esparcidas en Navacerrada. Tenía ochenta y dos años, una enorme biblioteca con más de diez mil volúmenes, sobre todo de autores clásicos, que doné a la biblioteca pública de su pueblo, y dos casas; una en el centro de Madrid y otra en la sierra madrileña. Además heredé la cantidad de doscientos cincuenta mil euros en metálico que, tras los pagos a Hacienda, los gastos del entierro e indemnizar a la mujer que lo cuidaba, quedaron reducidos a la mitad.

Transcurrido algún tiempo vendí las dos casas y de la noche a la mañana me convertí en un hombre medianamente rico. También heredé algunos cuadros y vajillas de valor de algunos parientes que nunca conocí, y el recuerdo de una relación paterno filial manifiestamente mejorable. Yo, en aquel entonces, seguía con Laura, aunque lo nuestro hacía aguas debido a mis continuas infidelidades y a mi actitud nada proclive a normalizar una relación que estaba a punto de la ruptura definitiva.

Tras la muerte de mi abuela materna no llegué a conocer a ningún pariente próximo o lejano con quien relacionarme. Algo que me habría gustado, sobre todo para mantener viva la posibilidad de un futuro reencuentro con mi madre. Pero desgraciadamente a ella se la tragó la tierra y nunca volví a tener noticias suyas. Desde entonces no he dejado de preguntarme por qué su separación con mi padre llevaba asociada el abandono de su hijo.

¿Qué la llevó a hacer algo así? Durante algunos años alimenté la idea de que podría haberse tomado algún tiempo para rehacer su vida y que luego volvería conmigo. Pero eso nunca ocurrió. Por el contrario, me dejó para siempre y a pesar del tiempo transcurrido aún me sigo preguntando qué puede llevar a una madre a que se aleje definitivamente de su hijo, vulnerando la sagrada relación de amor y cariño que, obligadamente, debería sentir. Me quedé, por tanto, huérfano de padre, madre y demás parientes, a la edad de cincuenta y ocho años. Una edad que para cualquier otro habría supuesto un tiempo de madurez y tranquilidad en el marco de una familia razonablemente feliz y que, en mi caso, se quedó en nada, debido a una personalidad desestructurada como la mía. Lo único que acumulé fueron recuerdos, muchos de los cuales quisiera olvidar, pero que aún permanecen anclados en mi memoria.

Al mediodía decido salir de casa para tomar el aire y mover las piernas. El viento ha amainado y corre una ligera brisa que te invita a pasear. Noto que el pantalón me baila en la cintura desde que sufrí el accidente que dio con mis huesos en el hospital. Pero decido no prestarle mayor atención. Además, hoy tengo apetito y me propongo ir al bar de Benito, un buen hombre sencillo y amable que hace en su pequeño restaurante los mejores lenguados a la plancha que he comido nunca. Nos saludamos con afecto y se abstiene de hacer ningún comentario sobre mi estado de salud. ¿Para qué? Se dirá, si a la vista está que ando en las últimas.

Cuando estoy a la mitad del lenguado me doy cuenta de que mi estomago no da para más. La realidad se impone a mi deseo de degustar ese manjar que tantas expectativas despertó en mí. Pero como las desgracias nunca vienen solas veo a Juan que, tras asomarse a la ventana y comprobar que estoy allí, se precipita al interior del local para, sin pedir permiso, sentarse a mi mesa y decir: *Menos mal que le encuentro. Llevo buscándole desde hace más de una hora. ¿Y eso?*, le pregunto, jocoso. *Como usted dijo que me daría hoy el documento de venta del coche, fui a su casa para recogerlo y, al ver que no estaba, lo he buscado por todo el pueblo hasta encontrarle.*

Le miro y pienso si en lo que lleva de vida habrá hecho algo más que preguntarse por qué el mundo no le concede nunca lo que quiere. Tampoco creo que le hayan inquietado gran cosa sus muchas frustraciones. *Vaya, hombre, lamento el sofoco que te has llevado. Pero aquí me tienes dispuesto a cumplir la palabra dada. Así que no te preocupes.* Al oír mis palabras relajó por un instante sus duras facciones, y volvió de nuevo a las andadas. *¿Entonces no lo ha redactado todavía? Todavía no*, contesto sonriente. *Pero si me haces una pequeña gestión podría hacerlo ahora mismo. ¿A qué gestión se refiere?*, me pregunta desconfiado e inquieto a la vez, mientras su cabeza no para de dar vueltas tratando de interpretar mis palabras. Su desconfianza erosiona su capacidad de respuesta, pero incentiva su interés. *Que si me traes un folio y un bolígrafo lo redacto en un minuto y te lo llevas a casa.* Al oírme decir eso se recompuso mentalmente, al tiempo que mostraba las facciones de un hombre sin más atributos que su zafia ambición.

Al poco volvió con varios folios que depositó sobre la mesa junto a un bolígrafo que le pidió al bueno de Benito. Me pongo a la tarea y en unos minutos redacto el documento donde figura la fecha, el precio de venta del coche por un euro, la marca, la matrícula, y en el que incluyo nuestros nombres, así como los números de los carnets de identidad. Lo firmamos como muestra de conformidad, y se lo entrego.

Lo lee y relee varias veces hasta que, por fin, le da el visto bueno. Solo entonces me da la mano como prueba irrefutable de la venta, y me dice bajando la voz: *En agradecimiento le he traído un fajo de cartas que mi mujer guardaba en casa y que yo he conservado hasta ahora fuera de las miradas ajenas. ¿Me comprende usted?*

Al recoger las cartas me di cuenta de que aquello me sobrepasaba. Lo vi salir tranquilamente del bar, pero algo me impidió llamarle para pedirle explicaciones. En aquel momento visualicé con toda claridad la secuencia de los hechos y comprendí cómo se desarrollaron los mismos.

Bastaba con unir los datos que me facilitó María para entenderlo todo. La historia podría resumirse así: Laura le entregó las cartas a María para que esta se las guardara. Juan las descubre, las lee y se queda con ellas para, al final, ser él mismo quien me las entregue, como contraprestación al regalo del coche. Triste destino el de unas cartas nacidas para el anonimato y el amor, y que terminan en manos de un indeseable que las utiliza, tras haber violado su intimidad, como moneda de cambio. En aquel momento me sentí sorprendido y escandalizado por su indignidad, aunque tendría que aceptar mi parte de culpa, al haber indagado en aquel asunto, interrogando a María de forma torticera y escribiéndole un intolerable correo a Pedro Hidalgo. Donde las dan las toman, me dije a mí mismo. ¿Qué me diferenciaba, moralmente del comportamiento de Juan? Ambos, aunque por diferentes motivos, nos entrometimos en su vida sin miramiento alguno, y con el único propósito de satisfacer nuestra malsana curiosidad. Por tanto yo no era mejor que Juan. Y para qué negarlo: su miseria moral se equiparaba a la mía.

Desarbolado anímicamente por aquella triste experiencia, me volví caminando a casa por el paseo marítimo, y nada más llegar llené una copa de coñac y me la bebí de un trago, mientras observaba cómo ardían en el cubo de la cocina aquellas cartas hasta verlas convertidas en cenizas. Nada alcanza a ser más descorazonador en la vida que comprobar en tus propias carnes que el amor que abandonas nunca vuelve, y si lo hace es para recordarnos que nada de lo que hicimos es gratuito. Con otras palabras, que todo acaba por pasarnos factura.

19 de junio. 4 de la tarde

Hoy solo me he tomado un vaso de leche y dos magdalenas que compré hace días en el pequeño supermercado de la urbanización. Mi estómago, estragado por tantas pastillas, se niega a recibir más alimentos, y me resigno a seguir adelgazando, por más que intento alimentarme. Ello, por alguna razón, me trae a la memoria el triste viaje desde Madrid a Zúrich. Aún recuerdo cuando cogí a Laura entre mis brazos, arropada por una manta, pues no pesaba más de cuarenta y cinco kilos, hasta llevarla con sumo cuidado a la furgoneta aparcada en la puerta de su casa. Al introducirla en la cama que habíamos improvisado para ella, me sonrió. Pero su sonrisa no era solo de agradecimiento, sino la expresión de un dolor íntimo que evidenciaba el adiós a su casa, el que había sido nuestro hogar y el de nuestros hijos.

Salimos la madrugada del Jueves Santo e hicimos quinientos kilómetros sin parar, hasta llegar a Barcelona. Allí repostamos en una gasolinera y tomamos café de uno de los termos que llevábamos y un pequeño refrigerio consistente en sándwiches que nos había preparado Lola. Laura solo tomó unos sorbos de agua durante todo el trayecto. Yo le cambiaba la cuña cada dos horas, mientras nuestro amigo el conductor estiraba las piernas y fumaba un cigarrillo en las áreas de descanso. Aunque yo ocupaba el lugar del copiloto, no por ello dejaba de mirar constantemente el rostro demacrado y cansado de Laura, que aparentaba dormir para no inquietarnos.

Los casi novecientos kilómetros de Barcelona a Zúrich se nos hicieron más largos de lo esperado. Tuvimos que parar más de tres veces para cambiar de postura a Laura que, sin embargo, no emitió la menor queja durante todo el trayecto. Llegamos de noche a Zúrich. Creo recordar que sobre las nueve. El navegador nos condujo hasta la misma puerta del hotel que el doctor Berelli nos había recomendado por estar muy cerca del apartamento en el que, al día siguiente, estábamos citados a las cuatro de la tarde.

Allí nos esperaban solícitos y atentos los empleados del hotel que ya estaban familiarizados con el dolor de los pacientes que venían a buscar la paz en su último viaje. Cuando acosté a Laura, ella me miró con dulzura y musitó la palabra gracias. Esa noche renuncié a dormir en mi habitación y me quedé acompañándola en un sofá a los pies de su cama. Nunca olvidaré aquella última velada, su demacrado rostro ni sus ojos entornados aparentando que dormía. Y en aquella triste habitación recordé el día que nos conocimos, nuestro primer beso, los años de facultad y el nacimiento de nuestros hijos; un tiempo en que el dolor no existía y nos creíamos eternos. Cómo olvidar la burbuja en qué vivíamos y donde el mundo nos parecía un espacio para experimentar y alimentar nuestros sueños.

Qué hermosa ingenuidad la de sentirnos protagonistas del inminente cambio de un mundo injusto, mientras nos creíamos inmunes al dolor y capaces de conseguir lo que nos propusiéramos. Por mi cabeza pasaron todos los momentos felices de aquel tiempo, el descubrimiento del amor, la emoción que sentí al acariciar por primera vez su cuerpo, la dulzura de sus labios o el insondable deseo de compartir nuestras vidas. Lo que buscábamos era realizar un proyecto de vida en común y sentirnos libres y ajenos a la tradición de nuestros padres.

Era el principio de una vida nueva, una vida sin ataduras, donde la libertad era nuestra bandera y el esfuerzo nuestra única herramienta. Pero, sobre todo, el amor. Lo sentíamos, lo deseábamos, lo necesitábamos. No sabíamos ni podíamos vivir sin él, ni sin las confidencias que a diario nos hacíamos, el reclamo de una sonrisa o el roce de una mano. Todo eso y mucho más, como las excursiones a la sierra, las comidas al aire libre y, de nuevo, los besos, las caricias, y otra vez el amor, el ingrediente mágico que servía de argamasa a nuestras vidas.

Y ahora estábamos ahí, los dos solos, esa última noche. Ella entregada a una muerte dulce, y yo buscando una redención imposible. Mientras, nuestros hijos, ajenos al drama del momento, disfrutaban de unas pequeñas vacaciones sin saber que ellos serían los últimos en enterarse de que su madre se había ido, y que la libertad de la que siempre hizo gala, la llevaba ahora a buscar el silencio sin dramatismo alguno, haciendo el mínimo ruido y dejando todo su amor en el corazón de sus hijos.

Me despierto sobresaltado. Son los rayos de sol que se cuelan por entre las rendijas de la persiana. Sería un nuevo día para muchos y el último para Laura. No puedo seguir, se me ha encogido el corazón y me he puesto a llorar. Sé que el llanto es cosa de viejos y de gente con mala conciencia, pero no consigo evitarlo.

Me recompongo como puedo, aunque el dolor me sobrecoge, impidiéndome retomar el relato de aquel día. Pongo la cafetera y mientras sube el agua me recreo mirando desde mi estudio las luces del malecón. A lo lejos se adivina la silueta de un barco de mercancías. Se oye el ladrido de un perro y la voz lejana de una mujer llamándolo. La vida sigue y se proyecta sobre un mundo conceptualmente binario, alimentando el ego de algunos y la desgracia en otros. Solo el hilo de la vida lo cohesiona. Mañana será otro día.

20 de junio. Al amanecer

No he podido dormir en toda la noche. Demasiadas emociones y recuerdos han inundado mi frágil memoria, haciendo que confunda fechas, acontecimientos y lugares. No consigo hilvanar nada. Es como si mi cabeza se hubiera quedado en blanco o, peor aún, se hubiera quebrado en mil pedazos. ¿Estaré entrando en una fase de la enfermedad donde mi mente se diluye en una suerte de vacío sensorial, y en la que solo intuyo luces y sombras que se entremezclan al azar para recordarme que no me espera nadie, salvo el vacío de la existencia?

Como no puedo hacer nada para evitarlo, me dejo llevar ingrávido, sin recursos que oponer, al destino que me aguarda, sabiendo que, para mi desgracia, este no es el fin que esperaba, el que me habría de llevar a un cielo compasivo y redentor, sino un camino hacia la nada. ¿Es eso lo que me aguarda? ¿El silencio y la nada? ¿Eran falsas todas aquellas promesas que hablaban de un mundo paralelo donde era posible la redención? ¿Acaso lo único que me espera es el silencio? ¿De qué me ha servido cohabitar con elementos binarios que nos hablan del bien y del mal, de lo justo e injusto, o de la ética que predicaban los filósofos de ayer y de hoy? ¿De qué vale ser virtuoso, compasivo o solidario, que no es precisamente mi caso, si no hay recompensa en este mundo, ni en el otro del que hablan los libros sagrados? ¿La utopía como registro épico de la humanidad, el humanismo en sus distintas versiones, o la esperanza en un mundo mejor, acaso sirven para cubrir las expectativas de una humanidad descreída, agnóstica o atea? Demasiadas preguntas sin respuesta para un enfermo que sigue buscando a ciegas el camino para afrontar el silencio.

De repente vuelvo al pasado y recuerdo que desde la madrugada del Jueves Santo y hasta bien entrada la tarde del viernes, mi móvil no dejó de sonar. Ello se debía a que el número de atención médica que nuestros hijos habían colocado en su móvil, por si su madre necesitaba algo, y al que ellos habían llamado para saber cómo se encontraba, no daba señal alguna, desconociendo que su madre lo había apagado para evitar seguimientos o tener que contestar.

Al comprobar que ni Laura, ni el centro de atención médica le ofrecían respuestas, se comunicaron con Montse, la enfermera que la atendía, y esta les dijo que su madre le había dado vacaciones hasta el lunes, y que yo había quedado en pasarme por la casa para hacerle compañía durante el fin de semana. Lógicamente empezaron a llamarme a mí, pero yo, siguiendo las instrucciones de Laura, tampoco lo cogí hasta que todo hubiera acabado. Se trataba de evitar que se personaran en Zúrich y acabaran oponiéndose frontalmente a su decisión.

Ello unido a otras cuestiones, como el abandono en que se vieron sumidos a una edad tan temprana, aumentó hasta tal punto su desprecio por mí que llegaron incluso a decir que yo había inducido a su madre a una muerte asistida sin contar con su consentimiento y para mi propio provecho. De nada me valió mostrarles copia del documento firmado por ella en el que manifestaba expresamente su deseo de poner fin a su vida, ni les adjuntara los informes médicos que acreditaban de forma incontestable lo irreversible de su enfermedad. Su obcecación les llevó a retirarme la palabra y a no querer saber nunca más de mí. Pero no satisfechos con eso interpusieron un sinfín de denuncias y demandas donde me acusaban gratuitamente de haber sido el causante de su muerte, y de mil cosas más.

Mientras hago una pausa para tomar café, se me aparece Laura. Pero esta vez se sienta a mi lado y me coge la mano. Viste un pijama azul y luce una melena corta que la hace parecer muy joven. Aquel era el pijama que ella se compró cuando fuimos de viaje de novios a Egipto. La emoción del contacto de su mano en la mía hizo que se me pusieran los bellos de punta. En aquel tiempo ella estaba más guapa que nunca.

Recuerdo que tenía veintiocho años cuando hicimos aquel viaje inolvidable que comenzó en El Cairo, siguió con visitas guiadas por las pirámides de Keops, Kefrén y Micerinos, y luego continuamos viaje a Luxor, Karnak, Abu Simbel, el Valle de los Reyes, para volver de nuevo a El Cairo, y de regreso a Madrid. Rematamos aquellas maravillosas vacaciones visitando el Museo Nacional y el cementerio más singular del mundo, donde miles de personas marginadas socialmente convivían con los muertos en el interior de mausoleos erigidos por familias nobles, como una metáfora anticipada de lo que, antes o después, a todos nos espera.

Me habla en un tono de voz más alto que de costumbre. *Nuestros hijos se comportaron aquel día de forma lógica y natural, como lo habríamos hecho cualquiera de nosotros. No sabían nada sobre mi decisión de acogerme a una muerte asistida, y tampoco yo quería que lo supieran. Los conozco demasiado bien y sabía cómo habrían reaccionado si se lo hubiéramos contado. Así que lo primero que debemos asumir es que recibieran mal que los tratáramos como a niños. En segundo lugar he de confesarte que este es un asunto más delicado de lo que piensas, ya que Sara tomó a los dieciséis años la decisión de convertirse al catolicismo, lo que la llevó a bautizarse, confirmarse y recibir la primera comunión en un solo día, y lo hizo contando con mi conformidad pues, además de ser lo que ella quería, quién era yo para negárselo. Nosotros estábamos entonces separados y no quise contártelo para evitar que pudieras reprochármelo. En fin, para qué entrar en detalles. ¿No te parece?*

Como ves todos tenemos nuestros pequeños o grandes secretos que solo compartimos con las personas que amamos. Y Sara, en especial, no era precisamente una persona que en aquel tiempo te quisiera mucho. Había sufrido nuestra separación de un modo especial y, desde el primer momento se solidarizó conmigo y puso distancias contigo; algo que yo no alimenté, por parecerme cruel e innecesario. Por su parte, Daniel siempre sintió debilidad por ti, te necesitaba y mantenía viva la esperanza de que algún día volvieras a ser el padre atento y amoroso que jugaba con él al volver del trabajo. Y de mayor, me consta que siempre te admiró. Eras un referente en su vida, el intelectual serio y riguroso que muchos admiraban.

Pero lo perdiste todo y ya sabes lo difícil que es recuperar el amor de los hijos cuando los defraudamos. Hay secretos que una no puede compartir con nadie, ni siquiera con las personas que ama, si quiere ser fiel a sus ideas y coherente consigo misma. Y no hay nada que mejor lo explique que la palabra libertad. De sobra sabes que yo nunca le prohibí a nadie el derecho a decidir sobre su futuro y, por esa misma razón, tampoco se lo iba a prohibir a nuestros hijos. Sé que con mi decisión iba a causarles mucho dolor, pero de no haberlo hecho habría traicionado mis convicciones más profundas.

Así que no te atormentes más. Todos somos responsables de nuestros actos. Tú de los tuyos y yo de los míos. Además, hemos construido nuestras vidas, para bien o para mal, haciendo uso de nuestra libertad. Ahora lo que toca es asumir las consecuencias de nuestros actos, sin dejarnos llevar por la mentira.

21 de junio. 11 de la noche

Una vez más, Laura se fue tal como vino, dejándome con la palabra en la boca. La conversión al catolicismo de nuestra hija que había sido educada en valores laicos y humanistas me sorprendió grandemente, pues ella nunca se mostró proclive al hecho religioso. El que Laura la hubiese apoyado tampoco era de extrañar ya que ella siempre antepuso la libertad y el respeto a sus hijos por encima de cualquier otra consideración, salvo que ambas cosas no supusieran menoscabo alguno para el ejercicio de la suya. *Si quieres hacer uso de tu libertad, permite que los demás también lo hagan.* Era su forma de entender la vida.

De hecho, Laura siempre supo ver el lado bueno de las cosas coincidiendo con Joubert cuando decía, en sus *Pensamientos sobre la amistad*, que *quien no sabe ver el lado bello de las cosas es un mal pintor, mal amigo, mal amante, incapaz de elevar su espíritu y su corazón hasta la bondad.* Joseph Joubert, el hombre que en sus comienzos simpatizó con la Revolución Francesa y que más tarde dijo que *la revolución ha desterrado mi espíritu del mundo real, haciéndolo demasiado horrible,* nos lleva a plantearnos si la libertad puede coexistir con el extremismo y la destrucción de los espíritus.

Estoy convencido de que ello no es posible, pues entre otras razones, lo mejor de nosotros mismos anida en el corazón, le da vida y, al hacerlo, permite que nos sintamos parte del mundo. Claro que siempre ha habido genocidas que, al prescindir de los principios y valores que engrandecen el espíritu, han conducido a gran parte de la humanidad al holocausto y a la guerra. Son los liberticidas de siempre, los que sueñan con grandezas que no existen más que en su imaginario personal, y quienes siguen sin entender que somos el corazón del mundo, la razón de su existencia.

22 de junio. Al amanecer

Hoy me he levantado sin que me duela el cuerpo. Para celebrarlo pongo el *Filae maestre Jerusalem* de Antonio Vivaldi y siento correr la sangre por mis venas, al tiempo que su aliento musical me da vida, me ayuda a entender muchas cosas y fundamentalmente a los demás. De hecho, aún me sorprende saber que detrás de cualquier decisión que adoptemos siempre hay una o varias razones que la explican; la cuestión está en saber si estas alcanzan la altura moral que las mismas exigen o demandan.

No sé muy bien por qué me extiendo en este tipo de reflexiones. Quizás porque necesite explayarme y hablar de cosas que nunca he hecho con nadie, ni siquiera con Laura; y lo necesito ahora más que nunca, cuando ya no me queda tiempo para casi nada. Laura era una amante empedernida de las tertulias y sabía escuchar, aunque en ocasiones adoptaba un talante poco propicio al debate, pero yo sabía que era una pose, una forma de singularizar su postura sobre cualquier tema que le interesara. Su distanciamiento con las personas y la gente en general formaba parte de su forma de ser. Era su sello personal. Y he de reconocer que me gustaba verla revolotear mentalmente sobre un tema, cualquiera que este fuera, hasta que resolvía verbalizar su pensamiento de manera concisa y brillante.

Yo, por el contrario, siempre fui muy poco hablador y cuando lo hacía era porque me veía obligado a ello, salvo que se tratara de temas relacionados con mi especialidad. Triste destino el mío, me digo, que sea justamente ahora cuando necesito hablar con la gente sobre temas de alcance que me inquietan, y no disponga de nadie con quien hacerlo. La razón es que siempre he llegado tarde y mal a lo que en verdad me interesaba. Aunque tampoco creo que tenga mucho interés reprochármelo, pues a mi edad son pocas las cosas que me importan. Y esta no es una de ellas. Menos mal que en esta ocasión no se me ha aparecido Laura, porque de haberlo hecho, me habría dicho: *Quien siembra vientos recoge tempestades.*

Es ley de vida, me digo a mí mismo, o lo que decían los romanos *do ut des*. Y como quiera que yo, a lo largo de mi vida he dado poco a las personas que amaba, ahora me toca pechar con las consecuencias; sobre todo, con la soledad; ese sentimiento que inunda nuestra mente y nos hace olvidar que hemos nacido para compartir, hablar y soñar juntos.

García Lorca me habla y dice en *Poeta en Nueva York:*

Para ver que todo se ha ido,
Para ver los huecos y los vestidos,
¡dame tu guante de luna,
tu otro guante de hierba,
amor mío!

Ni puedo ni voy a negarlo. Siempre amé a Laura. Pasan los días y los años y vuelven los recuerdos para confirmarme lo que siempre he sabido: que la amaba de todo corazón. Mi amor era fruto de una admiración contenida por su capacidad intelectual y humana, y por la ternura y el amor que regalaba a sus seres queridos. Y cuando hablo de admiración contenida me refiero a que Laura nunca fue una mujer especialmente cariñosa conmigo ni con nadie. Es más, a menudo se mostraba distante y pudorosa en sus afectos, aunque a cambio te ofrecía mucho más de lo que podías esperar si sabías interpretar su forma de ser y aproximarte a ella de forma limpia y generosa, ya que era capaz de darte en silencio lo que tú no le ofrecías. Frente a la artificiosidad de mi conducta ella te regalaba discreción, y ante mi impostada brillantez ella se ocultaba en el saber.

Éramos como la noche y el día, pero quien de verdad destacaba, quien más ofrecía y la más sacrificada siempre fue ella. También presentaba sus sombras. Pero eran sombras de luz, porque su presencia irradiaba bondad, y sus palabras, aunque a veces fueran duras y cortantes, nunca zaherían. Hasta su mirada, en ocasiones huidiza, y el grave tono de su voz, proyectaban hacia el exterior un aura de luz, de fascinación, que iluminaba su rostro y el mundo que la rodeaba. Yo la amaba con locura y estoy convencido de que ella, durante los diez primeros años de nuestro matrimonio, también me quiso, aunque a su manera. Desde entonces no he dejado de preguntarme por qué no fui capaz de interpretar sus sentimientos y me quedé en la superficie de su especial manera de ser y de sentir.

Ahora se ha ido y, como siempre, sin hacer ruido, como se van las personas austeras y valientes. Y lo ha hecho afrontando el miedo de cara, con determinación, y desde el imperio de su irrenunciable libertad. Todavía no me encuentro con fuerzas para escribir en este diario el último día que pasé con ella en aquella extraña y fría habitación donde nos despedimos por última vez. En otro momento en que me encuentre más animado lo haré, y aunque mis hijos no me hayan perdonado, me gustaría que guardaran un bello recuerdo de aquel dramático momento, tan duro y tierno a la vez.

Dicen que el tiempo lo cura todo. Pero no es cierto. Todo lo más amortigua la pena y dulcifica los malos recuerdos. Pero un amor nunca se olvida, como tampoco el primer beso. Yo jamás olvidaré los besos de mi madre en la cama antes de dormir. Como tampoco su abandono. Pero el amor que le profesé a Laura y que a medida que pasan los años ha crecido dentro de mí, forma parte indisoluble de mi vida, o de lo poco que me queda de ella. Mi drama fue que me perdí en el camino.

Nadie lo explica mejor que Albert Camus, cuando escribe en *El verano en Argel*:

> *Muchos, en efecto, optan por el amor de vivir para eludir el amor mismo. Se inclinan por el disfrute y por «experimentar». Pero es una opinión del espíritu. Se necesita una rara vocación para ser un hedonista. La vida de un hombre se cumple sin la ayuda de su espíritu, con sus retrocesos y sus avances, con su soledad y sus preferencias simultáneas.*

En esas pocas palabras se resume gran parte de mi actitud y de los graves errores que jalonaron mi vida. Estoy convencido de que Laura nunca llegó a perdonarme la deslealtad y la humillación que tuvo que soportar y me consuelo pensando que más tarde pude compensarla cuando la ayudé a sobrellevar su despedida de este mundo. Por esa muestra de confianza le estaré eternamente agradecido.

23 de junio. 7 de la mañana

Hoy me he levantado de buen humor. Solo mi estómago se resiente de la ingesta de pastillas que tomo a diario. La que más daño hace, estomacalmente hablando, es la que me recetó el bueno de Larraz para combatir el dolor de espalda que con sus punzadas no deja de recordarme que la enfermedad avanza a pasos agigantados.

Para compensar mis achaques luce un sol exultante y luminoso que proyecta sus rayos sobre el mar, confiriéndole tonalidades plateadas. Me visto con mis mejores galas: pantalón gris claro y camisa del mismo color. Pero antes de salir a la calle introduzco en un sobre grande los títulos de propiedad de mis dos casas y los detalles bancarios de mis cuentas e inversiones.

Desayuno moderadamente un café acompañado de un cruasán y me dirijo a paso lento, recreándome en la gente que veo caminar, en dirección al centro del pueblo. Al fin doy con la notaría. *Don José Almendáriz. NOTARIO.* Es el nombre que figura en la placa exterior del inmueble. Es un edificio de tres plantas y factura moderna, con portería y ascensor. Este se detiene en la misma puerta donde reza otra placa que dice: Pase sin llamar. La joven que me recibe amablemente me pregunta por el motivo de mi visita y le contesto que quiero hacer testamento. Me invita a pasar a una salita amueblada con gusto almibarado, y hago espera hojeando una revista de caza y pesca.

Tras media hora de espera la misma persona me conduce a una sala más amplia con vistas a la plaza y me invita a sentarme en una de las sillas colocadas alrededor de una mesa redonda de caoba. El notario es un hombre enteco, de unos cincuenta años, que luce terno azul oscuro, camisa blanca y corbata haciendo juego. No parece empatizar conmigo y supongo que con nadie, a juzgar por su rostro serio, enmarcado en una cabeza ahuevada, donde lo más destacable son sus ojos saltones de color negro azabache. Su tono es tranquilo y amable. *Entiendo que quiere usted hacer testamento. ¿Verdad? Así es,* le contesto. *Bien, en ese caso, cuénteme.*

Saco la documentación del sobre y le voy desgranando los detalles de mi última voluntad: nombrar herederos universales de todos mis bienes muebles e inmuebles, así como las inversiones que figuran en la documentación bancaria que adjunto, a mis dos hijos Sara y Daniel, cuyas copias de sus documentos nacionales de identidad le entrego.

La única obligación que impongo es que corran con los gastos de mi entierro. Tras las correspondientes aclaraciones de rigor, el notario se retira para redactar los términos del testamento y, al cabo de unos treinta minutos, vuelve para dar lectura a las diferentes cláusulas del mismo. Le doy mi conformidad y firmo.

Tras abonar la correspondiente minuta y la entrega de una copia del testamento, bajo hasta la plaza y me siento en un velador, a la sombra de un toldo, de la que dicen es la mejor cafetería del pueblo. Siempre me ha gustado ver pasar a la gente en su deambular diario y aunque el calor aprieta a esas horas de la mañana se nota un alto trasiego de personas, sobre todo de jóvenes.

¿No se acuerda usted de mí?, me pregunta una señora de unos cincuenta años, pelo oscuro, rostro agraciado y esbelta figura. La miro desconcertado y le contesto a modo de disculpa: *Espero que no me considere un impertinente, pero lamento no recordarla.* Y añado. *Mi memoria, desgraciadamente, ya no es la que era.* Mientras le hablo ella, sin que yo la invitara, se ha sentado frente a mí. Algo que no me molesta, pero que me choca por inusual. *Si me permite, le diré que yo era una de sus alumnas cuando usted daba clases en la Autónoma. Incluso me propuso que me quedara en su cátedra cuando terminara la carrera, pero le dije que no, ya que, por aquel entonces, tenía otros planes.* Mientras hablaba traté de hacer memoria inútilmente. *¿Y sabe usted por qué*? Me pregunta. *La verdad es que no*, contesto cariacontecido, temiéndome lo peor. *Pues porque usted tenía fama de ligón y eso no le hacía muy recomendable que digamos.*

Sonríe abiertamente, antes de levantarse, y añade: *Ahora que lo pienso debí quedarme, pues para el muermo de novio con el que me casé, más me hubiera valido ligar con un profesor tan atractivo como usted en aquellos años. Pero así es la vida, profesor, las oportunidades pasan y si una las desperdicia, nunca vuelven.*

Sus palabras, entre cínicas y sinceras, me hicieron sentir vergüenza como nunca antes me había ocurrido. Aquella mujer con sus comentarios me colocaba frente al espejo de lo que había sido mi vida. Qué pena descubrir que alguien te recuerde más por comentarios de pasillo que por las enseñanzas que impartías, aunque en mi descargo diré que yo nunca ligué con alumnas. Pero qué más daba. Uno siempre acaba siendo deudor de la imagen que proyecta. Y mi imagen en aquel tiempo era la de un depredador sin escrúpulos. Pago la cuenta y salgo de la plaza camino del paseo marítimo. Necesito respirar, llenar mis pulmones de aire que me devuelva al presente, al final de una vida en la que, como dijo esa mujer, nunca hay segundas oportunidades.

Nada más llegar a casa me tumbo vestido sobre la cama y cierro los ojos. No quiero pensar en nada. Lo que me gustaría es desaparecer de la faz de la tierra y borrar mi vida ahora y para siempre. Creo que nadie debería vivir con la vergüenza de verse señalado a mis años. ¿Qué clase de hombre era yo? ¿Cómo se puede pasar página de todo aquello sin que la conciencia llame a tu puerta para recordártelo?

Me despierto con la boca reseca por la pastilla que tomo para coger el sueño, y cuando voy a la cocina para beber agua, me doy cuenta de que María anda trajinando allí, mientras espera que suba el café. Voy a mi habitación para ponerme el pantalón y una camisa, y a mi vuelta observo que la pequeña mesa de la cocina está preparada y dispuesta con mantel, plato y demás enseres, como si alguien viniera a cenar. Solo que la comida es para mí. *Hoy tendrá que comerse todo lo que yo le prepare, y no me venga con remilgos. ¡Por Dios, que cada día está usted más flaco! Así que vaya preparándose. El menú consiste en sopa de pollo, una buena rodaja de merluza cocida y un trozo de tarta de queso. Todo casero. Para terminar, un descafeinado.*

Tras su breve discurso me dedica una amplia sonrisa que yo le devuelvo agradecido, aunque con muchas dudas de que mi delicado estómago pueda digerir su menú, pensado especialmente para mí. Al ver a María pienso que al igual que existe un complejo y sorprendente equilibrio cósmico, también existe un hermoso y delicado equilibrio humano, más delicado, si cabe, y con grandes posibilidades de expansión, de gente buena y sencilla dispuesta siempre a ofrecerte lo mejor de sí misma, sin pedir nada a cambio; de gente, en suma, preparada para cambiar el mundo, sin tener que esperar a que vengan las élites políticas para redimirla.

24 de junio. 4 de la madrugada

He vomitado la cena que tomé ayer. Para agradar a María me lo comí todo, pero cuándo ella se fue empecé a sentirme mal. Después de dar muchas vueltas en la cama el desenlace no se hizo esperar. Ahora me encuentro algo mejor, pero con el cuerpo desmadejado y muy debilitado. Son los últimos días o semanas de mi vida. Lo veo venir. Lo sé. Aun así, debo terminar mi tarea, la que me propuse cuando inicié estas notas, pensando que algún día las leerían mis hijos.

Creo haberlo dicho antes, pero no me cansaré de repetir que no busco que me perdonen por haberles abandonado, ni que entiendan las razones por las que no contesté sus múltiples llamadas aquel día en que acompañé a su madre, camino de Zúrich. Solo quiero que conozcan la verdad y que reflexionen sobre los hechos que figuran en este diario, al tiempo que les juro de corazón que en todo momento he tratado de ser sincero y honesto en el relato de los mismos.

También sé que la mayor parte de lo escrito en este diario se mueve entre la oscuridad de una historia preñada de desgracias y la agobiante reiteración de mi sentido de la culpa. Lo más seguro es que mis hijos se pregunten acerca de la necesidad que yo siento de explicitar unos hechos que ellos de sobra conocen, por más que yo me empeñe en recordárselos con la concreción y el detalle de un enajenado. Sí, probablemente me consideren eso, un enajenado; alguien que se empeña en exponer las miserias de su vida y contarlas como si ellos no las conocieran. ¿Por qué, entonces, les cuento lo sabido? Claro que hay detalles relacionados con la muerte de Laura a los que ellos eran ajenos. ¿Pero era necesario hacerlo? ¿No habría bastado con limitarme a lo importante sin bajar a los detalles? A veces tengo la impresión de que mi diario es como una de esas películas mediocres en que el director se empeña en contarlo todo, con la precisión de un entomólogo, sin dejar que el espectador, en este caso mis hijos, pongan nada de su parte, como si ellos fueran tontos y necesitaran que le dieran masticada la historia que les cuentan. De ser así, solo me cabe decir lo siento. Pero necesitaba que los hechos que expongo, por muy reiterativos que sean, sirvan para que cuando los lean sepan que no busco blanquear mi imagen, ni mucho menos justificarme. Soy culpable y punto. Esa es la verdad, la única verdad.

La fecha, nunca la olvidaré: Cuatro de noviembre de dos mil quince.

La habitación del hotel donde nos alojamos era una suite, cortesía de la casa. Algo que ellos siempre hacían cuando desde la Asociación Dignitas les informaban de la llegada de algún enfermo que buscaba poner fin a sus días. Aquella noche Laura se quedó descansando sobre el lado derecho de su cuerpo con los ojos cerrados y una respiración tranquila.

Parecía dormir, pero yo sabía que, aunque tuviera los ojos cerrados, su imaginación volaba hacia territorios que solo ella conocía, allí donde las sombras se mezclan con la niebla de un mundo incierto. Yo tenía el teléfono en modo silencio, pero a cada poco veía su luz encenderse, y el nombre de alguno de nuestros hijos en el registro de llamadas. Su tortura también era la mía, máxime cuando ellos se imaginaban lo que podría estar pasando. ¿Pues adónde podría ir su madre sin mi ayuda, o sin yo saberlo?

La dejé descansar, pero al poco abrió los ojos y me miró esbozando una dulce sonrisa entre sus labios. Me pidió un sorbo de agua con un hilo de voz y cuando le acerqué la botella con una pajita incorporada, me dijo que prefería un vaso. Ambos sabíamos que se estaba poniendo a prueba para el acto final.

Bebió con dificultad y me emocioné al comprobar la fortaleza y determinación de su carácter. Pero yo no podía, ni debía, derrumbarme, pues Laura conocía mi fragilidad emocional en los momentos difíciles, y yo no estaba dispuesto a defraudarla. *Voy a descansar un rato,* me dijo. Le pregunté si le gustaría tomar un batido de frutas, pero ella lo negó con la cabeza. *Voy a intentar dormir un poco,* añadió. Su rostro me recordó al de una Virgen atravesada por la espada del dolor; una bella mujer de fino perfil, dulces labios y ojos apagados, acordes con la fragilidad de su cuerpo inane.

La observé respirar plácidamente mientras cogía su mano y acariciaba sus dedos aún cálidos. No podía creer que unas horas más tarde ya no estaría aquí conmigo, que no me hablaría, ni podría volver a acariciarla. Que se habría ido para siempre. Y mientras un torrente de lágrimas se deslizaba por mis mejillas, me pregunté abrumado por qué la quería tanto ahora, y no la amé cuando debía. No sabría explicar con palabras la plenitud de mi amor por Laura, por la que fue y aún seguía siendo la mujer con la que llegué a construir un proyecto de vida y una bonita familia.

Incluso ahora me siento incapaz de entender qué me llevó a perder el sentido de la realidad, a confundir lo importante con lo superfluo. Aún recuerdo la sentencia de los *Proverbios* que mi padre tenía enmarcada en su despacho: *No va por el camino de la vida, va errando por el camino sin saber adónde.* Acertadas palabras para un hombre perdido que solo supo malbaratar su vida.

25 de junio. 6 de la mañana

Laura se despertó al mediodía y sin perder la sonrisa volvió a pedirme agua. Cuando le ofrecí el vaso me lo agradeció poniendo sus manos sobre las mías. Luego me pidió que la llevara al cuarto de baño. Le señalé la cuña como opción más cómoda, pero insistió en que la ayudara a ir. La cogí en brazos para llevarla y musitó en mi oído: *Podría caminar con tu ayuda, pero me gusta que me lleves como si fuera una niña.* Su comentario me conmovió, era otra muestra de amor, su forma de despedirse y decirme que no quería abandonar este mundo sin recordar los buenos momentos, los tiempos felices de cuando éramos jóvenes. Un ejemplo de vida y una vida para el amor. Así era ella.

No puedo seguir. He entrado en pánico. Como si un agujero negro succionara mi cuerpo y no pudiera respirar. Lo intentaré más tarde. Trato de comer algo, pero apenas logro beber medio vaso de leche fría y un trozo de magdalena. A duras penas consigo tranquilizarme y superar el desconsuelo de esta mañana cuando escribía sobre la muerte de Laura. La verdad es que estoy más nervioso que de costumbre, lo que me produce un profundo malestar que llega asociado a un fuerte dolor de espalda.

Lo amortiguo con una de las pastillas que el doctor Larraz me recetó y de las que, según sus palabras, no debo abusar. Creo que es un opiáceo, pues me calma las punzadas al instante y aunque me consta su nula capacidad de curación, al menos me amortigua el dolor. Para qué engañarme, son pastillas que solo toman los desahuciados de este mundo y que en la jerga médica llaman tratamientos paliativos.

María me llama por teléfono para decirme entre llorosa y afligida que necesita hablar conmigo sobre las cartas de Laura. La tranquilizo al instante, diciéndole que conozco la verdad de lo ocurrido y que no debe preocuparse. Que me consta que su marido se las quitó, y me las ha devuelto a cambio de un pequeño favor. *Así que tranquila, María. Olvídate del asunto. ¿Vale? Como usted diga, señor. Es que me dio mucho apuro confesarle lo de Juan…*

Cuando cuelgo sonrío al pensar que cuando mis hijos se hagan cargo de mi última voluntad testamentaria en que los nombro herederos universales de todos mis bienes, muebles e inmuebles, Juan descubrirá el engaño y me cubrirá de insultos, aunque no creo que a mis hijos les interese el viejo coche que fue de su padre. Pero yo no estaré para escucharle, y ello, para qué negarlo, me alegra el día.

Me siento en una de las sillas de la terraza del apartamento y me recreo observando cómo las olas del mar caen rendidas sobre la orilla movidas por un débil viento de poniente. A lo lejos, un fueraborda a todo gas se pavonea ante los que caminan por el paseo marítimo y se detienen para verla, más por curiosidad que por envidia, mientras se recrean observando la gran velocidad que despliega. Trato de concentrarme de nuevo en los recuerdos, sin conseguirlo. Así que recurro a la carpeta donde guardo algunas cartas y busco la que me envió Lola dos meses después de la muerte de Laura, y que aún me sorprende por su sincera y cálida confesión. La leo en voz alta para enfatizar su mensaje y rendirle un sentido homenaje a la mujer que quise y me devolvió a la vida.

No sabes el trabajo que me cuesta escribir esta carta. Las razones son varias, pero empezaré por la que considero más importante. Y es que no ha pasado un solo día sin que haya dejado de quererte. También me consta que también tú me has querido mucho, aunque las circunstancias personales de cada uno, al ser distintas, nos han llevado a tomar caminos diferentes.

Nos conocimos cuando el dolor y la desesperación —podríamos añadirle algunos calificativos más— formaban parte de nuestras vidas. Yo venía de una relación donde el maltrato físico y mental era el pan nuestro de cada día, al punto de que no era raro que me levantara con miedo y me acostara aterrorizada. Para qué seguir, si ya conoces todos los detalles de aquel tiempo.

Tú también venías de una complicada relación en la que tu mujer era víctima de un hombre vanidoso y frívolo, al que durante mucho tiempo tuvo que sufrir porque era el hombre al que amaba. Sin embargo, un cielo redentor vino a acogerte en su seno para ofrecerte una segunda oportunidad. Lo que en aquel momento ni tú ni yo sabíamos era que, a pesar de tu errática conducta, Laura te seguía amando, igual que tú a ella.

En cualquier caso, desde que nos conocimos hicimos todo lo posible para superar nuestros miedos y fracasos, al tiempo que iniciamos una nueva etapa en nuestras vidas para reencontrarnos con la paz interior que buscábamos. Con otras palabras, yo te di a ti tranquilidad, y tú a mí la seguridad que necesitaba. La pregunta era, y sigue siendo, si aquello era amor con mayúsculas o un sucedáneo que nos servía para olvidar el pasado.

Creo que lo nuestro más que amor fue el placebo que necesitábamos para curar nuestros males y cauterizar las heridas. Y, para qué engañarnos, lo que siempre nos faltó fue la ternura y la complicidad que acompaña al amor, la que habita adormecida en nuestro interior hasta que conocemos a la persona amada. Pero desgraciadamente para mí, esa luz, el renacer de nuestras vidas, nunca me alcanzó de la forma que esperaba, pues sin tú saberlo, lo reservabas para Laura. Y al final el amor que nos teníamos terminó el día en que un rayo de luz alumbró el rostro de la mujer que amabas.

Es cierto que me concedí un tiempo para ver si, tras la muerte de Laura, las aguas volverían a su cauce y yo podría recuperar el amor perdido. Pero todo fue en vano, porque tu memoria permaneció anclada en el pasado, y el amor que os tuvisteis regresó de nuevo. De nada vale luchar contra una presencia que cobra vida en el recuerdo y se transforma en añoranza, ni pensar que el tiempo lo borra todo si el pasado vuelve a cada instante para decirnos que el amor que os tuvisteis es tan real, que si regresa, es para reclamar su sitio en la memoria.

Por eso te dejé y te escribo esta carta de despedida, no sin antes decirte que aunque no encontré en ti el amor que buscaba, sí conviví durante un tiempo con un hombre bueno. Lola.

No puedo evitar que cada vez que la leo termine emocionándome. Su carta volvía a poner en evidencia los déficits personales con los que nos embarcamos en aquella hermosa aventura que pacificó nuestro espíritu, pero no pudo ir más allá. Me consuelo pensando que fue un tiempo que nos permitió reflexionar sobre nuestras vidas, pero que acabó frustrando nuestra relación; una relación que nació para durar, pero donde lo imprevisto terminó jugando un papel crucial al colocar de nuevo a Laura en el eje central de mi vida.

Laura, la mujer que había decidido ocultar a sus hijos su última decisión y trató de convencerlos de que su voluntad era innegociable, fue también quien recurrió al hombre que no se lo merecía, para pedirle ayuda. Quizás lo hiciera porque no tenía a nadie a quien acudir. Pero en aquellos últimos momentos de su vida supe que lo hizo porque quería decirme, a su manera, que me amaba y que me había amado siempre, por más que yo la hubiese humillado del modo en que lo hice.

Abrigo, igualmente, la certeza de que su decisión no iba, en ningún caso, asociada a su perdón, porque perdonar no era lo suyo; entre otras razones porque ese concepto no formaba parte de su código moral, ni de su especial manera de entender la relación entre personas que se aman. Laura rechazaba por principios dividirlas entre buenas o malas. Le interesaba más saber si lo que hacían era justo o injusto, aunque su concepto de la justicia transcendía el marco jurídico tradicional para inscribirse en un plano ético o moral. La suya era, por tanto, una ética alejada de predicciones punitivas como las que se recogen en el apócrifo *Apocalipsis* de San Juan:

> *Bienaventurados los que lavan sus túnicas para tener derecho al árbol de la vida y a entrar por las puertas que dan acceso a la ciudad. Fuera perros, hechiceros, fornicarios, homicidas, idólatras y todos los que aman y practican la mentira.*

Pensaba que por más que uno intentara lavar sus túnicas jamás entraría en la ciudad. Para Laura el perdón no era una meta alcanzable para ningún ser humano, por más que algunos se empecinaran en confesar sus pecados. Cada cual, por tanto, tendría que cargar con sus culpas al saber que no hay más redención que la que uno esté dispuesto a asumir en su conciencia. Ella solía decir, con las mismas palabras que utilizara Albert Camus en *El destierro de Elena*, que *Muerto Dios, solo queda la historia y el poder.* Y si a ello añadimos que solo somos agua y memoria, ¿qué nos queda, salvo el recuerdo?

26 de junio. 6 de la mañana

Aquel día amaneció nublado y extremadamente frío. En cualquier momento podría desatarse una nevada, según me comunicó el conserje del hotel por teléfono para que lo tuviéramos en cuenta a la hora de salir. Hasta ese punto alcanzaba la eficiencia del servicio para enfermos terminales, acorde por lo demás, con la puntualidad suiza. Laura quiso ducharse a media mañana y yo la llevé en brazos hasta el baño acondicionado para parapléjicos, donde después de sentarla y ponerle un gorro de plástico que protegiera su cabeza, enjaboné su cuerpo con una blanda esponja.

Me pidió quedarse unos minutos más bajo la ducha para recibir los efectos benéficos que el agua caliente parecía producirle y, luego, tras ponerle un grueso albornoz, me pidió que cepillara sus cabellos plateados, mientras ella se maquillaba ligeramente las mejillas y coloreaba sus finos y delicados labios. Sentada sobre la cama me dijo que pusiera a su alcance la pequeña maleta que ella había preparado antes de salir de Madrid y, tras sacar su ropa interior y decirme que la ayudara, me señaló unas medias blancas, que igualmente le puse. Al desdoblarle, siguiendo sus instrucciones, un vestido blanco de una sola pieza y una chaqueta de color negro, me dijo: *El traje, la chaqueta y los zapatos me los pondré antes de salir, para que no se arruguen mucho.*

Laura, la mujer autónoma e independiente, poco dada a la coquetería, retaba a la muerte, preparando su último viaje con la atención y el esmero que pondría antes de salir con su amado para ir a cenar, como si la vida fuera un regalo que había que disfrutar hasta el último minuto. Ni una queja, ni una sola muestra de dolor o desamparo. Ella, una vez más, era la mujer fuerte y delicada que evitaba salir en las fotos, pero guardaba en su interior el tesoro de un alma singularmente distinta al del resto de la gente, el de una mujer nacida para amar a los suyos sin las muestras edulcoradas al uso. Su valía intelectual consistía en ocultarse en el saber y ponerse en el lugar del otro para entender sus razones y rebatirlas sin mayor énfasis que el debido. Tampoco era una mujer que aceptara fácilmente que alguien intentara atropellarla. Ni mucho menos. Quizás por ello se plantó ante la muerte, el mayor atropello que uno puede recibir, para devolverle el golpe y decirle a la cara que no le tenía miedo; que irse no era más que un paseo, probablemente el definitivo. Pero qué más daba. Todos nos vamos algún día.

Lo que ella buscaba aquel último día era trasladarme un mensaje íntimo, compasivo, que venía a confirmar su convicción de que el amor no se detiene ante el ultraje, la humillación o el abandono, y que su lado oscuro, el que se manifiesta en los momentos más difíciles de nuestras vidas, siempre permanece en nuestro interior en forma de sombras que lo cubren y guarecen.

Llegó la hora, me dice Laura con un suspiro. Le pongo sus zapatos plateados de medio tacón y le ayudo a ponerse el vestido y la chaqueta. Hace un esfuerzo para incorporarse de la cama, sin conseguirlo. Yo la ayudo a salir de la habitación, se detiene ante el espejo para mirarse por última vez. No quiere la silla de ruedas, pero la convenzo de que es lo mejor. Asiente y mientras bajamos en el ascensor ella coge mi mano y noto que la aprieta ligeramente sobre la suya. No es miedo. Es su forma de darme las gracias por mis cuidados. La emoción se desborda en mi interior. Pero esta vez no voy a defraudarla. Debo estar a su altura. Ella me señala el camino a seguir. Es mi guía, mi luz y mi amor. Y al percatarse del esfuerzo que hago para no quebrarme emocionalmente, vuelve a sonreírme para infundirme el ánimo que me falta y que ella conoce.

Lo siento, pero por segunda vez debo hacer un alto antes de seguir. Lo intentaré esta tarde. Ahora vuelve a dolerme la espalda y, desoyendo el reiterado consejo de Larraz, ingiero una segunda pastilla con varios sorbos de café. Me tumbo en la cama y me asaltan de nuevo los recuerdos. ¡Cómo olvidar! Al final siento que mi cuerpo se desvanece y me dejo arrastrar por el sueño. En ese sueño Laura se presenta no como otras veces, para recriminarme algo que yo haya dicho o con lo que no esté de acuerdo. Es un día de primavera, ella viste un ajustado pantalón gris marengo y un jersey de cuello vuelto de color amarillo apagado. Vamos cogidos de la mano por el Madrid de los Austrias. Caminamos despacio, recreándonos en el espectáculo del inmenso gentío, la mayoría jóvenes como nosotros, que ha tomado el centro de la Cava Baja y sus aledaños, y entran y salen de las múltiples tabernas que pueblan aquel espacio para tomar vinos o cervezas.

Laura me arrastra hasta una de ellas y no sin esfuerzo nos acodamos en la barra. Cerveza en mano me propone un brindis. *Levanto mi copa para hacer de este día algo muy especial.* Luego me mira y añade: *Brindo para que nuestro amor no muera nunca.* Entrechoca su copa con la mía y, a continuación, soy yo quien se dispone a proponer otro. *A ver, sorpréndeme*, dice Laura. *Pues yo brindo por-*

que no me dejes nunca. Ella sonríe, mirándome a los ojos, antes de contestarme: *Confundes los conceptos, querido mío. Te dejaré el día que no seas bueno conmigo.* Y añade: *Lo cual no significa que deje de quererte.* Nos besamos una y otra vez hasta que un camarero comentó jocoso: *Aquí se viene a consumir y no a morrearse.*

Me despierto y descubro que aquel no ha sido uno de los muchos sueños que pueblan mi cabeza, debido a las drogas. Me levanto y abro uno de los álbumes de fotos de nuestros años universitarios. Tras buscarla, la encuentro. Nos la hizo el mismo camarero que bromeó con nosotros. Ambos, mirábamos a nuestro improvisado fotógrafo y quedo sorprendido al comprobar que Laura no esconde su mirada como otras veces.

27 de junio. 8 de la mañana

Me levanto y aún noto las secuelas del intenso dolor de espalda que he venido sufriendo en los últimos días. Dejo correr el agua caliente de la ducha sobre mi debilitado cuerpo y me esfuerzo en desayunar un café solo, bien cargado, y un yogur con sabor a piña que refresca mi boca de tanta pastilla, mientras oigo la *Sinfonía número siete* de Anton Bruckner. Sentado a mi mesa de trabajo enciendo la luz del flexo y mientras se abre la página en blanco de mi ordenador, contemplo el mar.

Hoy ha amanecido con una tupida calima que viste de gris el entorno y apenas deja entrever la silueta del faro de entrada al puerto. El ruido de las olas y la intensa humedad me sitúan ante el escenario de una oscura jornada que se abrirá al mediodía, cuando el sol asome de nuevo y vuelva el color y la vida a un mundo de soledades como el mío.

Dignitas era la única sociedad, de las tres existentes en Suiza, que practican la muerte asistida con extranjeros. Las otras dos se dedican en exclusiva a los ciudadanos del país. Ayudados por el GPS tardamos unos quince minutos en llegar al número 84 de la calle Gertudestrasse, donde se encuentra el piso que buscamos. He de manifestar mi sorpresa, pues yo esperaba un chalet o una casa en las afueras de Zúrich, y lo que teníamos delante era un edificio de seis plantas, fachada funcional de los sesenta, más en consonancia con la vieja arquitectura soviética que con los modernos edificios de la vieja Europa, restaurada tras la Segunda Guerra Mundial.

Como no las tenía todas conmigo, decidí bajar del coche e investigar por mi cuenta para comprobar si estábamos en el lugar indicado. En el pequeño mostrador de la entrada se encontraba un hombre vestido de gris que me atiende displicente hasta que le pregunto si aquella era la dirección de la asociación Dignitas. El hombre se hizo cargo de inmediato de la situación y me contestó en un tono amable: *Es en el tercer piso derecha, cogiendo ese ascensor,* señaló con la mano. *¿Necesita usted algún tipo de ayuda, señor? Solo tengo que llamar por la telefonía interior para que ellos bajen de inmediato. No es necesario*, le contesto agradecido. Pero nada más volverme para recoger a Laura, observo que el portero, sin perder un solo instante, hacía la llamada.

Laura se cogió de mi brazo y yo la tomé por la cintura. Así anduvimos los escasos cinco metros hasta la puerta del ascensor que el portero se había preocupado en llamar para facilitarnos la tarea. Subimos hasta la tercera planta, donde una señora de unos cincuenta años nos esperaba en la puerta con un carrito de ruedas. Laura se rindió ante el esfuerzo realizado y aceptó sentarse mientras le daba las gracias con un hilo de voz.

Su rostro permanecía sereno, complaciente y no se alteró en absoluto al cruzar el umbral de aquella puerta que anunciaba la renuncia definitiva a un mundo que dejaba atrás para siempre. Entramos en una pequeña salita de estar donde un tresillo de color marrón, dos sillas y una pequeña mesa redonda, con tapa de cristal, constituían todo el mobiliario. Sobre la pared colgaban dos cuadros de mercadillo; uno con la figura de un San Sebastián atravesado por la consabida flecha, y el otro mostraba una pequeña casa rural situada sobre una colina y dos perros recostados en la entrada.

La señora que nos recibió en la puerta y nos hizo pasar a un pequeño recibidor dijo llamarse Gertrud, y que era psicóloga de profesión.

Un señor grueso de unos cuarenta años que se levantó al vernos dijo que era médico y se llamaba Herman. Seguidamente añadió que su trabajo consistía en certificar que la enfermedad de la paciente era irreversible. Nos invitaron a sentarnos y yo lo hice en una de las sillas junto a Laura. Seguidamente les entregué la documentación que con carácter previo nos habían pedido y les manifesté mi sorpresa por el hecho de que dichos certificados nos los pidieran de nuevo.

Laura, que sabía perfectamente inglés y había seguido al detalle la conversación que manteníamos, se cogió de mi mano como muestra de inquietud, aunque no dijo nada. *No deben preocuparse por eso. Conocemos los certificados médicos y, por supuesto, le concedemos la credibilidad que merecen. Se trata de una simple formalidad, del protocolo médico que debemos seguir porque así lo demandan las autoridades suizas. Y ahora, si me lo permiten, la doctora Gertrud, que es la que ha analizado los tests que le enviamos para que fueran contestados por la solicitante, tomará la palabra para hacerle unas breves preguntas.*

La doctora emitió una ligera sonrisa y dirigiéndose a Laura, dijo: *¿Se encuentra usted en plenitud de sus facultades físicas y mentales para decidir y aceptar libremente la muerte asistida que nuestra asociación puede prestarle?* Laura le contestó que sí. Aun así la doctora insistió: *¿Ha recibido usted algún tipo de presión o intimidación por parte de alguna, o algunas personas, para obligarla a aceptar la muerte asistida que nuestra asociación le puede proporcionar? No, nadie me ha presionado ni intimidado para que tome esta decisión,* contestó Laura haciendo un gran esfuerzo. *¿Exime usted de toda responsabilidad a la asociación Dignitas sobre la decisión que libremente ha adoptado para que la asistamos en su muerte? Sí,* volvió a contestar Laura. *Y, por último, siguiendo sus deseos ¿da usted su conformidad a ser incinerada? Sí,* dijo Laura con determinación y cierto desfallecimiento en la voz.

Cuando recuerdo aquel obligado interrogatorio en esa ciudad desconocida para nosotros y en aquel habitáculo frío y desvencijado, rodeados de personas que le preguntaban insistentemente a Laura si realmente quería morir allí, se me encoje el corazón y afloran a mis ojos las lágrimas que entonces no pude derramar. ¡Qué fortaleza espiritual, qué determinación y coraje llevaron a Laura a mantenerse firme en aquellos momentos tan duros y difíciles! ¿Qué rayo de luz alumbró su alma desahuciada para aceptar aquella última prueba?

Tras firmar con dificultad su declaración jurada, Laura me pidió que la acompañara al baño. La llevé casi en volandas y al terminar quiso mirarse una vez más en el espejo. Su rostro había perdido el brillo de la vida, pero había ganado en serenidad, en paz interior, la que proporciona el aura de quien se sabe ajena a los ruidos de este mundo, alejada del dolor y próxima a los recuerdos, a la memoria de otros tiempos en que la muerte solo era una hipótesis lejana, la culminación de una vida.

Laura se acarició por última vez el cabello en un acto de coquetería, inusual en ella, antes de que yo, con ella en brazos, saliera al corto pasillo que desembocaba en una pequeña habitación de dos camas. Aquel era el altar del sacrificio donde pondría fin a su vida. Laura se sentó en la cama que daba a un amplio ventanal y observó cómo caían los copos de nieve sobre la calle.

La doctora Gertrud le preguntó si le gustaría escuchar alguna música que fuera de su agrado, pero Laura dijo que no. Seguidamente entró el doctor Herman con un vaso de color naranja donde se encontraba el preparado y le dijo que su ingesta no le produciría ningún dolor, que solo sentiría un pesado sueño. Eso era todo, sentenció. Ambos sabíamos que en aquel vaso se concentraban quince gramos de barbitúricos (pentobarbital de sodio) mezclado con zumo de naranja.

Antes de ingerirlo solicitó estar un minuto a solas conmigo. Los doctores se miraron y consintieron, pero se retiraron con el vaso de la muerte para evitar que yo pudiera facilitarle su ingesta. Cerraron la puerta y ella me pidió que me sentara a su lado. Me miró a los ojos antes de decirme con la voz entrecortada por el esfuerzo: *Gracias por haberme ayudado. Sin ti no habría podido abandonar este mundo. Y, por favor, no pienses que me voy triste o apesadumbrada. Mi vida ya no era vida y lo que me esperaba era una muerte horrible. Además, el sacrificio de ayudarme no se lo podía ni debía pedir a ninguno de nuestros hijos. Tú lo sabes y espero que con el tiempo ellos lo entiendan. Por último, quisiera suplicarte dos cosas. La primera es que te esfuerces al máximo para hacer las paces con ellos. Sé que será difícil, pero al menos inténtalo. Quizás no fuimos los mejores padres. Y si digo fuimos, es porque yo tampoco ayudé a pacificar los ánimos, ni hice lo necesario para que las cosas se arreglaran. Lo segundo, es que me gustaría que me besaras, aunque solo fuera por los buenos tiempos que vivimos juntos.* Al hacerlo sentí como si un torrente de luz atravesara mi cuerpo. Aquel último beso fue un beso de amor. Pero no de perdón. Yo lo sabía.

Ella se bebió el preparado delante de los doctores, tal y como marcaba el protocolo, y me miró antes de recostarse en la cama. Entrelazó las manos sobre su vientre y cerró los ojos. Era el final. A los diez minutos los dos médicos certificaron su muerte, aunque la luz de su rostro aún alumbraba el mío.

Me dejaron a solas con ella durante media hora. Lloré y lloré hasta agotar las lágrimas y cuando salí de aquella habitación supe que siempre la había amado y que la seguiría amando todo el tiempo que me quedara de vida, aunque también comprendí que los errores, al final, terminan pagándose.

Aquel mismo día Laura fue incinerada en el cementerio de Fluntern. Me entregaron sus cenizas en una urna y tras abonar los gastos y hacerles entrega de diez mil euros en concepto de donación a Dignitas, emprendimos el viaje de vuelta a Madrid. Un viaje en el que ni el conductor ni yo intercambiamos una sola palabra. Por mi cabeza pasaron aquella noche multitud de imágenes, inconexas en el tiempo, y cuya única protagonista era Laura.

No podía pensar en otra cosa que no fuera ella y en el cálido beso que me dio antes de irse. De entre los miles de besos que nos habíamos dado a lo largo de nuestra vida, aquel último resumía su singular forma de ser y de entender el mundo y la vida. Se despedía sin rencor, sin reproches ni crítica sobre mi conducta anterior. Su amor, ensombrecido por las muchas contrariedades que tuvo que padecer, nunca se extinguió. Fue el hilo que cosió los rotos de nuestra existencia, el cemento que compactó el dolor y lo encapsuló en algún rincón de su alma para irse con ella.

29 de junio. De madrugada

Amanecía cuando entramos en Madrid. Hacía frío y la lluvia nos acompañó desde la frontera hasta el centro de la ciudad. A las siete de la mañana le escribí un largo correo a mis hijos dándoles cuenta de los hechos sucedidos en las últimas veinticuatro horas, y les informaba que el último deseo de su madre fue que les hiciera entrega de la urna con sus cenizas. La verdad es que Laura no me había dicho nada al respecto, probablemente porque lo olvidó. Pero entendí que, además de lógico, me permitiría ofrecerles un relato pormenorizado de lo acontecido y, de ese modo, iniciar una nueva relación con ellos.

Les cité a las ocho de la mañana en casa de Laura. Hice espera en una cafetería próxima a su casa con la bolsa de viaje donde había algo de ropa de su madre, sus enseres de aseo y la urna donde se encontraban sus cenizas. Desde donde me encontraba los vi llegar casi al mismo tiempo. Me concedí unos minutos para reflexionar sobre cómo afrontar aquel encuentro y, sin más dilación, atravesé la calle y subí las escaleras hasta el piso donde apenas treinta y seis horas antes había salido con Laura.

No recuerdo haber tenido nunca una conversación tan dura y desabrida como la que mantuve aquella mañana con mis hijos. De hecho, casi no me dejaron hablar, ni explicarme. Sus duros reproches pasaban por incriminarme en su muerte y no haberles avisado. Me acusaron de haber convencido a una mujer enferma y sin capacidad de defensa para acabar con su vida y aprovecharme de ello.

A pesar de todas sus mentiras y calumnias, les rogué que me escucharan. Pero no lo hicieron. Por el contrario, me advirtieron de que interpondrían varias querellas contra mí y de que fuera buscando un buen abogado, pues mis delitos no iban a quedar impunes. Por último, me acusaron, y en eso no les faltaba razón, de haberles abandonado y que sentían vergüenza por mi comportamiento. Antes de marcharme deposité la bolsa con los enseres de Laura y la urna con sus cenizas en una cómoda de la habitación que había sido de ella y salí a la calle sin aliento, buscando el aire que me faltaba. Más que rencor advertí en mis hijos la amarga estela del odio instalada en sus pupilas. Pensé que no había nada que pudiera hacer para explicar lo ocurrido, salvo insistir en mi inocencia sobre la muerte de su madre, pero al final decidí que lo mejor que podía hacer era marcharme, para no empeorar la situación.

Mientras caminaba sin rumbo fijo, me pregunté si existía alguna fórmula que me permitiera alcanzar la redención, pues estaba arrepentido y merecía ser escuchado, pero al instante supe la inutilidad de mi esfuerzo y tomé conciencia de que no existían atajos que pudieran contrarrestar los errores de toda una vida. Tendría que vivir con ello y penar mis culpas en el altar del silencio y de la soledad. Así que renuncié a seguir hablando, cansado de autoinculparme, sin que ellos se arrogaran parte alguna de responsabilidad.

El día de mi vuelta, Lola decidió no ir al trabajo. Me esperaba con una tierna sonrisa, pero al verme supo que algo se había roto en mi interior. También entendió que aquel no era el momento más adecuado para hacer preguntas, aunque si las hubiera hecho se habría encontrado con otro hombre, alguien devastado interiormente por el dolor, y no la persona considerada y amable que ella conocía. Me tumbé en la cama y al poco me quedé dormido. Soñé una vez más con el agujero negro que succionaba mi cuerpo hacia las profundidades de un pozo sin fondo, en el que no había sitio para el perdón.

Al día siguiente me desperté al mediodía y con la pena instalada en el alma. Así pasaron los días y las semanas sin más consuelo que el recuerdo de su imagen sonriéndome con dulzura, y aquel último beso. Hasta que una mañana, cuando me disponía a hacer café, me encontré en la consola de la cocina un sobre con la carta de Lola.

Una carta premonitoria de lo que habría de ser mi vida y de cómo la soledad terminaría por cubrirme con su oscuro manto de sombras y silencios. Lola fue la primera en saber que por mucho que nos ofrezca la vida, siempre es demasiado tarde para casi todo y, más aún, para reencontrarse de nuevo con el amor.

Al poco de que me dejara Lola alquilé un pequeño apartamento en las afueras de Madrid y me dediqué a leer y oír música clásica. Mis dos pasiones de la juventud. Y cuando dejé de escribir libros de mi especialidad y los anteriores dejaron de venderse, ambas aficiones acabaron convirtiéndose en mis vías de escape que me sirvieron para recuperar la memoria, soñar y sentirme mejor persona de la que en su momento fui.

Y como decía el gran Publio Ovidio Nasón en su libro *Tristezas:*

Este libertinaje es el que me ha hecho odioso ante ti por culpa de mi Arte, del que tú piensas que incita a las alcobas vedadas. Pero ni bajo mi ministerio las esposas empezaron a ser infieles, ni nadie puede enseñar lo que poco conoce... de manera que ninguna habladuría atenta contra mi reputación. Y no hay ni siquiera marido alguno entre el pueblo llano cuya paternidad se ponga en duda por mi culpa.

¿Y sabéis por qué no fui el personaje satírico del que nos habla Ovidio? Porque mi gran pecado no consistió en ser un don Juan de pacotilla y engañar a Laura, sino humillarla públicamente y abandonar a mis hijos. No me cansaré de repetirlo. Y esa culpa es la que no me deja dormir y daña mi corazón.

He hablado muy poco de mi madre. La razón es que me causa dolor hablar de ella. Pero un día me decidí a afrontar ese olvido y recurrí a un psiquiatra afamado quien tras un trimestre de sesiones semanales, concluyó diagnosticándome algo que yo intuía y que hasta entonces no había querido reconocer: que el abandono de mi madre supuso un shock traumático para un niño de corta edad y que mi posterior comportamiento traía causa de aquel triste episodio.

Tampoco he querido profundizar sobre ese asunto porque soy muy consciente de que lo que ella hizo no puede servirme de excusa para justificar mi comportamiento. Claro que me dolió su abandono. Por supuesto que sí. Pero lo que nunca le perdonaré es que no me escribiera, al menos, una carta interesándose por mí, como si yo no existiera y fuera el culpable de la mala relación con mi padre. Ello me pareció siempre, además de obsceno, totalmente injusto.

30 de junio. 8 de la mañana

Por fin he podido contar mi último viaje con Laura. Hubo un momento en el que llegué a pensar que no lo conseguiría, pues he vivido muchos años con esos recuerdos anestesiados en mi memoria, buscando evitar que afloraran. Con todo, lo único que conseguí, aunque trabajo me costó, fue olvidar las querellas que mis hijos interpusieron contra mí y aunque ninguna prosperó, lo llevé muy mal, pues quisieron incriminarme en la muerte de su madre, como si yo fuera un vulgar asesino. Igualmente debo señalar que gracias a las copias de los documentos que Laura tuvo que firmar por exigencias de la asociación helvética, pude escapar de aquel injusto y brutal calvario.

Pero ese es otro capítulo del que Laura diría: *Todo eso, introdúcelo en tu mochila de objetos perdidos y olvídate.* Y eso fue lo que hice. Porque lo que yo quiero, al igual que ella, es irme de este mundo sin rencor. Aunque lo que me haría feliz es que mis queridos hijos leyeran este diario y supieran que todo lo que en el mismo se contiene responde fielmente a lo que fue mi relación con su madre; una vida poco ejemplar, pero que fue la mía y no tiene vuelta atrás. En cualquier caso diré que en ningún momento he buscado dulcificar o eludir los momentos más vergonzosos que protagonicé.

Me consta que no coincidiréis conmigo en muchas de las apreciaciones que con carácter personal introduzco en este diario, aunque he de decir, con total sinceridad, que responden a la verdad de lo ocurrido. Acerca de los aspectos sentimentales que en el mismo se contienen, podéis opinar lo que queráis; es más, estáis en vuestro derecho de considerarlos subjetivos y contradictorios, pero responden a la verdad de lo que en cada momento pensé y sentí.

Creo que me queda muy poco por hacer antes de iniciar mi último viaje. He tenido una larga vida con las penalidades apuntadas y ahora lo que toca es dejarlo todo ordenado y en regla. Pero antes de ponerme a la tarea me tomaré un café para levantarme el ánimo, bastante decaído, y hacer un recuento de las tareas pendientes.

La llamada de Larraz me coge en la cocina. *Hola, doctor, me alegra saludarle,* le digo alzando la voz para aparentar una fortaleza que no tengo. *Igualmente, amigo. Le llamo para saber cómo está, pues no hablamos desde pasados algunos días de su desfallecimiento en la gasolinera. Podía estar peor, pero aquí sigo,* contesto jovialmente. *Bueno, creo que ha llegado el momento de dar por finalizada su estancia en la playa y le quiero en mi hospital para hacerle una revisión a fondo. Y no me venga con excusas porque en lo relativo a su enfermedad quien manda soy yo.*

Su voz suena profesional y amistosa a la vez. *¿Sigue usted ahí?,* me pregunta Larraz. *Sí, doctor, sigo en línea. Pero creo que ha llegado el momento de que usted y yo hablemos claro.* Se produce un espeso silencio que el doctor respeta, temiéndose lo peor. *Para qué engañarnos, mi querido amigo. Ambos sabemos que me estoy muriendo. Los dolores son ahora continuos y prácticamente he dejado de comer porque vomito todo lo que tomo. Solo sus pastillas milagrosas me reducen algo el dolor, pero ahora ya no me vale tomar una al día. Necesito tres. Además de las otras que no sé muy bien para qué sirven, y que usted también me recetó. Mi cuerpo no da para más. Ha llegado mi hora, doctor.*

Este esboza una respuesta, pero finalmente decide mantenerse atento y en silencio. Su obligación, desde que comenzó a ejercer la medicina, ha consistido en atender a sus enfermos desde su profesionalidad y, cuando su especialidad no le alcanza para diagnosticar a un paciente, recaba información puntual de sus colegas. Y Marcial Gutiérrez, prestigioso oncólogo del hospital y colaborador de Larraz, ya le tiene dicho que su enfermo y amigo tiene los días contados.

Él nunca me lo dijo con esas palabras, pero no había que ser muy listo para adivinarlo. Al doctor Larraz su querencia personal, o su especial forma de ser, le llevaron siempre a minimizar la gravedad de las dolencias y humanizar el trato con los enfermos terminales. Pero esta vez el doctor sabe muy bien que sus requerimientos no van a torcer la voluntad del enfermo que conoce muy bien sus males y ha llegado a ser su amigo.

No voy a ir a su hospital, querido doctor, porque no me gusta el olor que desprenden sus paredes a medicina y cloroformo, ni las batas abiertas por detrás sin que alcance a saber muy bien por qué, ni los cables que enlazan nuestros cuerpos a máquinas emisoras de estridentes alarmas. En fin, que solo iría para verle a usted. Pero en esta ocasión, creo que me disculpará si no lo hago. Quiero irme sin ruido y en el silencio de la noche. Eso es lo que deseo, lo que realmente quiero. Y ahora le ruego que me disculpe porque me veo obligado a apagar el teléfono, no sin antes darle las gracias por todas las atenciones que ha tenido conmigo y por el afecto y amistad que siempre me ha demostrado. Un fuerte abrazo y hasta siempre.

Me sentí mal por no haber mantenido con él la conversación personal que me hubiera gustado. Pero cómo decirle que el dolor ha rebasado mi umbral de resistencia y para unos días más de vida, bajo sedación permanente en la UCI, prefiero contemplar el mar y soñar con un lugar donde uno pueda redimirse y no exista culpa ni pecado, salvo la tenue luz que ilumina el camino de las almas perdidas.

Abro el ordenador y mando el mismo correo a mis dos hijos.

Queridos hijos, el motivo de escribiros es para poner en vuestro conocimiento que hace tan solo unos días hice testamento de los bienes de que dispongo. A tal efecto, y por si me pasara algo, os adjunto nombre y dirección del notario de la localidad que redactó mi última voluntad, así como también dejo sobre mi mesa de trabajo un diario en el que relato honestamente los acontecimientos más importantes que jalonaron la vida de vuestra madre desde que nos conocimos hasta el día de su muerte. Sé que no puedo contar con vuestro perdón, pero permitidme, al menos, que me disculpe por los errores que cometí, aunque en mi descargo diré que no ha pasado un solo día sin que haya dejado de quereros. Vuestro padre.

1 de julio 11 de la noche

A media tarde vino María a limpiar el apartamento cumpliendo mi última voluntad. No quiero que cuando vengan mis hijos lo encuentren sucio o desordenado, aunque nunca lo ha estado porque ella se encarga de que todo reluzca, al decir suyo, como los chorros del oro. Al momento de marcharse le doy un sobre con una gratificación que se niega a coger, pero que a fuerza de insistir la acepta, al entender que si no lo hace, me enfadaría. Luego coloco sobre mi mesa de trabajo los libros, los disquetes de música clásica, y el diario que he venido escribiendo a lo largo de estos últimos meses, y lo introduzco en un sobre grande donde escribo en grandes caracteres: DIARIO PERSONAL. A LA ATENCIÓN DE MIS HIJOS. SARA Y DANIEL.

Como quiero documentar los últimos momentos de mi vida introduzco en una pequeña bolsa impermeable mi cuaderno de notas y un bolígrafo para describir, antes de adentrarme en el mar, los pasos que voy a dar y para que nadie pueda especular sobre mi muerte.

Recojo del armario la ropa vieja y los zapatos que he venido usando y los meto en una antigua bolsa de viaje que dejo a la puerta del apartamento. Me ducho y afeito y me visto con mi mejor pantalón y una camisa blanca. Luego, escribo una carta que dejo encima del diario y, al salir, recojo la bolsa con la ropa y la introduzco en uno de los tres contenedores que hay en la acera, frente al portal de la casa. En ese preciso instante, y sin saber cómo, ni por qué, me viene a la memoria un día de playa con mis padres. Tendría apenas cuatro años. Era un día luminoso de sol y recuerdo que mi padre me sostenía sobre sus hombros, mientras las olas batían fuertemente la orilla.

Camino despacio sobre la calle que desemboca en el puerto y aspiro el aire húmedo que inunda mis pulmones enfermos. Desemboco en los aledaños del inmenso malecón que en tan solo unos días se verá inundado de veraneantes, y sigo andando hasta alcanzar la zona que delimita el final de la playa y comienza el barrio de los pescadores, donde las farolas apenas alumbran su entorno.

Durante un rato me siento en la arena, me quito los calcetines y los zapatos, y me quedo observando el tranquilo oleaje del mar con el ligero viento de poniente que irisa la superficie de sus tranquilas aguas. Me sobrepongo a los recuerdos y me pongo de pie. Escribo mis últimas notas sobre lo que voy a hacer y las introduzco en la bolsa de plástico junto a los zapatos. Luego camino con determinación hacia la orilla, mientras musito las últimas palabras que acabo de escribir: *Supongo que el agua estará fría, pero seguiré andando hasta que esta cubra mi cabeza. Luego abriré la boca y me dejaré llevar. La ingravidez, la ingravidez. La ingravidez.*

2 de julio. 8 de la mañana

Informe que emite el cabo de la guardia civil Alfredo Pérez Laguna.

> *Siendo las seis de la mañana del día 3 de julio del presente año se recibe llamada telefónica en esta casa cuartel de un tal Fernando Gómez Lahoz, policía municipal de la localidad, que nos informa de la aparición del cadáver de un hombre varón, de unos setenta y cinco años de edad, en la orilla de la playa del mencionado término. Doy cuenta, igualmente, de que el levantamiento del cadáver tuvo lugar por el Ilmo. Sr. juez don Benjamín Prado García, y trasladado con posterioridad al Instituto de Medicina Legal y Ciencias Forenses, sito en la calle Fiscal Luis Portero García s/n de Málaga capital, para su correspondiente autopsia.*

4 de julio. 10 de la mañana

En la causa seguida para el esclarecimiento de la muerte del cadáver referenciado, cabe señalar que, según el médico forense que realizó la autopsia, la muerte del interfecto fue debida al ahogamiento, sin que el cadáver presentara ningún tipo de violencia que pudiera justificar su muerte.

5 de julio. 18 horas

Siendo las 18 horas del presente día se presenta en estas dependencias doña María Pérez Sánchez, la cual manifiesta que ha venido trabajando en labores de limpieza en la casa de un tal don Pedro Luján Montes, viudo y con dos hijos. Que a las catorce horas de este día se personó en la vivienda de dicho señor para ver cómo se encontraba, ya que era un hombre muy enfermo, y al ver que nadie le abría, lo hizo ella misma con su propia llave y comprobó que el señor no se encontraba en la casa. Lo que sí llamó poderosamente su atención fue un sobre que estaba encima de su mesa de trabajo y donde decía: PARA ENTREGAR A LA POLICÍA.

La carta en cuestión, firmada por el finado, dice así:

> *Me llamo Pedro Luján Montes. Tengo setenta y cinco años de edad y padezco una enfermedad incurable y terminal. Por tal motivo he decidido voluntariamente poner fin a mi vida. Tengo dos hijos, Sara y Daniel, cuyos nombres completos y dirección figuran en la nota adjunta. Les rogaría que les informaran de mi muerte. Les quedo por ello muy agradecido. También encontrarán una bolsa de plástico junto a mis zapatos en el lugar donde he decidido poner fin a mi vida, y en la que doy cumplida cuenta de mis últimos momentos.*
> *Esclarecida la identidad y circunstancias de la muerte de don Pedro Luján Montes, se cierra la instrucción del presente caso, no sin antes señalar que, siguiendo lo ordenado por su señoría, han sido puestos al tanto de las circunstancias concurrentes sus dos hijos. Lo que firmo a los efectos que proceda. Firmado el cabo instructor.*

Sara y Daniel cogieron el AVE de Madrid a Málaga el día siguiente y allí alquilaron un coche hasta llegar con ayuda del navegador a la morgue, en la calle Río Perales n.º 5. Tras reconocer el cuerpo de su padre y realizar los trámites de rigor, decidieron que fuera incinerado. Recogieron la urna con sus cenizas, y por la tarde se encaminaron al pueblo. María les esperaba en la puerta de la casa. Entraron y echaron un vistazo al apartamento que ya conocían de cuando eran niños y se sentaron alrededor del pequeño estudio de trabajo donde su padre había redactado el diario que ahora tenían a su alcance.

Daniel, tras echarle un vistazo, se lo pasó a su hermana, que se limitó, sin más, a mirarlo de reojo y cerrar el sobre que lo contenía. Luego, dirigiéndose a María le preguntó: *¿Sabes si hay una agencia cerca que se dedique al arrendamiento o venta de apartamentos?* María le dijo que había varias, pero que la más acreditada se encontraba a solo cien metros de la casa. *Vale. Si te parece nos pasamos luego,* le dijo a su hermana, que asintió con la cabeza.

Al salir del apartamento, mientras bajaban en el ascensor, Sara le preguntó a María dónde se encontraba la notaría de don José Almendáriz. Esta le contestó diciendo que los acompañaba, pues se encontraba camino de su casa. *¿Qué debo hacer con los enseres de su padre?,* preguntó María. *No te preocupes por eso, ya nos encargamos nosotros. Lo que sería oportuno, si lo vamos a arrendar o vender este verano, es darle una capa de pintura al piso. ¿Podrías hablar con alguien para que nos pasara presupuesto antes de irnos mañana? No se preocupe. Yo me encargo,* contestó María abrumada. Sara se adelantó a su hermano para acercarse a los contenedores de basura frente al portal del bloque de apartamentos, y arrojó en uno de ellos el grueso sobre con el diario de su padre. Daniel, al verlo, se apresuró a recogerlo ante la mirada recriminatoria de su hermana que le dijo: *¿De verdad vas a leer la sarta de mentiras que habrá escrito en ese mamotreto? Si te soy sincero tengo mucha curiosidad por saber lo que cuenta de mamá y de nosotros,* contestó Daniel. *Pues tú mismo, pero conmigo no cuentes para blanquear su imagen. Parece que va a llover,* dijo Daniel, mirando al cielo cubierto de nubes y cambiando de conversación. *Mejor,* contestó Sara. *Así se limpia la atmósfera, que falta hace.* Caminaron hasta entrar en el bloque de pisos donde se encontraba la notaría. El notario no les hizo esperar. Se presentó con el rostro contrito antes de decir: *No saben ustedes cuánto lamento la muerte de su padre. Me enteré por* *la televisión local. ¡Qué horror, qué desgracia! Y pensar que hace tan solo cinco días estuvo aquí haciendo testamento. Gracias por todo*, le contesta Sara, cariacontecida. *Hemos llegado hoy mismo y quisiéramos irnos, lo más tardar, mañana al mediodía. Llevamos una jornada de penosos trámites y nos quedan muchas cosas por hacer. Así que usted nos dirá. No les entretendré,* dijo el notario con aire de suficiencia. *En unos minutos habremos acabado.*

Nada más salir de la notaría con las copias del testamento, se sentaron en la misma terraza del bar donde unos días antes había estado su padre. *¿Sabes qué?*, dijo Sara. *Voy a borrar de mi memoria cualquier referencia del pasado. Tengo toda una vida por delante y no estoy dispuesta a perder mi tiempo con viejas historias. Ahora lo que toca es seguir con lo nuestro y olvidar. Sobre todo olvidar, aunque el viejo no se ha portado mal que digamos con la herencia que nos ha dejado, aunque quien tiene mala conciencia, ya se sabe...* Y añadió: *Nunca le perdonaré lo que hizo con mamá y que nos abandonara. ¿Y sabes qué? Que ha llegado el momento de ponerle fin a todo esto. Así que cuando solventemos los temas de intendencia, nos volvemos a Madrid a seguir con lo nuestro. Vale,* contestó Daniel mirando el cielo. *Por cierto, esas nubes no auguran nada bueno.*

Las primeras gotas de agua dieron paso a una fuerte tormenta de verano que limpió las calles de polvo y suciedad, dejando en el ambiente ese olor inconfundible a tierra mojada.